»Ferre, Buche!«

Eberhard Ackermann

»Ferre, Buche!«

Vorwärts in die Vergangenheit

Ein Traum

Bibliografische Information der Deutschen Nationalbibliothek:
Die Deutsche Nationalbibliothek verzeichnet diese Publikation in der Deutschen Nationalbibliografie;
detaillierte bibliografische Daten sind im Internet über
http://dnb.d-nb.de abrufbar.

© 2014 Eberhardt Ackermann
Satz, Umschlaggestaltung, Herstellung und Verlag: BoD – Books on Demand
ISBN: 978-3-7357-4370-1

Inhalt

Das Städtchen und der Blecker	7
Das Klassentreffen	11
Am Hollersee	19
Im Engel	22
Der Entschluß	26
Ferre, Buche – Vorwärts – in die Vergangenheit	29
Bei der Wahrsagerin	33
Noch ein Beschluß	35
Einschneidende Veränderungen	38
Noch mehr Veränderungen	42
Im Großen Wald	50
Der Oberbürgermeister	54
Die Bleckerstadt	56
Amtswechsel	58
Intermezzo I	61
Franz Mostav macht Theater … …	64
Die Strippenzieher	69
Das Leben in der Bleckerstadt	75
Alte Bekannte	78
Schicksale	80
Da ist was los	82
Beim Weltkünstler in Hornbach	85
Ermahnungen	93

Unerhörte Neuigkeiten	94
Auf Jagd	97
Parlando im Mondschein	99
Das neue alte Leben	101
Neider	103
Glückliches Leben	108
Das Wettrennen	112
Geschmack	124
Von Schloß zu Schloß	135
Die Buchener Jedefrau	138
Abiturprüfung	141
Das Geld, das Geld	151
Intermezzo II	152
Die Oberbürgermeisterin	154
Krisensitzung der Strippenzieher	156
Das Wunder	158
Das Strippenzieher-Gericht	161
Das Wunder und der Vatikan	164
Aus der Traum	170
Freundschaft – Wolfschaft	171
Weltlauf – Zeiten	172
Zum Schluß noch …	173
Über den Verfasser	175

Das Städtchen und der Blecker

Der Charme, mit dem uns bisweilen eine kleine und dazu auch noch alte Stadt empfängt, liegt zumeist in einer ihr und nur ihr zukommenden Besonderheit, ja, diese kleine Besonderheit ist es, der es eben zu verdanken ist, daß dieses kleine und alte Städtchen mit Recht einzigartig genannt werden darf, und weshalb wir ihm einen unverwechselbaren Reiz zusprechen geneigt sind. Mögen andere Städte ihren Fernsehturm haben, ihr Hofbräuhaus, ihr Gewandhaus, ihre Basilika oder ihren berühmten Dom, Buchen im Odenwald, die Perle des Madonnenländchens, hat sein Stadttor, das Mainzer Stadttor, und jeder, der die Historische Altstadt, das Herzstück des Städtchens gleichsam, betreten oder verlassen will, muß unweigerlich dieses Tor passieren.

Allein dies, ein Stadttor zu haben, das zu passieren unumgänglich ist, dürfte die Einzigartigkeit Buchens unter all‹ den stadttorbewehrten Städten in unserem Lande nicht ausmachen. Eine winzige, aber alles entscheidende Kleinigkeit ist es, die das Tor und damit die ganze Stadt unverwechselbar macht. Verläßt nämlich der von all‹ den Sehenswürdigkeiten halb trunkene Fremde – sollen wir ihn in alter Manier Sommerfrischler nennen oder neudeutsch Tourist?, gleichviel-, verläßt er nach all‹ dem Augenschmaus – genehmigen wir ihm noch einen Schoppen Most, Moscht, wie man hier sagt, im Prinz Carl vielleicht? – an Leib und Seele gestärkt, die Altstadt durch das besagte Tor, dann wird er auf der stadtauswärts gerichteten Seite, erhebt er nur ein wenig den Kopf, einer merkwürdigen steinernen Gestalt inne, die ihm sein, pardon, entblößtes Hinterteil entgegenstreckt und zwar so echt und in eindeutiger Haltung, daß er, möchte er der vermeintlichen Segnung von oben entrinnen, unwillkürlich einen oder auch zwei Schritte zurücktritt.

Natürlich, die Buchener wissen Bescheid und haben sich an derlei Segnungen ihres Bleckers, jener sagenumwobenen Gestalt aus der mittelalterlichen Stadtgeschichte, dem sie, so wird in der Chronik jedenfalls berichtet, ihre heutige Existenz wohl verdanken, gewöhnt, mehr noch, wenn die Narretei im Februar ausbricht und ihre Stadt sich in ein wahres Tollhaus verwandelt, werden sie selbst zu Blecker-Gestalten, dergestalt, daß sie sich – wie in anderen Regionen mit Helau oder Alaaf – mit einem kräftigen ›Hinne houch‹ begrüßen, öfter noch verabschieden, was den das merkwürdige Treiben betrachtenden Fremden zu mancherlei, zugegeben auch unfeinen Vermutungen verleiten mag.

Die Buchener jedenfalls lieben ihren Blecker, zutreffender müßte man wohl sagen, sie respektieren ihn, manche, so wird gemunkelt, fürchten ihn sogar, was insofern unbegreiflich ist, als sich die Buchener bereits im zarten Kindesalter in der Kunst des ›Sich-nicht-vor-dem Blecker-Fürchtens‹ üben, und zwar so, daß sie bei dem beliebten Spiel ›Wer fürchtet sich vor dem schwarzen Mann‹ den ›schwarzen Mann‹ einfach durch den Blecker ersetzen, was dazu führt, daß man an lauen Sommerabenden zwischen dem Lohplatz und dem Museumshof, vom Grabenweg hinauf zur Obergasse allenthalben das echoartige ›Blecker-Niemand‹ rufen hört und der Stadt den Zusatz Bleckerstadt eingebracht hat.

Der Respekt der Buchener vor dem Blecker rührt wohl daher, daß diese mythische Gestalt allwissend ist, das Gegenwärtige mit dem Vergangenen und dieses wiederum mit dem Zukünftigen zu verbinden imstande ist. Wie dem auch sei, es gibt keinen Zeugen in der kleinen Stadt, der besser informiert wäre über die Geschicke seiner Bürger als der Blecker, der von seinem erhöhten Sitz aus und wegen des Umstandes, daß er verschwiegen ist, alles unter ihm Hindurchwandelnde segnet und gleichmacht, die Narren zur Narrenzeit, die Toten auf ihrer letzten Fahrt, die Jungen, die Alten, Männer und Frauen, die Einheimischen und die Fremden.

Will man den Geschichten alter Buchener Glauben schenken, so soll sich schon so mancher Zecher im Schein des gerade aufgehenden Mondes von dem Blecker habe Mut zusprechen lassen, ehe er den beschwerlichen Weg nach Hause und den noch beschwerlicheren durch die Wohnungstür angetreten habe. Auch oder gerade in solchen mißlichen Lebenssituationen habe der Blecker noch immer geholfen. Auch gehört das Gerücht, der Blecker unterhalte eine sinnlich-erotische Beziehung zu der ›Am Bild‹ thronenden Madonna, in der Nacht, besonders in der von Samstag auf Sonntag, sein steinernes Podest verlasse und in einer Art Feixtanz um die Gunst der heiligen Dame buhle, eher in den Bereich des ›On-Dit‹, als daß es die Wahrheit wäre. Nur die Mitglieder des seit Urzeiten bestehenden Bleckervereins könnten hier genauere Auskünfte geben, aber die hüllen sich begreiflicherweise in Schweigen.

Tatsache ist, daß der Buchener Nachwuchs bereits im Kindergarten lernt, der Blecker bewahre die Geschichten, die das Leben in ihrer kleinen Stadt schreibt, in sich auf, ein Umstand, der beträchtliche ungewollte Nebenwirkungen in der Erziehung nach sich zieht, gegen die anzukämpfen die aufgeklärte Gilde der Pädagogen in Buchen die allergrößte Mühe hat, ein in der Tat aussichtsloser Kampf, vor allem in der Zeit der Faaschenacht, wenn auf den übergroßen, die Stadttorturm-Uhr verdeckenden Plakaten zu lesen ist, daß den Buchener Narren keine Stunde schlage. Dann und vor allem dann ist der Blecker nimmermüde an seiner Stelle, um von hier aus die Buchener Narrengeschichten zu registrieren und, gleichsam als steinerner Stadtschreiber, in seinen steinernen Schädel einzuritzen.

Man munkelt, der Blecker könne reden. Wie gesagt, man munkelt. So genau will sich da keiner festlegen, schon gar nicht wollen das die alten Buchener, also die wenigen, die die Goldenen Zwanziger noch als Kinder erlebt haben. Spricht man sie darauf an, dann ergehen sie sich in Ausflüchten, sprechen ausführlich am Eigentlichen vorbei, kommen nicht auf den Punkt, schwafeln. Dennoch blitzen ihre Augen. Aber es ist nicht der Schalk, der da aus ihnen herausblitzt, sondern es ist eher der Ausdruck eines unangenehmen Gefühls, vielleicht ist's gar der Blecker selbst, auf jeden Fall ist es eine unbeschreibbare Angst, und die bezeugt die Hektik, mit der sie das Thema Blecker zu beenden suchen. »Der Blecker«, sagen sie kurz und knapp, »erscheint im Traum, redet und vermischt sich mit der Wirklichkeit.« Denen er erschienen sei, sagen sie dann geheimnisvoll, sei es nicht gutgegangen in ihrem Leben, sie seien früh gestorben oder sie hätten irgendetwas Schlimmes angestellt. Wie Kinder hätten sich manche aufgeführt oder wie Narren, jedenfalls hätten sie sich in ihrem Leben nicht mehr zurechtgefunden.

Es ist hier nicht der Ort, auch erachten wir es nicht als unsere Pflicht, Munkeleien auf ihren Wahrheitsgehalt hin zu überprüfen. Wie die Gegenwart zwischen der Vergangenheit und der Zukunft steht, so schwebt die Munkelei zwischen dem Wahren und dem Falschen, dem Bewußten und dem Unbewußten und eröffnet so eine Grauzone, in der und aus der heraus alles möglich ist. »Die Munkelei ist der Möglichkeitsraum des Wirklichen, das sich vom Kontrapunkt entfernt hat«, wird später der Musiker in seiner Profession als Wissenschaftler treffend erklären und damit sein Leben umreißen, doch wollen wir den Geschichten nicht vorgreifen, zumal der Geschichtsforscher und Gartenliebhaber noch Tiefschürfendes dazu äußern, der Rechtsverdreher und Schlotfan seinen Beitrag leisten und der Beinahe-Kardinal als Theologie seine Bedenken anmelden wird. Auch wird man gespannt sein dürfen auf die Einlassungen der quirligen Dandyistin, der Journalistin, ist doch die Munkelei ihr eigentliche Metier, ein Wartesaal gleichsam, den sie zielsicher verläßt, um auf einen Zug mit beliebig wechselnden Richtungen zu springen, wobei sie allerdings nur weiß, daß sie ankommt, wo, ist egal. Dort aber ereignet sich dann das Wirkliche. Diesmal ist sie in Buchen angekommen, und hier, in der Bleckerstadt, ereignet sich dieses Wirkliche. Und der Blecker, soviel sei hier schon verraten, wird seine Rolle im Stile der Unterländer Volksbühne unter der Intendanz von Franz Mostav spielen, geheimnisvoll und laut zugleich, denn maskenreich sind beide, und während der eine es vermutlich bereits gewesen ist, ist es der andere bis auf den heutigen Tag.

Das Klassentreffen

Des Bleckers eigentliche Einflußsphäre, sein innerster Bezirk sozusagen, ist dasjenige, was die Menschen Schicksal nennen oder Fügung, mithin dasjenige, was man sich nicht erklären kann, vor dem wir stehen, als wäre es ein Rätsel. Ach, wie viele vermeintliche Rätsellöser gab es nicht schon im Verlaufe der Weltgeschichte und wie viele gibt es nicht heute? Grad heute, an diesem schönen Oktoberherbsttag 2013, hat ein Rätsellöser sogar einen Nobelpreis dafür erhalten. Er habe, frohlockt man, das Gottesteilchen gefunden, des Rätsels Lösung, also nicht ganz, aber fast. Mag sein, wir scheren uns nicht darum, denn wir haben eine einfachere und einleuchtendere Lösung für das Welträtsel und insbesondere für die Rätsel in Buchen. Hier hält kein Geringerer als der Blecker die Schicksalfäden in den Händen, wirkt dieses, wirkt jenes, und dies nur nach seinem Belieben: planlos, hinterhältig, willkürlich, manchmal auch gütig, barmherzig und nachhaltig, immer nur auf Wirkung bedacht.

Erst neulich traf ich auf ihn. Mit einigen Freunden aus der Jugendzeit schaute ich mir die Ausstellung über die Hollerbacher Künstler im Bezirksmuseum an. Ich betrat das muffige Gemäuer, wollte gerade die Treppe nach oben besteigen, da sah ich auf der linken Seite eine in die Wand geduckte Gestalt, ein Blecker ohne Zweifel, die Art des Hockens, das ausgestreckte Hinterteil, der braune Stein, ohne Zweifel ein Blecker, und dann, die anderen waren schon weitergegangen, hob sich der Kopf, die Lippen begannen sich zu regen und das ganze Gesicht verzog sich zu einem hämischen, gleichwohl lockenden Lächeln, die Äuglein funkelten, und dann zischte er mir ins Ohr: »Komm heut' Abend wieder!« Dann war der Stein wieder Stein. Es durchschauerte mich, aber sogleich war mir klar, das war nicht ein Blecker, nein, es war d e r Blekker. Ich sagte den anderen nichts über meine seltsame Begegnung, verbrachte den Tag halb in Trance und fand mich schließlich bei Dunkelheit wieder im Bezirksmuseum ein.

Das mächtiges Eingangstor stand offen. Ich zögerte nicht, das Tor zu passieren, denn bereits auf dem Hof des Museums war mir aufgefallen, daß ich jegliche Furcht oder Angst abgelegt hatte, so daß ich mich auf die Wiederbegegnung mit dem Blecker geradezu zu freuen schien, ja, ich war meiner nicht mehr mächtig! Durch das Tor, die Steintreppe hinauf, nach links geschaut, dann ein Lachen, ein gotterbärmliches, höhnisches und triumphales Lachen, dann eine Wortumarmung: »Bist gekommen, bist gekommen!«, raunzte die Gestalt, dann wieder das höllische Lachen, dann Glucksen, dann ein alles zusammenfassendes, alles vereinnehmendes »So!«, mehrfach skandiert, »so, so, so!« Ich hatte keine Kraft, mich in irgendeiner Form zu widersetzen, und als er mich aufforderte, es mir neben ihm bequem zu machen, tat ich es ohne Widerspruch, obwohl ich mich lieber gleich aus dem Staub gemacht hätte und in den Prinz Carl geflüchtet wäre, wo meine Freunde gewiß schon beim dritten Pilz angelangt waren. Aber es war bereits zu spät, eine Flucht war nicht mehr möglich, denn nun begann der Blecker zu sprechen und mich in seinen Bann zu ziehen. »Höre, mein F r e u n d«, und aus der Art und Weise, wie er das ›Freund‹ aussprach, höhnisch, ironisch, in die Breite dehnend, spürte ich, daß er etwas vor hatte mit mir. Wollte er nur mit mir spielen, weil's ihm zu langweilig war in seinem Steinbett, oder wollte er mich gar zum Instrument machen für eine mir bislang noch unbekannte Sache?, fragte ich mich, aber ich spürte auch: Er brauchte mich, also er war der Herr, ich der Knecht. Nicht schlecht, dachte ich, denn wie oft in der Weltgeschichte ist es nicht schon vorgekommen, daß aus dem Knecht plötzlich der Herr geworden ist und umgekehrt.

»Höre, mein Freund, komm nur, mach's Dir bequem, setz Dich in meinen Schoß und laß Dir eine Irrsinnsgeschichte erzählen. Sie dauert etwas, aber, das verspreche ich Dir, spätestens im Morgengrauen wirst Du wieder bei Deinen Freunden sein.« Als wollte er mich verwandeln, magisch auf mich einwirken und mein Gehirn besetzen, berührte er meine Stirn, fuhr über meine Augen, beugte sich über mich und raunte mir ins Ohr: »Siehst Du sie da oben, siehst Du sie? Wie an jedem ersten Samstag im September, wenn auf dem Musterplatz in der milden Herbstsonne das Schützenfest eröffnet wird, sitzen sie vor ihrem Bier, essen eine Schweinshaxe und erzählen sich ihre alten Geschichten. Seit über zehn Jahren geht das nun schon so, zwischen 12 Uhr und 14 Uhr Eintreffen im Bierzelt, dann der Einzug der Schützen, Tärrräng-tängäng, tärrräng-tängäng, da wedeln die Straußenfedern an den Hüten der Bläser und Trommler, der Herr Kapellmeister schwingt den großen Prunkstab, an dessen Spitze bunte Bänder lustig zur Musik mitschwingen, schließlich vollzieht der Bürgermeister eine weihevolle Handlung: Anstich des ersten Fasses Bier, woraufhin das gesamte Städtchen in einen acht Tage dauernden Bierdunst versinkt. In diesem Jahr sind zehn gekommen, immerhin zehn, dreizehn waren sie, als sie im Jahre 1962 nach bestandenem Abitur auseinandergegangen waren, zehn sind diesmal gekommen, aus allen Himmelsrichtungen sind sie angereist, das war nicht immer so, einmal saß der Möchte-gern-Poet allein im Zelt, welche Gedanken er, der Möchte-gern-Poet, damals hatte, brauche ich Dir nicht zu erzählen, schließlich bist Du ja der Möchte-gern-Poet, und ein gar allerliebstes Gedichten hast Du dazu geschrieben, kannst es mir ja mal vortragen, wenn am Ende die Zeit dazu noch reicht, denn spätestens bei Sonnenaufgang muß ich fertig sein mit meiner Geschichte, und Du hörst mir gut zu, versprichst Du mir's, und schreib sie später mal auf, machst Du's?« Ich versprach's, worauf er in seiner Erzählung fortfuhr. »Also, wo war ich, ach ja, im Bierzelt war ich …«, und indem er so weiter erzählte, schrieb ich's mir in meinen Kopf auf, brachte es später zu Papier und lese nun vor, wie es weiterging.

Da hockten sie also, die Klassenfreunde von damals, glotzten in ihre Bierseidel, und gerade winkte der Beinahe-Kardinal und Theologe, ein passionierter Fotograf, ein sehr hübsches Bedienfräulein im Dirndl-Look herbei und forderte es auf, ein Foto von ihnen zu machen, was das Mädchen sehr gern tat, nicht ohne sich sehr nach unten zu beugen, was von den Freunden mit Wohlwollen beäugt wurde. »Und noch eins«, rief der Möchte-gern-Poet, und »eins für mich«, meinte der Antomfüßiger und Frauenheld, was das Mädchen auch gern tat. Herrrje, durchzuckte es die Freunde, die nun hellwach geworden waren, Herrje, aber keiner wußte genau, was dieser Ausruf zu bedeuten hatte, aber sie fühlten etwas dabei. »Auf, Leute!«, war jetzt der Verwegene im Kornfeld, auch Eddi Constantine vom Katzenbuckel genannt, zu hören, »auf, geh'n wir. Lokalwechsel!« Und als wäre es ihr eigener Wille, erhoben sie sich, schoben ihre Bäuche zum Ausgang des Zeltes und stürzten sich, als wären sie Kinder und sähen dies alles zum ersten Male, in das Getümmel des Schützenmarktes, besetzten das ganze Kettenkarrussel, schossen an der Schießbude um die Wette, wetteiferten in den Selbstfahrautos, um es mal richtig krachen zu lassen, schlenderten an den Marktbuden vorbei, erstanden am Stand der Jakel-Imkerei eine Dose Bioprolek, ein Wundermittel gegen bzw. für alles und ließen sich ermattet und erschöpft auf den Bänken des Wimpina-Platzes nieder, »mal durchatmen«, stöhnte der Soldat mit dem Fürchteblick, dem mit vielen Gleichgesinnten der Frieden im Lande zu verdanken war, eine Tatsache, die ihm allerdings nicht viel Ehre eingebracht hatte, zu Unrecht, mußte man sagen, sehr zu Unrecht.

»Machen wir's wie immer?«, fragte schließlich der tänzelnde Frauenarzt. »Wie immer«, kam es einhellig aus dem Mund der anderen, und weil der Gourmet-Koch schon damit gerechnet hatte, war er bereits vorausgegangen, um das für die zünftige Jause am Hollersee Benötigte zu verrichten. Sie machten sich auf und flanierten durch's Städtchen. Bereits am mächtigen Portal der Kirche hielten sie an. »Wescht noch?«, ließ sich der Antomfüßiger und Frauenheld vernehmen, »wescht noch?« Natürlich wußten alle, was er damit meinte, allein, daß er in seiner mehr rhetorisch gemeinten Frage in den allen vertrauten Dialekt verfiel, zeigte, daß er mehr sagen wollte als die Tatsache, daß einer von ihnen gleichsam als Kundschafter bzw. als Botschafter der Messe bzw. dem Schulgottesdienst beiwohnen und berichten mußte, während die anderen beim Fritz im Bahnhofshotel dem Kartenspiel frönten und dem süffigen Würzburger Pilz zusprachen.

Dieses, was da ›mehr‹ war, bestand in der atmosphärischen Gemeinsamkeit, man kann es auch als Gleichklang der Stimmungen und Gefühle bezeichnen, ein Gleichklang, der sich wie ein Mantel um sie hüllte, so daß ihrem Denken und Handeln jegliche Spitze und Einseitigkeit genommen war. Jetzt erst, vielleicht auch, weil das Ende nun absehbar war, waren sie zusammen, aber der Weg dahin, zu dieser Lebensart, war für jeden lang und beschwerlich, und mochten sie auch in ihrem sonstigen Leben Einzelkämpfer mit eckigen und kantigen Eigenheiten sein, jedesmal, wenn sie nun zusammen waren, fiel dieses Einzelkämpfertum, das sie in einem langen Schulleben erworben hatten, weg. »Wescht noch?«, ließ sich der Verwegene im Kornfeld, auch Eddi Constantine vom Katzenbuckel genannt, vernehmen, als sie in der offenen Halle des Alten Rathauses standen, »wescht noch?, der Hinterscheidt, Beethovens Neunte, Trallerla-Trallerla, Kaarte häwwe ma drosche, Kaarte, und der Möchte-gern-Poet hat interpretiert, verworren, laut, wortgewaltig, tönend, und manchmal ist der Hinterscheidt rausgegangen und wenn er zurückkam, hielt er Abstand, man sollte nichts riechen, wescht noch?« , »aber alle haben ihren Zweier gekriegt«, stellte das Kettenmühlen-Girl fest, »fair war der, fair«, und als sie die Treppe heruntergestiegen waren, rannte der kleine Große Weltvermesser zum

Riesen, stellte sich in Positur, schwenkte seinen Kopf, leicht nach oben geneigt, erst nach links, dann nach rechts, und jeder erkannte in ihm sofort den Schuldirektor, der sich hier aufzustellen pflegte, um zu kontrollieren, ob die Schüler auch schnell genug zur Schule liefen, wenn sich der Zug von Walldürn nach Buchen mal verspätet hatte. Mit seinen Augen machte er ihnen gleichsam Beine, und wenn ein im Halbschlaf zur Schule torkelnder Schüler mal so kühn war, seine morgendliche Verdauungszigarette ausgerechnet auf dem Schulweg genießen zu wollen, dann fischte er sich den Delinquenten heraus und hielt ihm eine gehörige Standpauke, mit der mitunter auch Schülerinnen rechnen mußten, die in bequemen Hosen zur Schule gehen wollten, sie wurden nach Hause geschickt, um sich einen Rock anzuziehen, von wegen der Sittlichkeit. Wescht noch?, alte Geschichten, Geschichten allerdings, die sich tief in ihre Seelen eingeprägt und ihren Lebensweg in der einen oder anderen Weise bestimmt hatten.

Nun standen sie um den Brunnen vor dem Riesen herum, der an den Minnesänger aus Buochheim erinnert, und als die Banker-Nachtigall, berühmt auch als Caruso von Mudau, »So ein Tag, so wunderschön wie heute …« intonierte, da gab's kein Halten mehr, die Bässe und Tenöre vereinigten sich zu einem machtvollen, innig tönenden, gleichwohl auch süß klingenden Chorus, und das hallte wider in den Gassen des Städtchens, dergestalt, daß sich die Fenster öffneten, und die Buchener dem Gesang lauschten, als wäre er direkt vom Himmel herabgekommen. Dem einen Lied fügte sich noch ein weiteres hinzu, und so flanierte die Freundesschar mit heiteren Tönen auf den Lippen die Markstraße entlang, durchschritt das Stadttor, wo sie sich vom Blecker ›segnen‹ ließen, grüßte die in der Nachmittagssonne glänzende Madonna auf dem Platz Am Bild, stand bewundernd vor dem frisch renovierten Prinz Carl, bogen nach links in die Amtsstraße ein und verharrte einen Augenblick vor dem alten Gebäude des Gymnasiums, wo sich die frisch gebackenen Abiturienten vor rund 50 Jahren in dem oberen, straßenseitig gelegenen Raum nach bestandener Abitur-Prüfung versammelt hatten, damit ein Fotograf das denkwürdige Ereignis für die Nachwelt festhielte. Ein jeder hatte jetzt das Foto vor sich, sah sein Gesicht, gab es da etwa schon Hinweise auf den späteren Lebensweg? Junge Leute um die Achtzehn pflegen eigentlich keine fertigen Gesichter zu haben, allein bei genauerer Betrachtung zeigten sich doch Tendenzen, Grundeinstellungen, denen man mit traumwandlerischer Sicherheit folgte.

Zieht einer den Mundwinkel bereits jetzt herunter? Hat er Feuer in den Augen, oder sind sie gar schon gebrochen? Hätte man den künftigen Geschichts-Professor, den habilitierten Institutsdirektor, die umtriebige Journalistin, den erfolgreichen Geschäftsmann, den Rechtsanwalt, den Gourmet-Koch, den ITT-Ingenieur, den überragenden Marathon-Läufer, die Grund- und Hauptschullehrer, die Gymnasialdirektoren, den Behördenpräsidenten, den Offizier, den Banker, den Atomphysiker, die Bankangestellte, die Chefsekretärin und den Gymnasial-Religionslehrer bereits in winzigen physionomischen Eigenheiten ausmachen können?

Ein jeder spann den Gedanken auf seine Weise weiter, und mancher ertappte sich dabei, sich nicht vorgestellt haben zu können, daß der mit den wirren Haaren und dem leidenschaftlichen Blick sich für die am Rand der Gesellschaft Vegetierenden, den Ausländern, Romas und Migranten stark machen würde, während der andere, in dessen Familie es seit Alters her Gewohnheit war, der Erde etwas abzutrotzen, das Feld der Menschheitsgeschichte beackern würde, um seine Ergebnisse in ebenso glänzenden wie umfangreichen Büchern auf dem Markt der Wissenschaften auszubreiten. Konnte man im Jugendgesicht sehen, daß der eher schüchterne und verängstigt blickende Schüler Offizier im obersten Rang geworden war, der kleinwüchsige und quirlige Ingenieur Präsident einer Landesbehörde? Das Gesicht eines kommenden Künstlers war nicht auszumachen, da klebten sie doch alle zu sehr am Leben, an den Pfründen, an ihren Vorstellungen vom eigenen Häuschen, vom Kindersegen und den Pensionen im Alter. Das Städtchen und seine besondere Denkart des Betulichen, Bürgerlichen und Soliden hatte sich bereits damals wie ein Schleier um sie gehüllt. Nur ein Künstler hätte ihn abstreifen können, aber der war nicht unter denen, die sich nun, nachdenklich geworden, auf den vertrauten Wegen in Richtung Hollerbach begaben.

Wie oft waren sie den Weg gegangen, wenn's zum Sportplatz ging, wo der weitwurferprobte Sportlehrer, der noch damals begeistert von seiner Teilnahme an den Olympischen Spielen 1936 schwärmte, bei den Bundesjugendspielen diese harmlosen Wettkämpfe, die Riegenaufstellung eben der Olympia-Spiele imitierend, inszenierte, als wäre nicht eine neue Zeit angebrochen, ein Eindruck, der auch nicht durch die jährlich sich wiederholende Versicherung des humanistisch gebildeten Schuldirektors getilgt werden konnte, der den Schülern immer wieder einbleute, daß sich ein mens sana nur in einem corpore sano angemessen wohlfühlen könne.

Sie ließen den Sportplatz linker Hand liegen, wählten auch nicht den Weg durch den Kiefernwald, den sie im Sportunterricht, der regelmäßig mit einem Waldlauf begann, von der Hollerbacher Brücke heraufkeuchen mußten, jetzt wollten sie sich nicht daran erinnern, wie sie versucht hatten, diese oder jene Abkürzung zu nehmen, um ihr sportliches Ergebnis zu verbessern, jetzt nahmen sie den bequemeren Weg entlang des Hollerbaches, der sich durch ein liebliches Tal zwischen Laubbäumen, Büschen und sanften Wiesen hindurchschlängelte.

Die Wärme der spätsommerlichen Sonne hielt sich noch in den Bäumen und verströmte eine seltsame Melancholie, der sich die seltsamen Wanderer nicht erwehren konnten, ja der Herbst wird kommen, fühlte jeder und jeder meinte dabei etwas Anderes, das machte sie weich und mild. Sie schlenderten in Grüppchen oder paarweise, wie es der Zufall wollte, besprachen das Leben, ihr Leben, wobei sie streng darauf achteten, ganz Persönliches außer Acht zu lassen, so daß man nichts erfuhr über Ehefrauen, Kinder oder Karrieren oder religiöse Einstellungen, versicherte aber, an die Existenz Gottes zu glauben. Ja, man wohne in einem Häuschen, ob es sich bei diesem Häuschen allerdings um einen Prunk-, Protz- oder Prachtbau handelte, gar um ein Reihenhäuschen oder einen umgebauten Kuhstall, darüber wurde geschwiegen. Ja, man habe die ganze Welt gesehen, war auf Feuerland und Alaska kenne man auch und sportlich sei man ungemein aktiv, habe alle erdenklichen Home-Sportgeräte im Keller und Mitglied bei der Freiwilligen Feuerwehr bzw. beim Technischen Hilfswerk sei man selbstredend auch und über den Zusammenhang zwischen den Higgs-Teilchen und Platon könne man trefflich disputieren. Gleichwohl, weil die Vergangenheit sie alle verband, der Zeitgeist der Gegenwart nicht besonders anziehend und über sie bereits hinweggeweht und die Zukunft auf eine überschaubare Restzeit zusammengeschmolzen war, ergingen sie sich darin, immerfort das Vergangene heraufzubeschwören, und so war das »Wescht noch?« allenthalben zu hören. Wäre jetzt einer gekommen, der ihnen geweissagt hätte, morgen, liebe Leute, morgen wird euere Welt ganz anders aussehen, sie hätten ihn wohl für einen Phantasten gehalten oder für einen mit undurchsichten Mächten im Bunde stehenden.

Nun, daß ihnen einer gefolgt war, einer, der genau das bewirken wird, die völlige Umwendung der Denkungsart, einer, der schafft und gegebenfalls auch umstürzt, das konnten sie nicht wissen, gleichwohl war der Unbekannte ihnen gefolgt, mehr noch, er hatte es sich bereits in ihnen selbst gemütlich gemacht.

Am Hollersee

So erreichten sie schließlich, heiter gestimmt und beseelt von einem Lebensgefühl, das Ahnungslose haben, die gemütlich in den Tag hineinleben, die Hollerbacher Brücke und den Hollersee, wo der Gourmetkoch und Lebenskünstler sein Werk bereits vollendet hatte.

Ein prachtvoll gedeckter Tisch lud zum Verweilen ein, ein Gläschen Sekt zum Entree, ausgesuchte Kaiserstuhl-Weine und leckere Kleinigkeiten, die der Gourmet-Koch und Lebenskünstler vom Prinz Carl hatte zubereiten lassen, ließen die Zeit unter »Wescht noch?« – Ausrufen und gelegentlichen Lachsalven wie im Fluge vergehen. Man dankte dem Gourmet-Koch und Lebenskünstler für dieses kulinarische Kunstwerk, das er in seinem mit einem Kühlschrank versehenen Auto hergeschafft hatte, und weil die Stimmung es gebot, trug der Marathonläufer, ein ehemaliger Konvikt-Schüler, ein von ihm selbst verfaßtes Gedichtchen vor, das allgemeinen Anklang fand. Weil es dazugehört, soll es hier wiedergegeben werden:

›Äcker, Felder, Wiese, Wälder – zackern, säe, mähe, dresche,
Scheune, Heu, Grünkerndarre – ein Mühlenrad dreht sich,
klare Bäche, Schnake – Forelle schnelze,
Häuser aus Lehm und Stroh-Dörrflesch, Worscht, Kartoffeln uffem Herd,
Straße, Staub, Sommerregen – barfuß Pfütze treten,
Schmetterlinge, en Haufe – Leiterwagen, Kuhgespanne,
uff de Backe Bremse: klatsche – Schmiede, Hufe, Eise,
unterm Hammer Funken sprühen – Mittagsglocken weit erklingen.
Grillen zirpen – Schaffe, vespern,
Mistbrüh pumpe – Backe, melke, Sense dengle,
Abendläuten, innehalten – Kirche, Pfarrer, Ministranten,
Beichtstuhl, frommgebeugte Tanten – ›Großer Gott wir loben Dich‹,
Schule, Tafel, Kreide, Schwamm – Griffel spitzen, Tinte klecksen,

Lehrer ärgern – mit dem Stock uff d' Finger kriege,
Schüler Müller Finkes, Wiedemann – Flirt mit Sylvie nebenan,
Um d' Ranke Fraue babbele – Kinder heule, Kinder lache,
auf der Miste Hähne krähn – Kleine Städte, alte Dörfer,
Buche, Dürn, Secki – Aleze unn Schlierscht,
Blauer Himmel ungetrübt – Spatze zwitschern, Schwalbe fliege,
Klare Luft und stille Menschen – spreche ›gadding‹ – schimpfe ›Freggling‹,
Ach, die schöne Jugendzeit – die so schnell, so schnell, vorbei.

Das Gedichtchen, in Wirklichkeit ein Preislied auf's Madonnenländchen, machte auf die Freundesschar einen solch tiefen Eindruck, daß man sichtlich ergriffen war von so viel intellektueller Unschuld, man pries die Art und Weise, wie sich in ihm das Leben selbst in natürlicher, ja still-einfältiger Weise einen sinnenfälligen Ausdruck verschafft hatte, ja, man war überrascht, einen solch veritablen Dichter unter sich zu haben, und man bedauerte, dieses Talent erst so spät entdeckt zu haben.
Man schenkte kräftig ein, und gerade als der Möchte-gern-Poet kraft Amtes bzw. Anmaßung desselben eine entsprechende Würdigung beginnen wollte, unterbrach ein lauter Schrei die traute spätsommerliche Idylle am See.
»Karocho, karocho!« hörte man es rufen. Karocho?, das ist doch russisch und heißt so viel wie prima oder klasse. Der Gourmet-Koch und Lebenskünstler wollte es genauer wissen und eilte in die Richtung des Sees, von woher die seltsamen Rufe gekommen waren. Nach einiger Zeit kam er zurück. »Ein Russe hat einen Karpfen gefangen«, berichtete er, »der soll sich bloß nicht erwischen lassen, denn einen Angelschein wird der gewiß nicht haben!« Wie es denn dazu käme, daß ausgerechnet hier ein Russe ... , wollte der Gauloise-Jeansman wissen, »das ist ganz einfach«, unterbrach der Lehrer und Elite-Schmied den allgemeinen Gedankenstrom, »dort oben«, fuhr er fort, indem er mit seinem Arm auf den oberen Weg ins Städtchen zeigte, »dort oben, ungefähr, wo der Millert gewohnt hat, dort ist jetzt Klein-Russland.« Er machte eine Pause, in der man seinen Gedanken nachhing, dann meinte er noch: »Dort geht jetzt die Post ab, also ich mein‹ das Leben.« Man war verwundert, dachte an das pralle Leben auf dem Schützenfest und im Bierzelt und verwies auf den reich gedeckten Tisch, auf dem es an nichts mangelte, was zur allgemeinen spätsommerlichen Magen- und Seelenerheiterung beitrug. Sollte es in dem kleinen

lauschigen Städtchen gar einen Untergrund geben, ein anderes Leben, das beanspruchte, das eigentliche zu sein?

Indes gaben sich die Freunde voll der Heiterkeit des Augenblicks hin, so daß sie sich darüber keine weiteren Gedanken machten, zumal sie allmählich in einen Zustand gelangt waren, der sich zwangsläufig einstellt, wenn die Natur, wie an diesem Spätsommernachmittag, sich nochmals ermuntert, in der Art kaum wahrnehmbarer Reminiszensen an die vergangene Pracht des Sommers zu erinnern, dergestalt, daß die Blumen frühzeitiger ihre Köpfchen neigen und verschließen und auch der Gesang der Vögel eher verstummt. Ein ähnlicher Zustand kann beim allmählichen Übergang des Winters in den Frühling beobachtet werden. Während sich dann aber unsere Seelen mit Hoffnung anfüllen, so war es jetzt am Hollersee Melancholie. Sie schlich sich in die Seelen der Freunde und hätte ihre Stimmung niedergehalten, wäre da nicht plötzlich der Gourmet-Koch und Lebenskünstler, der die Veränderung der Freunde wahrgenommen hatte, aufgestanden, um zu verkünden: »Auf, Leute, alles zusammengepackt, der Grimm wartet schon auf uns!«

Im Engel

Der Grimm, ja der Grimm, Patron des Gourmet-Tempels ›Zum Engel‹ in Hollerbach, ein Künstler in seinem Metier, hierin nicht unähnlich seinen in der Ortschaft mal ansässig gewesenenen Kollegen von der malenden Zunft, den Hollerbachern, die ehemals, lange bevor der derzeitige Wirt das Haus in den Gourmet-Himmel gekocht hat, in seinem Lokal verkehrten, tagsüber in die Landschaft ausschwirrten, um diese auf die Leinwand zu bannen, oder zwecks Stählung der Körper sportliche Olympiaden durchführten, um Kräfte für die nächtlichen ›Turnübungen‹ zu sammeln, ja dieser Koch-Künstler hatte in der Tat bereits alles vorbereitet, wobei er sich streng an die Vorgaben hielt, die unser Gourmet-Koch und Lebenskünstler ihm einige Wochen vorher auferlegt hatte. Zwar möge er, wie immer, alles aufs Feinste pikassieren, gleichwohl müsse alles regional sein, hatte er ihm aufgetragen, dazwischen einige südländische Grüße und dazu den herrlichen Roten aus der portugiesischen Heimat der Patronsgattin.

Man betrat das kleine Land-Gourmet-Tempelchen durch eine niedrige Tür, wurde herzlich empfangen von einer schwarzhaarigen Dame, einer Dona, wie sich später herausstellen sollte, die sich der Patron von einer Wein-Verkostungs-Reise aus Portugal mitgenommen hatte, um sie hier im Madonnenländchen der Madonna am Bild zu Buchen als lebendige an die Seite zu stellen. Daß man, wie gemunkelt wurde, bereits Wallfahrten seitens der männlichen Bevölkerung zu dieser lebendigen Madonna machte, um sie anzubeten und um Erlösung von allerlei Leid zu bitten, war angesichts der rassigen Schönheit dieser Dona unmittelbar verständlich. Grazil und elegant geleitete sie die Freunde in den Nebenraum, wo an einer u-förmig aufgestellten Tafel bereits alles aufgedeckt war.

Der Gourmet-Koch und Lebenskünstler war sogleich in der Küche verschwunden, um seinem Kollegen letzte Anweisungen zu erteilen, während die Dona den obligaten Sekt kredenzte. »Alles in Butter«, meinte der Gourmet-

Koch und Lebenskünstler, als er zurückkam, »alles in Butter«, was er wörtlich gemeint haben mußte, wie später festzustellen war, denn das Essen schmeckte so vorzüglich, daß der Chefkoch des Engels an dieser Kredienz gewiß nicht gespart hatte. Der Gourmet-Koch und Lebenskünstler nahm in der Mitte der Tafel Platz, erhob sich aber noch einmal, um mit einem Glas Sekt auf das Gelingen des Abends anzustoßen, woraufhin auf seinen diskreten Wink hin die Dona, von zwei adretten jungen Servierdamen unterstützt, die Vorspeise servierte.

Es gab grantierten Feldsalat an Grünkernspelz. Natürlich ließ es sich der Gourmet-Koch und Lebenskünstler, der für das gesamte Essen verantwortlich war, nicht nehmen, jeden Gang ausführlich zu kommentieren. »Der heimische Feldsalat wurde von fröhlichen Mädchen auf Feldern direkt unter dem Wartberg gepflückt«, dozierte er, »und der Grünkern reifte unter der prallen Sonne des Baulandes auf den Äckern des Landwirt meines Vertrauens. Alles biologisch, der Spelz wurde belassen. Dazu ein leichter Riesling von den Südhängen des oberen Morretals. Guten Appetit!« Es folgten noch weitere Ausführungen, die aber in dem Geräusch der klappernden Teller und Gabeln untergingen. Man hatte schlicht und einfach Hunger, denn die Luft im Hollerbachtal wirkt, was ja allgemein bekannt ist, appetitanregend, weshalb die Portionen im ›Engel‹ gemeinhin als üppig bekannt waren. Die zweite Vorspeise bestand aus einem Grünkernsüppchen an Sahneschaum mit Hettinger Sauerampferspitzen, delikat und köstlich, für einen von allen erwünschten Nachschlag reichte die Menge allerdings nicht aus. Der Patron und Chefkoch hatte damit einfach nicht gerechnet.

Schließlich der Hauptgang. Wiederum erbat sich unser Gourmet-Koch und Lebenskünstler ein wenig Aufmerksamkeit, um das eine oder andere zu erklären, denn er wußte nur zu gut, daß die Freude an einem Essen nicht allein durch die Geschmacksnerven entschieden wird sondern auch durch ein profundes Wissen. »Das Filet, nussig ausgebraten, stammt von hiesigen Rindern, die sommers auf saftigen Wiesen weiden und winters nur Heu erhalten. Natürlich vom Landwirt meines Vertrauens, und daß er mir seine Viecher gelegentlich meiner Besichtigung namentlich vorstellte, war eine ganz besondere Gunsterweisung. Für unser Essen habe ich ein besonders lustiges Rindvieh ausgesucht, als ich es streicheln wollte, tanzte es wie wild um mich herum, wälzte sich im Gras und war nicht zu beruhigen. Was mögen nur die anderen Rindviecher gedacht haben, als sie uns so rumtorkeln sahen, Emma und mich, ich mit einem Messer, Emma mit ihren Hörnern? Es ging ums nackte Überleben, Emma oder ich, als Beigabe Grünkern an … .« So ging das weiter, eine halbe Stunde lang, und als unser Gourmet-Koch und Lebenskünstler seine Suade beendet hatte, waren die Teller der Freunde bereits geleert, und jeder beobachte den anderen, ob vielleicht eine Besonderheit an ihm festzustellen wäre, ob er gar vielleicht schon rumtorkelte, und ob das etwa mit dem Filet zusammenhinge oder vom Rotwein komme, denn zum Fleisch hatte unser Gourmet-Koch und Lebenskünstler einen Tropfen vom Hettigenbeuerner Steilhang kommen lassen, und der war derart süffig, daß es bei einer Flasche nicht blieb.

Allein, man unterließ eine weitere Vertiefung dieses Sachverhaltes, gab sich stattdessen der Nachspeise hin, an der der heimische Grünkern wiederum eine dominante Stelle einnahm, und saß noch einige Stunden beisammen, die angefüllt waren mit endlosen ›Wescht-Noch?‹-Erzählungen und ›Er-lebe-hoch‹-Zurufen, erst auf unseren Gourmet-Koch und Lebenskünster, dann auf das Städtchen, auf die Dona, schließlich auf das Leben im allgemein und besonderen, wobei jeder auch an seine Donna zuhause gedacht haben mag. Schließlich erschien der Chefkoch und nahm die Dankbezeugungen der Freunde in Empfang, wobei auch seine Dona in ein rechtes Licht gerückt wurde, und als der Tänzelnde Arzt auf das Gemäldefries, das die Hollerbacher Maler als Gemeinschaftswerk in diesem Gastraum hinterlassen hatte, hinweisen wollte, kam es lallend zurück: »Wir haben genug.« Man ging, berauscht, man torkelte vor Glück ins andere Glück.

Inzwischen war der Mond aufgegangen und verströmte ein milchiges Licht über die Wälder. Ja, das Leben ist schön, dachte ein jeder, und weil der Weg zurück ins Städtchen durch den Wald vielleicht doch zu mühsam war, wählten sie die Straße. Sie merkten es nicht, daß ihnen da einer gefolgt war, als sie durch das Russenviertel gingen, wo es nach Fisch roch und wo das Leben brodelte. Man hörte russische Volksweisen und Volkslieder in einem alten, längst vergangenen deutschen Sprachklang, mit Hingabe und Leidenschaft gesungen, Balaleika-Klänge ergriffen die Herzen der Freunde, Wehmut und Fernweh wollten sich breitmachen inmitten dieser ganz anderen, russischen, ja sibirischen Welt, und als sie schließlich die Kuppe des sich lang nach oben ziehenden Weges erreicht hatten, waren sie doch froh, die altvertrauten heimatlichen Weisen zu vernehmen, die vom Schützenmarkt herrührten und ihnen die Gewißheit vermittelten, doch nicht aus der Welt und der Zeit gefallen zu sein, sondern im Städtchen, in Buchen, in der Perle des Madonnenländchens zu sein.

Diese Gewißheit belebte die Freunde derart, daß sie beschlossen, an den Ausgangspunkt ihres Treffens zurückzukehren und einzutauchen in das pralle Nachtleben Buchens, wo das Bier in Strömen floß, wo gesungen und getanzt und die Zeit vergessen wurde. »Wescht-noch!, wescht-noch!«, kam es aus aller Munde, erst ganz fest, dann verhaltener, schließlich nur noch gelallt, » w e s c h t – w e s c h t – n o c h , n o c h ?«

Der Entschluß

Am nächsten Morgen wußte keiner, wie er ins Bett gefunden hatte. Auch wußte keiner, daß etwas geschehen war in dieser Nacht, etwas, was ihr weiteres Leben vollständig verändern sollte. Der Blecker war über sie gekommen, hatte sich in ihren Köpfen ausgebreitet und sich dort niedergelassen, wo gemeinhin der Verstand anzusiedeln war. Er hatte sich in ihnen verklont. Wie in jeder Nacht hatte er sich im Bezirksmuseum erhoben, sein steinernes Gewand abgestreift und war seinen Weg durch die Markstraße geirrt, war durchs Stadttor getorkelt und hatte sich vor der Mariensäule aufgestellt. »Ha, du altes Weib, bist immer noch da«?, und indem er sich so würdelos der Madonna näherte, bot er dieser sein Hinterteil an und forderte sie auf, ihm endlich ihre Reverenz zu erweisen, dergestalt, daß sie es küsse. Natürlich widerstand sie dieser Anmaßung auch in dieser Nacht wie schon seit Jahrhunderten, und wie seit Jahrhunderten schaffte es der Blecker auch in dieser Nacht nicht, sich an der Säule emporzuhangeln, denn kurz bevor er den rechten Fuß der Madonnengestalt erreichte, trat sie auf seine Finger, wodurch der Blecker unter irrsinnigem Geschrei von seinem Vorhaben abließ. Mit einer wüsten und unflätigen Drohung wandte sich der Irrsinnige von der Mariensäule ab, huschte in den Prinz Carl und vollbrachte hier sein Werk. Er suchte die Freunde heim, erschien ihnen in ihren Träumen und veränderte ihr Bewußtsein.

Nun saßen sie am Frühstückstisch, das Hirn pochte, der Kaffe dampfte, die Welt war anders geworden. Draußen schien die Sonne, sie wartete auf das Leben im Städtchen, aber es tat sich nichts. Hier und da huschte mal ein Mensch vorbei, in den Läden gähnten die Verkäuferinnen, in den Kassen war Ebbe, der Bürgermeister war auf Dienstreise, vom Stadtturm schlug es Zehn. »Das erscht, was mir mache müsse, iss: Es muß Lebe in die Stadt!«, ließ sich der Rechtsverdreher und Schlotfan vernehmen, »mir sperre die B27 und leiten den gesamten Verkehr wieder durch unsere Straßen«.

Im Vorblick auf die schwere Arbeit, die auf sie wartete, leerten sie das Frühstücksbuffet, verstauten noch belegte Brötchen und Brote in ihren Taschen, steckten einige Flaschen Bier und Schnaps in ihre Rucksäcke, besorgten sich Äxte und Sägen und zogen unter fröhlichen Gesängen, die ihnen der Musiklehrer Bauer vom BGB einst beigebracht hatte, durch die Straßen, deren Häuser sich so herausgeputzt hatten, als gehörten sie zu einem Museum, sehr schön, sehr stilecht, die alten Fachwerkgemäuer, aber ohne allen Lebens, in der Linsengasse roch es auch nicht mehr nach Vieh, Landwirtschaft und Dung, und nirgendwo verkündete ein Hahn den Aufgang der Sonne, die Menschen lagen in ihren Betten, sie schliefen, ja, warum wohl? Natürlich, es fehlte der Morgenruf des Hahnes, der sie zur Arbeit aufforderte, Buchen, die schöne Perle im Madonnenländchen, Herberge von Josef-Martin Kraus, von Burghardt, von Wimpina und vielen anderen bedeutenden Menschen aus der Geistesgeschichte, den Maler Schnarrenberger nicht zu vergessen, war zu einem Museum geworden, Stillstand allenthalben, und der Bürgermeister auf Dienstreise.

Als die Freunde die B27 erreicht hatten, legten sie sich mächtig ins Zeug, fällten die Bäume an den Straßenrändern, wobei sie darauf achteten, daß sie schön quer über die Straße fielen, so daß sie nur wenig Arbeit mit den Absperrungen hatten, an denen sie Plakate montierten, worauf stand: ›Langfristige Sperrung. Weiterfahrt nur durchs Städtchen‹. Städtchen hatten sie geschrieben, als wollten sie Buchen genehm machen, vielleicht einmal im Städtchen zu verweilen, sich hinzusetzen, es sich gemütlich zu machen für ein, zwei Stunden, einen Most zu trinken, vielleicht auch mal einen Tag, vielleicht auch zwei zu bleiben. Eine Stadt zielt auf's Gehirn, ein S t ä d t c h e n erfaßt das Gemüt des Menschen, verspricht Traulichkeit und Geborgenheit, und genau daran fehlt's bei den Menschen heutzutage, den grauhäutigen Frankfurtern zum Beispiel oder den luftverpesteten Mannheimern, und genau das war schließlich das Geheimnis der Aufwärtsentwicklung, die sich unmittelbar nach der Absperrung im Städtchen einstellte.

Zuvor aber machte es sich die Freundesschar auf dem abgesperrten Teil der Straße gemütlich, man breitete eine Decke aus, vesperte ausgiebig, feierte den Erfolg und faßte, auf der Brücke über das Morretal trutzig Seit an Seit stehend wie weiland die Schweizer beim Rütli-Schwur, einige Beschlüsse als da wären: Wir bleiben von nun an immer zusammen, wir leben im Prinz Carl, unsere Devise soll heißen: Ferre, Buche! Vorwärts in die Vergangenheit!

Und als sie mit voller Inbrunst das Liedchen aus ihrer Jugendzeit ›Wir wollen n i e m a l s auseinandergeh'n, wir wollen i m m e r zueinandersteh'n, mag auch …‹ gesungen hatten und voller Ergriffenheit so beieinander standen, meinte der Möchte-gern-Poet tiefsinnig: »Und der Letzte macht das Licht aus!« Die anderen schauten sich verstohlen an, und jeder dachte bei sich, ganz gewiß werde ich das sein.

Ferre, Buche – Vorwärts – in die Vergangenheit

Unter munteren Gesängen machten sie sich auf den Heimweg und staunten nicht schlecht, als sie am Prinz Carl, ihrem neuen gemeinsamen Zuhause, angekommen waren: Lärm, Leben, Chaos. Das Städtchen brodelte. Der örtliche Polizeiposten hatte von Mosbach Verstärkung angefordert, aber die kapitulierte sofort angesichts des Chaos›. Die Herren Polizisten, auch eine Dame war darunter, kess, hübsch, sexy, machten es sich sogleich auf der Terrasse des Prinz Carl gemütlich. Nach einer Stunde bei Bier und Kartenspiel waren sie dienstunfähig. Schließlich tauchte ein Polizei-Hubschrauber auf und forderte die Bevölkerung auf, angesichts der Überfüllung der Straßen in den Häusern zu bleiben. Die Autofahrer wurden ermahnt, nun endlich weiterzufahren. Aber die scherten sich nicht darum, vielmehr ließen sie ihre Karre im Stau stehen, stiegen aus und flanierten durchs Städtchen. Betschwestern strömten in die Kirche, um das Chaos der höheren Macht anzuvertrauen, und schließlich tauchte auch der Bürgermeister auf. Er unterbrach nach Bekanntwerden der Ereignisse in seinem Städtchen sofort seine Dienstreise, die ihn zwecks Eingemeindungs-Verhandlungen nach Walldürn geführt hatte. Er brauchte die 10.000 Seelen der Wallfahrtsstadt, um endlich Oberbürgermeister zu werden. Die Walldürner waren auch grundsätzlich einverstanden, zögerten aber den Vertragsabschluß aus unerfindlichen Gründen immer wieder hinaus, und gerade in dem Augenblick, als der Walldürner Kollege seinen Amts-Füller zückte, kam der Handy-Anruf des Ortspolizisten: »Borchemeschter, du muuscht kumme, hier isch d›r Teifel los!« Ach, wie nahe war doch der Polizeibeamte an der Wahrheit, wie nahe, hätte er, statt den Teufel zu bemühen, nur Blecker gesagt.

Natürlich berief der Bürgermeister sofort den Gemeinderat zusammen, forderte vom entsprechenden Dezernenten den für solche Fälle ausgearbeiteten Notfallplan, mußte aber erkennen, daß der nicht existierte. Verkehrschaos und Touristen-Überfüllung waren in der städtischen Notfallverordnung nicht mehr vorgesehen, seit man durch Errichtung einer entsprechenden Infragestruktur, als da wären Umgehungsstraßen und Musealisierung der Stadtstruktur usw., diesen modernen Übeln den Kampf angesagt hatte. Der Bürgermeister sah ein, daß er angesichts dieser Situation machtlos war, und um seinen Bürgern gleichwohl etwas Gutes zu tun, ordnete er an, die Pforten der Stadthalle zu öffnen, flugs Bänke aufstellen zu lassen, Most zu besorgen, Wurst und Brot dazu, damit die vielen Autofahrer wenigsten notdürftig versorgt werden konnten, denn alle Wirtschaften und Restaurants waren hoffnungslos überfüllt, und da sich viele Autofahrer kurzfristig entschlossen hatten, für eine oder zwei Nächte im Städtchen zu bleiben, ließ er auch sogleich Notbetten aufstellen, für einen Appell an die Bevölkerung, Schlafstätten zur Verfügung zu stellen, war die Zeit einfach zu kurz.

Umgehend fand sich der Bürgermeister zu weiteren Beratungen im Prinz Carl ein, wo er auf die Polizisten stieß, die soeben mit dem munteren Freundes-Trüppchen Brüderschaft getrunken hatten. »Nein, was für ein Chaos«, meinte er und schaute dabei auf die Polizisten, »sowas hat Buche noch nie erlebt!« »Noch nie erlebt, noch nie erlebt«, erwiderte lallend die vereinte Staatsmacht und die schaute auf das Trüppchen der Freunde, die sich durch die Blicke der Staatsdiener genötigt sahen, auch ihren Kommentar abzugeben, dergestalt, daß sie ›Davon geht die Welt nicht unter …‹ sangen, und wenn sie nun etwas genauer in sich hineingehorcht hätten, was ihr Zustand allerdings verhinderte, hätten sie ein höhnisches Lachen in sich gehört, ohne Zweifel, es war der Blecker in ihnen.

Unterdessen war es Mittag geworden, man gönnte sich allenthalben eine Pause, die einen speisten in den Restaurants, sofern sie noch einen Platz gefunden hatten, die anderen flanierten, Döner oder Bratwurst mampfend, durch die Straßen, und da auch unsere Freunde hungrig geworden waren, ließen sie sich von den Köstlichkeiten des Prinz Carl verwöhnen, alles aus der Region, wie die Speisekarte versprach, und das schmeckte so vortrefflich, daß sie über zwei Stunden am Tisch saßen, wobei sie dem delikaten Frankenwein-Scheurebe – munter zusprachen und auch den Taubertäler Schwarzen, eine alte, neu entdeckte Weinrebe, nicht verachteten. Unter »Wescht-noch?«-Rufen, mit denen sie ihre alten, für sie aber immer wieder neuen Geschichten einleiteten und würzten, verging die Zeit. Wer wollte es ihnen verdenken, daß sie nun müde waren? Zuviel hatte sich an diesem Vormittag ereignet, zu sehr wirkte der Blecker in ihnen, und so zogen sie sich zurück, nicht ohne sich gegenseitig zu versichern: »…und heute Abend: Klassentreffen! Wescht-noch?«

Lassen wir sie ruhen. Aber wir wissen: Wenn auch der Körper ermattet im Bett liegt, so bleibt der Mensch dennoch in einer merkwürdigen Weise wach, denn »Niemals, aber niemals schläft die Seele« meinte erst jüngst ein großer, alter Mann der französischen Philosophie in seinem Essay ›Vom Schlaf‹. Und so erging es auch den Freunden, deren Seelen keine Entspannung fanden, merkwürdige Bilder erschienen ihnen in ihren Träumen, Gestalten mit langen Haaren, übergroßen roten Mündern und roten fingernagelartigen Krallen bemächtigten sich ihrer und wollten sie überwältigen, fettbäuchige Kinder, auch spindeldürre, plärrten und gierten nach allem, was sich ihnen bot. Albträume, ganz gewiß, Wahnbilder, und hätte nun jemand der Freundesschar gesagt, wie wirklich eines dieser Bilder bereits am nächsten Tag würde, die Freunde hätten sich verabschiedet und das Weite gesucht.

Nun aber schliefen sie noch, wurden pünktlich am frühen Abend wieder wach und fanden sich körperlich frischermuntert im Frühstückssaal des Prinz Carl ein. Sie nahmen an einer großen Tafel Platz, wobei nicht sonderlich streng auf die Sitzplatzordnung geachtet wurde. Den einzig festen Platz hatte der Möchte-gern-Poet, er residierte an der Tisch-Front, von ihm aus rechts gesehen, die treu ergebene Sanfte Herzensdame, links von ihm, der Sanften Herzensdame gegenüber, der Geschichtsforscher und Gartenliebhaber, man war geneigt anzunehmen, daß sich diese Sitzordnung nach der Nähe ausrichtete, in der sie während der Schulzeit zum Möchte-gern-Poet standen. Dieser hatte eine dominante Stellung in der Klasse, was u.a. auch darauf zurückzuführen war, daß er wesentlich älter war als seine Klassenkameraden und natürlich, weil sich der liebe Gott mit ihm eine besondere Kapriole ausgedacht hatte, die ihn in gewisser Weise zu einem Sonderling machte. Man brachte ihm nicht Achtung entgegen, sondern Verständnis. Das spürte der Sonderling. Er hatte nur allzu früh gespürt: Wer ›versteht‹, wer zuläßt, wer Leben zuläßt, der herrscht. Der Möchte-gern-Poet, den die Natur bzw. die hinter ihr wirkende Macht, gleichsam als Ausgleich, mit einem riesigen Empathie-Vermögen und Schauspieler-Talent ausgestattet hatte, fühlte das nur zu gut, und weil er nur zu genau erfahren hatte, daß es für ihn aus dieser Rolle kein Entrinnen gab, nützte er sie für seine Zwecke aus, was ihn wiederum nur noch mehr in eine Sonderstellung geraten ließ. Man ließ ihn gewähren und so ließ man ihn auch heute Abend das Klassentreffen eröffnen, das nach einem sich inzwischen festgelegten Ritual ablief.

Der Möchte-gern-Poet tippte an sein Glas, worauf sich sofort völliges Schweigen einstellte, strich sich durch sein wirres Haar, überblickte die Freundesschar, tat so, als ob er zähle und begann seine Begrüßungsrede: »Liebe Freunde, nun seid ihr wieder alle da. Vollzählig sogar. Es gibt nichts Neues, deswegen laßt uns sofort eintauchen in die Freuden der vergangenen Zeiten. Wescht noch?, der olle Tschou damals, als die Wagendeichsel krachte und er sich mit uns mit der Bemerkung ›Kommt wir gehen gleich weg!‹ aus dem Staub machte? Wescht noch?« »Wescht noch, der Fred?«, ergänzte der kleine Große Weltvermesser, »wescht noch, wie der den ollen Tschou immer vorgeführt hat in Algebra? Der olle Tschou, wenn er an seine Grenzen gekommen war, wandte sich hilfesuchend an den Fred und herrschte ihn liebevoll an ›Komm er an die Tafel, Görner‹, und der, ganz cool, die linke Hand lässig in der Hosentasche, vollführte an der Tafel wahre Kapriolen, daneben der olle Tschou, der keine Ahnung mehr hatte, hochrot, sein Unvermögen nur mühsam verbergen könnend und deshalb auf klassendisziplinierende Maßnahmen ausweichend. Und dann, als der Fred an seinen Platz zurückging, wurde er vom ollen Tschou nochmal extra diszipliniert, als wolle er dabei klarmachen, daß er, der olle Tschou, immer noch der Boß wäre in unserer Klasse. Wescht noch?«

Unter dem Verspeisen eines ausgewählten Gourmet-Essens, vom Chefkoch des Prinz Carl persönlich zubereitet, und etlichen Flaschen Weins vom Kaiserstuhl vergingen die Stunden, der ganze Raum füllte sich mit den alten Geschichten und die Wescht-noch-Salven dröhnten durchs Haus und auf die Straßen. Tja, das Leben war schön, und da gerade Schützenmarkt war, fand man sich noch im Bierzelt ein, wo man den Tag um Mitternacht in feuchtfröhlicher Runde ausklingen ließ.

Bei der Wahrsagerin

Und während die Freunde ihren Rausch ausschliefen, waltete der Blecker seines Amtes, vollführte seinen mitternächtlichen Veitstanz um die Madonna herum und fand sich, wie gewohnt, schließlich bei Wanda ein. Wanda, die das Schicksal in den fünfziger Jahren auf der Flucht vor den Russen aus Krakau nach Buchen verschlagen hatte, verdiente ihren Unterhalt als Kartenlegerin, ein Metier, das sie von ihrer Großmutter mütterlicherseits ererbt hatte.

Der Blecker erklomm wie in jeder Nacht die morschen Bretter zur Behausung der Wahrsagerin, die ihre Besucher in einem eigens für ihre Tätigkeit eingerichteten Zimmer empfing, bot ihr sein Hinterteil dar, dem sie pflichtschuldigst ihre Reverenz erwies, und winkte unwirsch ab, als sie auch sein Vorderteil in gewohnter Weise ›bearbeiten‹ wollte. »Heut‹ nicht, Wanda«, zischte er, »hab's eilig, bin erregt genug! Hast Du sie schon gesehen?« »Du meinst die Kerle im Prinz Carl?«, fragte sie zurück. »Natürlich, natürlich, morgen werd‹ ich's mit denen zu tun haben. Nicht direkt, aber …«, sie machte eine Pause, in die der Blecker » … aber mit ihren Weibern!« hineindröhnte. »Hahaha«, lachte die Wanda und meinte höhnisch, »Blecker, alter Kumpel, hast Du jetzt auch schon meinen Job übernommen? Hahaha, der Blecker als Wahrsager! Schwächelst wohl ein bißchen?« Der Blecker, auf einen solchen Widerstand von Wanda nicht eingestellt, streckte ihr die Zunge entgegen und herrschte sie an: »Ich verlaß mich auf Dich! Wie immer!« »Wie immer«, entgegnete die Wanda, und es lag dabei etwas Beruhigendes in ihrer Stimme, denn sie wußte nur zu gut, daß der Blecker in erregtem Zustand zu allem fähig war und auch nicht davor zurückschreckte, ihr gegebenenfalls an den Kragen zu gehen.

»Wie immer«, wiederholte sie nochmals, »wie immer! Und nun geh›!« Das klang fast zärtlich.

Der Blecker polterte die Treppen hinunter und wollte sich gerade in den Prinz Carl begeben, als er an der Madonnen-Säule vorbeikam und bemerkte, daß die Madonna ihm mit ihrem linken Auge zuzwinkerte, ja ihm förmlich zukniebte. ›Das hat sie doch noch nie getan, was soll denn das nun wieder?‹ dachte der Blecker irritiert, ›eine Madonna, die mit dem linken Auge zwinkert? Nein, nein, das kann, das darf nicht sein. Ich wäre erledigt. Dann hätte sie gewonnen. Das darf keiner erfahren. Sollte das rauskommen, wird's gar von Rom als Wunder anerkannt, und dann gute Nacht Walldürn. Buchen würde Wallfahrtstadt, die Stadtsäckel prallgefüllt, Walldürn würde dann endlich eingemeindet und der Bürgermeister wird Oberbürgermeister. Das wäre der Ruin für mich! Ich hab nichts gesehen‹, sagte sich der Blecker, ›am besten wird's sein, wenn ich nichts gesehen habe! Es kann nicht sein, was nicht sein darf!‹

Damit riß sich der Blecker wieder in seine Wirklichkeit zurück, erschien der Freundesschar in deren Träumen und gab ihnen ein, was sie morgen zu tun hatten.

Noch ein Beschluß

Um sieben Uhr bereits war man wieder versammelt. Zwar war die Nacht kurz, die Träume nervend und die innere Unruhe groß, aber die Freunde waren halt in dem Alter, wo die innere, also die biologische Uhr fest einprogrammiert war. Der erste Stuhlgang erfolgte um sechs Uhr, anschließend die Tabletten-Tages-Ration portionieren und die erste mit lauwarmem Wasser einnehmen. Dann das Übliche an Toilette, alles auf jeden Fall schnell, damit man pünktlich um sieben Uhr vor dem dampfenden Kaffee einen ersten Blick in das Heimatblatt werfen konnte. Rosl, seit urdenklicher Zeit Hausdame im Prinz Carl, hatte es sich nicht nehmen lassen, die Frühstückstafel selbst einzudecken.

Eigentlich war das nicht ihre Aufgabe. Daß sie es dennoch tat, mußte einen tieferen Grund haben. Rosl war mit dem großen Trek aus dem Osten gekommen und im Prinz Carl ›hängengeblieben‹. Gab es da vielleicht eine Verbindung zur Wahrsagerin, die der große Flüchtlingsstrom ja auch nach Buchen gespült hatte? Und über die Wahrsagerin gar eine Verbindung zum Blecker? Die Freunde wußten nichts, ahnden nichts und vermuteten nichts, sie bedienten sich am Frühstücksbuffett, häuften auf ihre Teller, als müßten sie heute mit Rückepferden die dicksten Baumstämme transportieren, hörten mit Genugtuung aus dem Buchener Lokalradio die Meldung, daß die B27 auch heute und für nicht absehbare Zeit gesperrt sei und infolgedessen auch heute wieder mit einem Verkehrschaos in der Stadt zu rechnen sei, schenkten sich noch eine Tasse Kaffee ein und waren nun bereit zur Morgenkonferenz.

»Morche«, begrüßte sie der Möchte-gern-Poet, ein Frühaufsteher, der bereits seit fünf Uhr morgens an seinen Gedichtlen bastelte, »habt Ihr alle euere Tabletten genommen?«, man nickte. »Dann alle ran ans Werk gemäß unserem Motto: Buche-Vorwärts in die Vergangenheit! Ferre, Buche!

Es ist beschlossen«, und so, wie er das betonte, wurde es nicht erst nach einer ausführlichen Diskussion und Abstimmungzeremonie eigens und förmlich beschlossen, sondern es war bereits in einem für die Freunde nicht

durchschaubaren Prozeß eine beschlossene Sache, ohne Diskussion, ohne Aussprache, nicht demokratisch, sondern m e n t o k r a t i s c h , also in einem Akt nicht weiter begründungsbedürftiger geistiger Übereinstimmung, »es ist beschlossen«, wiederholte der Möchte-gern-Poet, »ein für alle Mal ist beschlossen:
1. Wir bleiben zusammen bis zum Ende, der Letzte macht das Licht aus. Wir bilden einen Club. Er heißt Wescht-noch-Club. Abkürzung WnC. Eine entsprechende Plakette wird am Eingang zum Prinz Carl angebracht. Die Leute sollen uns auch finden können.
2. Die Finanzierung unseres Lebens hier im Prinz Carl wird dadurch gesichert, daß wir all unser Kapital, alles, was wir besitzen, den lieben Wirtsleuten vom Prinz Carl überlassen, die uns nach alter Vätersitte und nach ihrem Wahlspruch versorgen werden, der also lautet: › ... die bei ihm einkehrenden Gäste wohl zu beherbegen, mit guter Speiß und Trank nach deren Begehren zu versehen, mit dem Zechenmachen aber sie nicht zu übernehmen und ihnen ansonsten mit gutem Willen zu Händen gehen, nicht minder alle herrschaftlichen Schuldigkeiten jederzeit richtig und ohne Gefährde abzustatten.‹ Da läßt sich nichts hinzufügen, ich denke, wir sind in den besten Händen.« Daß dabei die Rosl an der Tür stand und süffisant lächelte, hatte keiner der Wescht-noch-Clubmitglieder mitgekriegt.
3. »Wir sind autark. Wir haben unter uns: eine Frau, die uns pflegt, wenn wir nicht mehr können, wir haben einen Arzt für unsere Wehwehchen, einen Theologen für die christliche Himmelfahrt, einen Offizier, der mit seinen Soldaten aufmarschieren kann, wenn wir uns verteidigen müssen, einen Geodäten für die Vermessungsarbeiten bei der Restitution unserer Stadt, einen Physiker, der alle statischen und sonstigen ökologischen Aufgaben durchführen kann, einen Gourmet-Koch, der für die öffentlichen Speiselokale der Bevölkerung seine Künste einsetzen wird, einen Banker, der den Geldmengenfluß unserer Stadt regulieren, gegebenfalls Regionalgeld drucken wird und etliche Lehrer, die für die Umerziehung der Bevölkerung im Sinne unseres Wahlspruches sorgen werden, einen Historiker, der für den stilgerechten Umbau des Städtchen in die Zeit der fünfziger Jahre die nötigen Voraussetzungen hat und schließlich noch einen Dichter, der die ganze Umwandlung

mit schönen und hehren Gesängen begleiten wird und für die ins Auge gefaßten Theateraufführungen, wie zum Beispiel den ›Jedermann‹ im Museumshof sowie der Internationalen Josef-Martin-Krausfestspiele, zuständig ist. Wir sind, wie bereits gesagt, wir sind autark. Im übrigen: Für die Liebe ist Wanda zuständig!
4. Es wird ab sofort ein Bürgerbüro eingerichtet. Wer was will, wem etwas nicht paßt, soll zu uns kommen. Wir werden für Veränderung sorgen, mit Sicherheit.
5. Der Chefredakteur des Buchener Lokalrundfunk sowie die Vertreter der Printmedien werden angewiesen, unsere Anordnungen kommentarlos zu verbreiten und sich für deren Durchführung nachhaltigst einzusetzen. Falls sie sich weigern, werden sie gefeuert. Dann übernehme ich alle freiwerdenden Funktionen. Wir werden die Sache schon goebbeln.

Hat einer noch eine Frache?« Natürlich war das nur rhetorisch gemeint, keiner hatte eine Frage, denn das war ja das Beglückende: Sie waren alle e i n e r Meinung. »Und ab sofort wechselt der Vorsitz im Wescht-noch-Club täglich, jeder ist gleichgut. Das heißt: Wir schaffen den Vorsitzenden gleich ab. Den brauchen wir nicht. Jeder spricht für sich und für alle zugleich.«

Einschneidende Veränderungen

Selbstverständlich war man einverstanden, und noch ehe man sich einen nächsten Kaffee eingeschenkt und ein gemütliches Morgen-Zigarrettchen angezündet hatte, kam aus der Schenke ein Bedienmädchen hereingestürmt, gestikulierte aufgeregt mit ihren Händen und rief immer nur: »Do isch enner, do isch enner! Der will zu Eich!« Ein Bürger war's, wie sich herausstellte, ein Buchener, der im Lokalfunk die Meldung gehört hatte, die der Chefredakteur wegen der Bedeutsamkeit ihres Inhalts höchtpersönlich verlesen hatte, worauf der gute Mann sofort zum Prinz Carl geeilt war, um sein Anliegen vorzubringen. Wie eilig er es hatte, konnte man daran ersehen, daß er noch in seinem Schlafanzug steckte und offensichtlich gerade dabei war, sich zu rasieren, denn der Rasierschaum wabberte an seinem Gesicht herunter. »Beim Zeus, der Z.E.U.S muß weg, beim Zeus!« Soviel war sofort klar: Der gute Mann verfügte über eine enorme humanistische Bildung und war ganz gewiß einmal Schüler des hiesigen Gymnasium gewesen, er sprach so versessen, so leidenschaftlich, so hummelig, da war ein so ein hohes Maß an neuhumanistische Protest-Bildung, der Mann, so schien es den Wescht-noch-Club-Mitgliedern, der Mann war nicht nur in diesem Augenblick, nein, er war bereits sein ganzes Leben, ungefähr 65 dürfte er sein, aufmüpfig, er lebte gleichsam in einer permanenten Revolte. »Beim Zeus«, schallte es dem aufgebrachten Bürger frohgemut zurück, »beim Zeus«, riefen die Wescht-noch-Club-Mitglieder und gaben damit ihrerseits ein Zeugnis ihrer humanistischen Bildung, »beim Zeus, der Z.E.U.S kommt weg. Und vor allem: Weg mit der Freimessung! Das ist doch alles nur pseudowissenschaftliches Papperlapapp. Selbst unser Großer grüner Vorsitzende weiß nicht, was das ist. Gemessen wird nur mit unseren Herzen, also mit unserem Kopf, also mit dem Bürgerkopf, der hat nicht nur Hirn sondern auch Herz.« Und nachdem sie dem Bürger versichert hatten, daß sie sich dieses Problems sofort annehmen würden, verschwand dieser sichtlich erleichtert, um sich zuhause weiter der Rasur seines Bartes zuzuwenden.

»Das ist ein Fall für mich«, entschied der Offizier, eilte zum Telefon und veranlaßte das Notwendige. Nach nur einer Stunde war die Mülldeponie Z.E.U.S von Soldaten einer Fallschirmeinheit umstellt, das gesamte Pionier-Bataillon der Walldürner Garnison ausgerückt und über Hainstadt Richtung Z.E.U.S.-Deponie gerollt, wobei die Überquerung der Morre eine besondere logistische Herausforderung bedeutete, schließlich war das gesamte Gelände eingemint und von an langen Leinen laufenden Doggen bewacht.

Als dann die Laster mit dem radioaktiv verseuchten Schutt des Atomkraftwerkes Obrigheim angefahren kamen, gab's ein chaotisches Durcheinander, in dem auch Schüsse fielen, gottlob waren es aber nur die Platzpatronen der Warnschußanlage, mit denen die genervten Nebenerwerbs-Wingerten, alles im Vorruhestand lebende Beamte des ehemaligen Landratsamtes sowie Oberstudienräte des Burghardt-Gymnasiums mit halbem Deputat, von Zeit zu Zeit das Vogelvolk vertrieben, das sich über ihre Weinberge am Wartberg hermachen wollte. Die Laster fuhren unverrichteter Dinge wieder ab. Richtung Stuttgart, wie zu hören war. Diese Aktion sprach sich natürlich sofort herum, nachdem das Lokalradio Buchen mit Berichterstattung vor Ort die entsprechende Vollzugsmeldung verbreitet hatte, und so war es nicht verwunderlich, daß die Buchener Bevölkerung sich sofort zum Schützenplatz aufmachte, um den ersten Erfolg des Wescht-noch-Clubs zu feiern. Die mit diesem Erfolg ausgesprochene Ehrenbürgerschaft überließ der Club den Mitgliedern einer Bürgerinitiative, die sich schon seit Jahren auf demokratische und deshalb uneffiziente Weise zur Beseitigung des Müllberges stark gemacht hatte.

Auch aus anderen Gründen sah sich der Wescht-noch-Club nicht in der Lage, an den Feierlichkeiten im Schützenzelt teilzunehmen: Die Mitglieder hatten sich nämlich im Prinz Carl verschanzt, ja, verschanzt, denn unversehens sahen sie sich genötigt, einen noch viel größeren Angriff abzuwehren: Die Ehefrauen waren gekommen, hatten sich zusammengerottet und sich am Eingang zum Prinz Carl breitbeinig, die Arme in die Hüften gestemmt, aufgestellt: »Kommt endlich raus!«, skandierten sie hysterisch, »kommt raus, Ihr Feiglinge! Wir wollen Geld, wir haben nichts zu essen! Wir wollen alimentiert werden!« Derweil hatte sich auch eine Schlange von gefrusteten Bürgern vor dem Bürgerbüro versammelt, die sich überhaupt keinen Reim darauf machen konnten, daß die so wohltätig wirkenden Wescht-noch-Clubmitglieder von offensichtlich hysterischen Weibern, so jedenfalls ihr Eindruck, als Feiglinge bezeichnet wurden. Wie das so ist unter Menschen, die verschiedener Meinung sind und sich gleichwohl durchsetzen wollen, es kam zu wüsten gegenseitigen Beschimpfungen, gar zu einem Gerangel, so daß die Staatsmacht in der Gestalt zweier Polizisten einschreiten mußte. Die Clubmitglieder betrachteten das ganze Geschehen aus sicherer Entfernung hinter den Gardinen im Prinz Carl.

Der Auftritt ihrer Ehefrauen war ihnen eher peinlich, was mögen die Menschen, so dachten sie, was mögen die Menschen nur denken, wie es bei ihnen zuhause wohl zugehen mochte, wenn sie nicht, wie hier, von hilfreichen Mitbürgern gleichsam beschützt wurden? Indem sie so sinnierten, kam dem Tänzelnden Arzt die rettende Idee. »Die müssen zur Wanda!«, meinte er, und weil die Wescht-noch-Clubler sofort einverstanden waren, öffnete er ein wenig ein Fenster und hing ein Plakat heraus. ›Geht zur Wanda‹ stand darauf. Also gingen die Ehefrauen zur Wanda, nun nicht mehr aufmüpfig und forsch, sondern eher klagend und um Frauensolidarität bittend. Wanda, die ja alles wußte, hatte sie schon erwartet und bereits die Karten gelegt. »Was ist nun unser Schicksal?«, flehte eine der Ehefrauen, die gestenreich und wortwühlend die gemeinsame Sache gegen die Ehemänner vortrug und sich zur Anführerin aufgeschwungen hatte. »Euer Schicksal ist ...«, und da machte Wanda eine Pause, in der sie jede der Frauen eindringlich und höhnisch musterte, als wollte sie sagen, ›euch zeig ich's, euch zeig ich's‹, »Euer Schicksal ist ...«, und damit wurde sie immer leiser, um schließlich nur noch zu hauchen, als wäre die Antwort aus weiter Ferne gekommen, » ... Euer Schicksal ist b e s i e ‑ g e l t !« Und dann fügte sie noch hinzu: »Alle Schuld rächt sich auf Erden!«

Augenblicklich war das Klagen verstummt, man hörte nur noch das Knirschen und Klappern von Gebissen, und das verweist den Kenner eines solchen Geschehens darauf, daß mit den knirschenden Gebissen endlich, endlich auch das Gewissen geschlagen hatte. Unerlöst, ungetröstet und unverrichteter Dinge verließen die Ehefrauen den Ort, wo sie um Gerechtigkeit gefleht hatten, vergeblich war auch ihre Hoffnung auf Frauensolidarität, ja, sie haben ihre Hoffnungen und Sehnsüchte fahren lassen, und als sie wieder auf der Straße waren, stiegen sie wahllos in die Autos der sich durchs Städtchen schlängelnden Wagen, machten den Fahrern schöne Augen und waren nie mehr gesehen.

Obwohl es im Hotel viel zu tun gab, hatte die Rosl die Sache natürlich mitgekriegt, meldete sich bei den Wescht-noch-Clublern nur mit einem »Sie sind fort!«, eilte zur Wanda, und dann tanzten die beiden Frauen im Zimmer umher, jauchzten vor Glück und ließen den Blecker hochleben, wußten sie doch nur zu gut, wem sie ihren Erfolg zu verdanken hatten, und er, der Blecker, war so beglückt über den gelungenen Coup und darüber, daß er sich auf die beiden hatte verlassen können, daß er ihnen seinen Wertesten entgegenstreckte, damit sie durch einen Kuß auf denselben einen besonderen Genuß empfangen könnten, gleichsam außerhalb des Üblichen.

Noch mehr Veränderungen

Währenddessen war die Schlange vor dem Bürgerbüro immer länger geworden, und weil es den Wescht-noch-Clublern als aussichtslos erschien, jeden Bürger einzeln vorsprechen zu lassen, um sein Begehr zu erfahren, verlagerten sie die Bürgersprechstunde einfach ins Schützenzelt, wo nach einem Entree durch die Stadtkapelle sogleich alle Beschwerden vorgetragen und sogleich mit der Aussprache begonnen wurde. »Wir wollen unsere alten Häuser wieder haben, die Häuser Ross und Meissner sollen so bleiben, wie sie sind, weg mit den Baugerüsten, auch die alten Häuser in der Linsengasse und in der Manggasse sollen bleiben«, forderte ein Grauhaariger, er mochte zwischen siebzig und achtzig sein, »außerdem«, setzte er nach, »wo sind die Bauernhöfe in unserer Stadt? Früher, ja früher, da wurde man geweckt von einem richtigen Hahn, der stolz vom Misthaufen herunter den neuen Tag verkündete, um vier Uhr spätestens, wißt Ihr's noch?«, vergewisserte er sich bei den anderen Bürgern, »wißt Ihr's noch? Und außerdem: Der herrliche Geruch. Das war Natur! Das soll alles wieder zurück. Und schlafen gehen wir mit den Hühnern! Ihr werdet sehen«, prophezeite er und machte mit seinen Fingern ein Zeichen, als ob er Münzen und Geldscheine zählen wollte, »die Tourischte, die kumme!« »Die Tourischte, die kumme net, wo hier alles so verschpargelt isch, deshalb weg mit denne Windräder, diese Teufelsräder, die machet hier doch elles kaputt! Alle ›Schpargeln‹ unserem Landesvater vor die Villa Reutzeschtoin! Als Leuchtturmprojekte bezeichnet der ehrengrüne Herr Landesvater, der Große Vorsitzende, die Schpargelstange im ›Grousche Wald‹, gar als Maischterstück, ein Bürgerwindpark sei entstanden und in der Schampignon-Liga spiele Buche nun! Ich sach Kreisliga, zurück zur Kreisliga. Wir stauen die Morre und mache ein Wasserkraftwerk. Außerdem: Wir müssen was machen gegen diese Lichverschmutzung. Seht Ihr die Sterne noch in der Nacht? Die Milchstroß‹? Existiert die überhaupt noch? Also weg mit dem Licht abends und nachts. Kerzen genügen. Walldürn soll wieder Kerzen herstellen.« Und um seine Botschaft auch poetisch rüberzubringen, intonierte er das uns aus der Kindheit wohlvertraute Liedchen, in dem gefragt wird, ob man wisse, wie viele Sternlein am Himmel stünden, und daß Gott sie gezählt habe, und der Sänger beendete seinen ergreifenden, fast philosophisch zu nennenden Vortrag, daß er nicht wissen könne, wie viele Sternlein da am Himmel stünden, weil er sie infolge der Abend- und Nachtbeleuchtung gar nicht mehr sehen könne. Plötzlich erhob sich ein allgemeines Wutgebrüll, das sich nur allmählich legte und schließlich in ein spontan entstandenes, gemeinsam gesungenes Protestlied mündete:

»Spargeln ja und Spargelsuppe,
Windräder, die sind uns schnuppe.
Am Himmel schöne Sterne,
die sähen wir so gerne!«
Nicht froh sind wir,
wir sind nur böse,
unser Protest kommt
mit Getöse
auf Schneidewind
und auf Hartnagel,
im Sturm kommt er
und mit viel Hagel.
Spargeln ja und Spargelsuppe,
Repower Spargeln
sind uns schnuppe.«

Mit Leidenschaft, Hingabe und Inbrunst sang das ganze Zelt, die Stadtkapelle tat das Ihre und begleitete mit Pauken, Trompeten und Schalmeien, und weil's so innig und schön war, verkündete der Wescht-noch-Club: »Freibier!« Plötzlich sprang ein Mann auf, ein Hüne von einem Mannsbild, allen bekannt als begnadeter Moderator bei Galaveranstaltungen von Frauenvereinen, Grünkernsuppen- und Kolpingsclubveranstaltungen, der witterte die Gunst der Stunde und intonierte ein neues Blecker-Preislied:

»Blecker, Blecker, über alles,
über alles in der Welt,

wenn er uns zur Freud und Wonne
den Wertesten entgegenhält,
und wir müssen, ihn dann küssen,
weil es ihm halt so gefällt,
Blecker, Blecker, lecker Blecker,
deinen Po der ganzen Welt.«

Und wenn einer der Sänger und Zecher nun nach oben geblickt hätte, hätte er einen gesehen, der sich die Hände rieb und höhnisch lächelte, es war …der Blecker. ›Alles ist nach Plan verlaufen‹, freute er sich, ›alles. Und das andere wird mir auch noch gelingen. Auf meine Buchener ist Verlaß, ist Verlaß, ist Verlaß!‹ Allein, weil ja kein Irdischer mit diesem Unterirdischen nun mal in Verbindung stehen konnte, mußte er den Buchenern unsichtbar bleiben.

Gern würden wir nun schildern, auf welche Weise sich die Veränderungen im Städtchen bemerkbar machten, allein wir konnten die Versammlungen noch nicht verlassen, denn jetzt ging es erst richtig los mit den Protesten der Buchener Wutbürger. Hatte erst einer geredet, dann sahen sich andere auch ermutigt. Es entstand gleichsam ein Wutausbruch-Sog, dem sich keiner entziehen mochte. Zuviel hatte sich angesammelt, zu wenig hatten die Kommunalpolitiker bislang getan. Die Volksseele kochte und machte sich Luft. Und so kam es Schlag auf Schlag, die Protokollantin des Wescht-noch-Clubs, die quirlige Dandyin, hatte Mühe, das Ganze aufzuschreiben und für die Nachwelt festzuhalten. »Wir fordern …«, hieß es plötzlich. Nicht mehr ›ich fordere‹, sondern w i r fordern, zweifellos hatte sich hier eine schon als gefährlich zu bezeichnende Fraternisierungs- bzw. Solidarisierungstendenz ausgebreitet, von der alle erfaßt wurden. ›Wo mag das nur enden?‹, fragte man sich besorgt im Wescht-noch-Club. »In Buche soll's keine Handys mehr geben. Weg mit dem Teufelszeug!«, forderten die einen, andere legten noch einen drauf: »Abriß des Fernsehturmes auf der Dürmer Höhe. Alle Fernseher auf den Müll! Schließung und Abriß der Discounter an den Grenzen unseres Städtchens!«, kam es weiter und: »Einführung einer Regionalwährung, wir wollen unseren Buchener Taler wieder haben, schließlich waren wir mal das berühmte Talerstädtchen!«, wurde argumentiert, und der Banker des Wescht-noch-Clubs konnte nur mit einem »Wird gemacht!« den Wutmenschen beruhigen »Wir mache net miet bei derre Globilierung oder wie das hescht!«, eiferte sich ein weiterer Wutbürger, und der Rechtsanwalt des Wescht-noch-Clubs gab zu bedenken, daß das schwierig werden dürfte, doch schließlich gab er sich angesichts der aufgebrachten Volksmasse geschlagen. »Wird gemacht!«, besänftigte er die Bürger, und dann ging es, nachdem alle Handys in einen Sack eingesammelt worden waren, unvermindert und mit einer sich steigernden Heftigkeit weiter. »Wir wollen eine freie Presse, eine eigene Zeitung, diese Käsblätter aus dem fernen Mosbach bzw. Heidelberg hängen uns zum Hals raus. Weg mit diesen Verdummungsblättln! Guckt Eich närre emol an, wos die geschriewe häwwe letschten Duunerschdich, also am 14. November, guckt's Eich o, die Strammstehpresse«, geiferten einige, »und außerdem, was isch eichentlich an unser›m Baahhoof los? Kein Personal, keine Fahrkarten, keine Beratung, und mit Dampfloks war's auch gemütlicher und sicherer und interessanter auch. Die wollen wir auch wieder haben!« Der Ingenieur im Wescht-noch-Club sicherte zu, daß ab sofort wieder Dampfrösser die schönen alten Waggons ziehen würden, und ab sofort würden auch 20 Beamte wieder ihren Dienst am Bahnhof versehen. Dieser Dienst würde kleinteilig ohne Team- oder Kollektivverantwortung von jedem Bediensten selbstverantwortlich ausgeführt, was hieße, ein Beamter lasse nur den Zug abfahren, ein anderer bereitete das Vesper vor, wieder ein anderer sorge nur für die Verbotsschilder, miefig müsse es zugehen und mit preußischem Obrigkeitsgebaren.« Allgemeines zustimmendes Geraune, man war sichtlich zufrieden. »Und wie isch's mit derre Kultur?«, wollte jemand wissen. Darauf hatte der Moderator Miller-Rappert nur gewartet. »Buche«, tönte er, »Buche löst Bayreuth ab. Wir machen die Bleckerfestspiele. Intendant soll sein …«, hier machte er eine kleine Pause, denn er erwartete, daß e r sogleich per Akklamation berufen würde, aber das Zelt entschied anders: »Franz Mostav, Franz Mostav!« schrie die Menge, »aber der isch doch scho längst g'schtorbe, g'schtorbe«, gab der sichtlich enttäuschte Moderator zu Bedenken, immer noch in der Hoffnung, man würde ihm den Posten antragen. »Dann soll er halt reanimiert werden«, wurde gefordert, »die Ärzscht« in unserem Krankenhaus könne das, und wenn's Probleme gibt, sollen sie den Pfarrer fragen. Der isch doch Experte für die Wiederauferstehung.« Der Theologe sowie der Arzt im Wescht-noch-Club nahmen sich sogleich des Problems an und veranlaßten die entsprechenden Maßnahmen.

Die weiteren Anregungen, die u.a. auch die Sportveranstaltungen –Rollatoren-Wettrennen durch die Staßen zum Beispiel – betrafen oder die Abschaffung von Parteien forderten sowie die Einführung einer absoluten Sonntagsruhe einklagten, gipfelten in der spontan gestellten Frage einer Frau, sie mochte etwas über achtzig gewesen sein, die, auf einen Rollator gestützt, mit zitternder Stimme in die Aussprache eingriff: »Warum«, fragte sie schüchtern, »warum sagen wir uns nicht vom Kreis los, vom Land und vom Bund, warum rufen wir nicht die freie Republik Buchen aus, die erste freie Blecker-Republik Deutschlands?« Plötzlich atemlose Stille im Zelt, eine Schockstarre hatte die Menge ergriffen, nur einer der Trompeter aus der Stadtkapelle spritzte auf und verließ fluchtartig das Zelt: Es war der Landrat, im Nebenberuf Trompeter in der Stadtsymphonie Buchen. Die Leute schauten sich an. Was würde geschehen? Würde was geschehen? Immerhin war der Landrat auch kraft Amtes oberster Chef der Polizei. Würde jetzt gar …?

Geistesgegenwärtig intonierte der Dirigent des städtischen Symphonie-Orchesters sogleich die Buchener Nationalhymne, das Blecker-Lied des ruhmreichen Lord Mayer. Und als die Wutbürger sich also vereinigt hatten im gemeinsamen Singen dieses seligen Liedes mit seinen die Herzen aller ergreifenden Tönen, beruhigten sich die Bürger und beschlossen spontan, gemäß dem Narrenmotto, den Buchener Narren schlägt kei Stund‹, einen Umzug durch's Städtchen zu veranstalten. Und als sie aus dem Zelt heraustraten, rieben sie sich Augen: Da fuhr doch tatsächlich eine Dampflok in den Bahnhof ein, Beamte wuselten umher, immer damit beschäftigt, die Abfahrt des Zuges hinauszuzögern, im Bahnofshotel zapfte der Fritz wieder das süffige Würzburger, das er tänzelnd an den übervollen Tischen servierte, vier Bauernhöfe hatten sich in der Hochstadtstraße sowie in der Linsengasse und in der Kaiserstraße ausgebreitet und verströmten einen herrlichen Naturgeruch, die guten Tiere äußerten sich lauthals und mit Lust, nebendran gleich das entsprechende Biomistmistkraftwerk, Herrje-, Herrje-Bewunderungsrufe hörte man allenthalben, zu mehr war man nicht in der Lage angesichts der Veränderungen in der geliebten Vaterstadt, die nun endlich wieder zur Heimat geworden war.

Und zur Heimat geworden war das Städtchen auch den vielen Neu-Bürgern aus aller Welt, die inmitten des spätsommerlichen Narrenzuges mittanzten und mitsangen, als wären bereits ihre Väter und Großväter und Urgroßväter waschechte Buchener und Narren gewesen. Die Narrheit steht fürs Ganze, nur wer ein Narr ist, ist auch ein Mensch. So dachte man, so dachten sie, so fühlten sie, so lebten sie, die lieben Buchener Bürger und Neu-Bürger, die sich in schmucken Häuschen und Villen an der Stettiner Straße niedergelassen hatten. Nur langsam und gemächlich schlängelte sich der Sommernarren-Zug durch die Straßen, die von fähnchenschwingenden Bürgerinnen und Bürgern gesäumt waren, in den Fenstern hatten sie sich's gemütlich gemacht, denn auch das Fensterfernsehen hatte sich wieder eingebürgert, ein Brauch, der früher einmal sehr verbreitet war und jedem Fensterferngucker die Teilhabe am täglichen Leben unmittelbar garantierte.

»Net so arch!«, tönte es plötzlich aus einem Fenster in der Vorstadtstraße auf den Zug hernieder. Wanda war's, die Wahrsagerin. Was meinte sie wohl mit diesem ›Net-so-Arch‹? War's eine Warnung, gar eine Drohung? Hätte man sich Gedanken machen müssen, sich bei ihr, der Wahrsagerin, Deuterin des Zukünftigen, einen Rat einholen sollen? Hätte man sie nicht einmal fragen sollen, was mit dem Mann passiert war, der so schnell und klammheimlich das Zelt verlassen hatte? War der Landrat etwa nach Karlsruhe, gar nach Stuttgart geeilt? Sollte er dort etwa … Verstärkung heranschaffen wollen? Dann wäre er ja ein …Verräter!

So jedenfalls hätte das Buchener Narrenvolk gedacht, das sich nun auf dem Platz ›Am Bild‹ vor der Madonna und dem Prinz Carl aufgestellt hatte, um dem Wescht-noch-Club zu danken. Voller Rührung nahmen die Mitglieder des Clubs die Dankbezeugungen, die schon an Huldigungen grenzten, entgegen, und als schließlich die Glocken die Mittagszeit einläuteten, beendeten sie den Volksauflauf mit der Aufforderung: »Leut, gangt hoim, do gitts ebbes zum Esse. Dann legt Ihr Euch aufs Ohr und, wenn Ihr dann Lust habt, könnt Ihr heute Nachmittag besichtigen, was wir für Euch getan haben. Und heute Abend: Große Party im ›Großen Wald‹«

Und so taten es die braven Bürgerinnen und Bürger auch, und weil auch die Kinder an dem neuen Glück teilhaben sollten, verkündete der Buchener Lokalfunk: » Achtung, Achtung, der Wescht-noch-Club gibt bekannt: Schulfrei für die Buchener Kinder für den Rest der Woche. Die Lehrer sollen das Städtchen sauberhalten oder als Stadtbilderklärer den Touristen zur Seite stehen oder den Senioren zur Hand gehen oder ihre Bienenstöcke reinigen und winterfest machen! Mütter, die arbeiten, werden bei gleichem Lohn freigestellt, sie sollen bei ihren Kindern bleiben. Alle Kitas werden abgeschafft, allenfalls

Kindergärten sollen erhalten bleiben, Mütter können im Prinz Carl das Zubereiten von schmackhaftem Essen wieder lernen. Die Wirtsleute tun das gern! Bitte Schürzen mitbringen! Größere Kindern können, wenn sie wollen, an den Proben zum ›Jedermann‹ teilnehmen. Am Sonntagabend ist Premiere. Für die Regie verantwortlich ist der ehemalige und eigens für diesen Zweck reaktivierte Studien-Professor Weisschedel. Ende der Durchsage«

Während sich die Buchener dem Mittagessen und einem ausgiebigen Verdauungsschläfen hingaben, flanierten die Touristen durch's Städtchen, bewunderten die von den Hausfassaden ausgehende Atmosphäre des Morbiden und Brüchigen und versuchten den geheimen Sinn zu erspüren, der zwischen dieser so sichtbar gewordenen Hinfälligkeit und Brüchigkeit des Lebens in diesem Städtchen und dem Spruch bestehen mußte, der auf einem riesengroßen, am Stadtturm hängenden Plakat zu lesen war:

›Glücklich allein, ist die Seele, die liebt‹. Und wenn nun einer dieser wuseligen Touristen nur seine Augen weit aufgemacht hätte, dann wäre ihm nicht entgangen, daß da gerade ein älterer, etwas untersetzter Mann, nein, ein Herr, aus einem Auto mit dem Kennzeichen Wei-1 gestiegen und den Stadtturm hinaufgestolpert war, und wenn er dann noch am Eingang zur Treppe, die in die lichten Höhen des Turmes führt, den kleinen Hinweis in etwas krakeliger Schrift gelesen hätte: ›Heute Lesung, um 15 Uhr, Eintritt frei. G'., dann, ja dann hätte er diesen Sinn erspürt: Die Stadtschreiber-Stelle von Buchen, ausgelobt für einen repräsentativen Verkünder und Zeugen unserer Gegenwart, war eingenommen worden, von einem gewissen Herrn G. Nein, nicht Günther Grass, sondern von Ihm, dem Alten, von Goethe, dem vielbewunderten und oft gescholtenen.

Des weiteren hätte der aufmerksame Leser-Tourist einem etwas kleineren Zettelchen entnehmen können, daß am heutigen Abend, 20 Uhr c.t., im nämlichen Turmzimmer ein Symposium stattfinden würde, Exclusiv-Gäste seien der Baumeister Eiermann, Pfarrer Magnani, ein gewisser Compositör Josef-Martin Kraus, ein Gönner der Stadt namens Burghardt, ein Herr Universitäts-Rektor Wimpina, ein Schlachtenmaler Emelé, ein Maler mit dem seltsamen Namen Schnarrenberger sowie die gesamte Gilde der Hollerbacher Künstler mit ihren Lehrern Trübner und Mellert. Gäste seien willkommen. Für Speis und Trank sorge der Prinz Carl. Nun, es mag ja sein, daß der eine oder andere kulturbeflissene Tourist die Stiege zum Turm hinaufgestapft war, die Buchener selbst hatten sich allesamt im ›Großen Wald‹ eingefunden.

Im Großen Wald

Mit Fackeln und selbstgebastelten Laternen waren die Buchener zum Wald gewandert, hatten es sich inmitten der gefällten Windräder gemütlich gemacht und auf den Rotorblättern eine provisorische Bühne errichtet. Die russisch-deutschen Neu-Bürger hatten neben ihrem Wodka ihre Balaleikas mitgebracht und die Knopfziehharmonikas, die türkisch-deutschen Neu-Bürger nahmen ihre Saiteninstrumente und kleinen Schellen zur Hand, und da wurde gespielt, gesungen und getanzt, mal sibrisch schwermütig und voller Sehnsucht, dann wieder mediteran ausgelassen und derart übermütig, daß es eine Freude war, die Wodkaflaschen machten die Runde, die Bratwurstschwaden bildeten kleine Wölkchen am Himmel, Dönerbrote wurden herumgereicht, und die Bortsch-Suppe der russischen Freunde heizte mächtig ein. Die Kinder jauchzten, die Nachtigallen schluchzten, man lag sich in den Armen. Und fühlte: Das Leben war schön.

Plötzlich wurden wie auf ein geheimes Zeichen hin alle Lichtquellen ausgemacht. Es war stockdunkel. Nichts störte nun die Pracht der Sterne, auch der Mond hatte sich schon verdrückt, man war allein mit sich und dem Himmel. Die Sterne, die vielen, vielen Sterne und die Milchstraße erzeugten ein Gefühl des Erhabenen, und da erging es den hier versammelten Menschen wie einstmals dem kleinen Immanuel Kant, der als Bub an der Hand seiner Mutter aus Königsberg hinaus auf die Flur gewandert war, wo ihm die große Erkenntnis, die er später in seiner Schrift ›Über die ästhetische Urteilskraft‹ niederschreiben sollte, gleichsam von Gott selbst eingegeben wurde: Der bestirnte Himmel über mir und das moralische Gesetz in mir. Dies sei, so schrieb er dann, die unveränderliche Grundlage des Lebens eines jeglichen Menschen, schlicht gesagt, es war die Erfahrung des Erhabenen. Diese Erfahrung des Erhabenen machten die Buchener Menschen in dieser Nacht, die dunkel und tief war und von keiner künstlichen Lichtquelle gestört wurde. Und wie es so ist, wenn Menschen etwas Tiefes gemeinsam erleben, man will dem Augenblick Dauer verleihen, innig steht man beisammen und beschwört den Augenblick.

Wiederum war's der allseits bekannte und beliebte und begnadete Moderator, der dem gemeinsamen Gefühl einen sprachlichen Ausdruck zu verleihen wußte. Unter dem gestirnten Himmel stehend, fuhr es auf einmal aus ihm heraus, erst ein wenig pathetisch in schwyzerdütscher Dialektfärbung, dann immer zurückhaltender auf Buchen-Fränkisch, wodurch der Augenblick seine erhabene Größe erst richtig erhielt:

»Wir wollen einig sein, wir Schwestern und wir Brüder,
in keiner Not uns trennen und Gefahr,
wir wollen frei sein, wie die Väter waren,
die Spargeln weg, sie werden uns zur Bahr!«

Schließlich fügte er seinem dem Rütli-Schwur nachempfundenen ›Großen Wald-Schwur‹ noch zwei Verse aus dem Rütli-Lied hinzu, dergestalt, daß er mit wohltönender Stimme, von einem Mundharmonikaspieler begleitet, sang:

»Drum, Buche, sei freundlich gegrüßet,
dein Name wird nimmer vergehen,
solange die Morre noch fließet,
solang uns›re Herzen erglühn.
Solange die Sternlein noch funkeln
dort droben am himmlischen Zelt,
solange bleibt Buche bestehen,
die herrlichste Stadt der Welt.«

Mehrmals wiederholte er das Lied, so daß schließlich alle Nachtwanderer mitsangen, und unter diesem und anderen die Seele ergreifenden Gesängen trottete man gemächlich vom ›Großen Wald‹ hinunter ins Städtchen.
 Mitternacht war längst vorüber, das Schützenzelt hatte auch schon dichtgemacht. »Weißt Du, wieviel Sternlein stehen …«, fragten die Kinder ihre Eltern beim Zubettgehen, indem sie das entsprechende schöne Lied erklingen ließen, und die antworteten wahrheitsgetreu: »Nein, wir wissen es nicht, aber Du hast ja gehört«, tröstete die Mutter das Kind, »Gott hat sie gezählt.« Wer denn der Gott sei und vor allem, wo er sei, wollte das Kind noch fragen,

doch dann schlief es ein und erträumte sich die Antwort, die es tief in seinem Herzen bewahrte.

Natürlich konnten die Mitglieder des Wescht-noch-Clubs an der Party im ›Großen Wald‹ nicht teilnehmen, denn: Um 18 Uhr war ja das tägliche Klassentreffen. Ein anderes Mitglied hatte heute den Vorsitz übernommen und eröffnete das Treffen mit der Frage: »Wescht noch?« Daraufhin öffneten sich alle Mündern gleichzeitig, es entstand ein Wettlauf um die Sprechhoheit, den schließlich der Tänzelnde Arzt für sich entschied: »Da gab's doch in den fünfziger Jahren das Autorennen auf dem Odenwaldring. Herrje, war das eine Gaudi. Wir Bube lagen im Straßengraben und ließen die Autos und Motorräder möglichst hautnah an uns vorbeibrettern, das war was! Und Touristhe waren da, der ganze Parcours, rund 3,5 Kilometer, brechend schwarz mit Leut‹! Von überall her waren sie gekommen, sogar aus der damaligen SBZ. Den sollten wir wieder einführen, den Odenwaldring.«

Wie es im Club üblich war, wurde nicht ausführlich diskutiert, aber man kam spontan zu einer anderen, nicht minder reizvollen Entscheidung: Weil man die Konkurrenz mit dem Hockenheimring fürchtete, beschloß man etwas völlig Neues: »Wir machen das erste Rollatoren-Wettrennen Deutschlands. Bereits am Samstag, pünktlich um 10 Uhr, also nach dem Frühstück der Senioren, soll es losgehen. Die Lehrer werden dienstverpflichtet, den Parcour einzurichten. Alle Menschen ohne festen Job machen mit, entfernen das Laub von den Straßen und errichten die Sicherheitsmaßnahmen, auch sollen sie den Notfalldienst verrichten.«

Man besprach noch dieses und jenes im Verlaufe des Abends, äußerte seinen Stolz darüber, das Vaterstädtchen mit den revolutionären Neuerungen gemäß dem Motto ›Vowärts in die Vergangenheit‹ im ganzen Land und weit darüberhinaus , bis ins benachbarte Elsass hinein, bekannt gemacht zu haben, was, wie sie betonten, allein der rührigen Hand bzw. dem geschliffenen Mundwerk des Chefredakteurs im Lokalfunk zu verdanken wäre, und gewiß wären sie, wie immer, nach dem herrlichen Essen und dem süffigen Wein ermattet ins Bett gestiegen, hätte die Banker-Nachtigall nicht leise Bedenken angemeldet.

»Unsere Regionalwährung wird immer schwankender. Sie ist zu wenig gedeckt durch den Euro. Die Druckerei Odenwald-Mudau kommt mit dem Geldscheindrucken nicht nach, die Münzprägemaschinen im Gewerbegebiet laufen auf Hochtouren, die Leute gehen schon mit Geldbündeln zum Metzger, und die Geldtransporter mit den Euros aus Karlsruhe sind noch nicht gesichtet worden. Elektronische Geldüberweisungen sind nicht mehr möglich, weil alle Computer auf dem Müll gelandet sind. Das geht nicht mehr lange so weiter. Wir stehen, ich muß es sagen, am Rande einer Katastrophe. Außerdem: Vergeßt den Landrat nicht! Er ist bis heute noch nicht aufgetaucht! Da schwant mir nichts Gutes!« Man verscheuchte die Bedenken der wackeren Banker-Nachtigall, forderte ihn auf, lieber ein Lied zu zwitschern, als über Inflation zu philosophieren, und anstatt d a r ü b e r nachzudenken, besprachen die Wescht-noch-Club-Mitglieder zu fortgeschrittener Stunde noch das Problem Gefängnis.

»Jetzt haben wir wieder unser schönes Gefängnis, aber keine Sau sitzt drin. Die Wärter sind da, der Gefängnisdirektor ist da, es wird täglich gekocht und bewacht, aber keine Insassen!«, Insassen, sagte der Antomfüßiger jetzt, möglich, daß ihm der Gebrauch des Wortes ›Sau‹ für diese bedauernswerte Spezies an Menschen selbst mißfiel und er auf diese Weise seinen Faux-Pas wieder gutmachen wollte, »wir brauchen Insassen«, auch wollte er nicht von Gefangenen reden, da in diesem Wort allzu viel an Repression und Gewalt mitschwang, »Insassen brauchen wir«, wiederholte er. »Das ist doch kein Problem«, meinte der Geschichtsforscher und Gartenliebhaber, »fünf Insassen genügen. Das machen selbstverständlich die Lehrer vom Gymnasium abwechselnd, jede Woche fünf andere, das sind Beamte, die kriegen ihr Geld sowieso, ob die nun in den Klassen nasebohrend herumsitzen und babbeln und Maulaffenfeil halten oder im Gefängnis einsitzen, das ist doch egal.« »Aber«, gab der Rechtsverdreher und Schlotfan zu bedenken, »die haben am nächsten Montag Abitur-Prüfung. Da werden die Lehrer zur Aufsicht gebraucht bei den Klausuren!« »Die Aufsicht übernehmen wir!«, schallte es einmütig zurück, und nachdem die Wescht-noch-Clubler nun auch dieses Problem in so beneidenswert einmüdiger Weise gelöst hatten, verabredeten sie sich noch zu der am nächsten Morgen Punkt zehn Uhr stattfindenden feierlichen Beförderung des Buchener Bürgermeisters zum Oberbürgermeister und gingen zu Bett. Daß einige junge Frauen, die sich auf Russisch verständigten, in hochhackigen Schuhen und aufreizenden Röckchen im Hotel verschwunden waren, hatten sie erst mitbekommen, als sie im Bett lagen und sich unversehens um ihre wohlverdiente Nachtruhe gebracht sahen.

Der Oberbürgermeister

Am nächsten Morgen, es war ein Dienstag, wurden die Clubmitglieder von einer markanten Stimme geweckt. Den morgendlichen Hahnenschrei hatten sie überhört. Mit einer mächtigen Glocke hatte der Ortsausrufer vor der Mariensäule ›Am Bild‹ die Bevölkerung um sich geschart und begann in einem merkwürdigen Sprechgesang, dem Hipp-Hopp vergleichbar, mit pathetischem Gestus zu verkünden:

»Achtung, Achtung, Bekanntmachung! Der Stadtrat gibt bekannt: Heute um zehn Uhr wird unser geliebter Bürgermeister im Schützenzelt zum Oberbürgermeister befördert. Jeder ist herzlich eingeladen, daran teilzunehmen, aber wascht Euch und zieht etwas Sauberes an. Für Speis und Trank ist gesorgt. Die Kinder sollen auch mitkommen, sie erhalten freie Fahrt auf allen Fahrgeschäften. Achtung, Achtung, Bekanntmachung!«

Während der Ortsausrufer weiterstapfte, ging man nach Hause, wusch sich und fand sich Punkt zehn Uhr im Zelt ein. Das Zelt war im Augenblick der größte Versammlungsraum in der Stadt, da die neue Stadthalle als stadtbildschädigend eingestuft worden und den Abräumbaggern des Pionierbatallions aus Walldürn bereits zum Opfer gefallen war.

Das Schützenzelt war brechend voll, nur mit Mühe konnten die Weschtnoch-Club-Mitglieder, die sich wegen der Bedeutsamkeit des Augenblicks ihre Fräcke angelegt hatten, ihre reservierten Plätze einnehmen, und da der Landrat, der eigentlich zur Ausführung des Beförderungsrituals amtlich verpflichtet war und gewiß auch eine launige Rede gehalten hätte, nicht zur Verfügung stand, sprang der nun ehemalige Bürgermeister von Walldürn, der zugunsten von Buchen abgedankt hatte, in die Bresche.

Er machte es kurz und bündig:

»Lieber Roland, etzetle bisch OB. Kerl, wach uff unn Aff‹ rappl di uff! Ahoi unn Hinne houch! Gratuliere!« Mehr sagte der ehemalige Amtskollege nicht, ohne Neid, ohne Häme und irgendeinen Hintergedanken hatte er ihm den

Vortritt überlassen, und das wollte was bedeuten bei der schon als historisch zu nennenden Rivalität zwischen den beiden Städtchen, hier die Beamten, dort das arbeitende Volk und die Bauern und die Wallfahrts-Heiligkeit. Und nachdem der Dürmer dem Buchemer im Gefühl der neu gewonnenen Eintracht die neue Amtskette als Zeichen seiner neuen Würde an den Hals gehängt hatte, übernahm der liebe Roland, nun der erste OB der Bleckerstadt, so war nun der neue Name von Buchen, das Mikrophon, es wurde still, jeder erwartete eine lange Rede, doch der OB tat es seinem ehemaligen Amtskollegen gleich und verkündete ebenso kurz und knapp: »Buchen als Stadtname ist erloschen. Von heute an nennen wir uns Bleckerstadt. Und du, lieber Markus, wirst mein Vize. Meine erste Amtshandlung als OB der Bleckerstadt ist: Freibier und freie Fahrt für die Kinder auf allen Fahrgeschäften des Schützenmarktes. Ferre, Buche, also ich meine Bleckerstadt, vorwärts in die Vergangenheit! Prost! Und Hinne-Ahoi!«

Jubel, Jubel, nicht endenwollender Jubel, Freibier, Kinderjauchzen, Hochrufe auf den Wescht-noch-Club, Umarmungen, Küsse, Freudentränen. Jeder im Zelt, ja, jeder Einzelne und als Einzelner in der Gemeinschaft aller Bleckerbürger spürte: Ich bin angekommen. Im Leben. Wie es sein könnte. Indes, keiner der so ausgelassen Feiernden hatte wahrgenommen, daß da, allerdings noch in weiter Ferne, ein Vogel herangeflogen kam und in weiten Kreisen über dem neuen Gemeindewesen Bleckerstadt schwebte. Sollte der Vogel eine Bedeutung haben? Hatte sich der Blecker vielleicht in diesen Vogel verwandelt oder gar der Landrat? Oder vielleicht ein ganz anderer?

Die Bleckerstadt

Das neue Gemeinwesen Bleckerstadt reichte im Norden entlang des Marsbaches bis unterhalb von Rippberg, nahe bei Schneeberg hart an Bayern grenzend, im Osten dehnte es sich fast bis zum Taubergrund aus, im Süden berührte es die Gemeinde Rosenberg und im Westen bildete der Katzenbuckel eine markante Grenzbefestigung. Auf ihm hatte man eine Beobachtungsstation eingerichtet, die im Wesentlichen nur die Aufgabe hatte, das Herannahen der Geldtransporter aus Karlsruhe zu melden. Dazu bediente man sich der alten Form des Signalsystems mittels manuel zu betätigender sichtbarer Zeichen, eine Spielart des Morsens, in der Nacht wurden Kerzen benutzt. Das funktionierte zur Zufriedenheit der Bürger.

Überblickte man nun einmal vorurteilsfrei die Ausmaße der neu entstandenen Bleckerregion, so mußte man feststellen: Diese Odenwald-Metropole war autark. Sie konnte aus sich, aus eigenen Kräften also, bestehen. Alles, was zu einem auskömmlichen Gedeihen nötig war, war vorhanden: Hervorragend die Infrastruktur auf allen Gebieten, im Verkehr, im Schulwesen, in der Produktion, in der Landwirtschaft, in der Kultur, im Kirchenwesen und Soldaten gab's auch massenhaft und vor allem: liebesfähige und liebeswillige Menschen. Was heißt das: liebesfähig und liebeswillig zu sein? Nichts Anderes als dies: Alles Handeln und Denken war rückgegründet in der Liebe, neudeutsch heißt das Emphatie.

Grundsätzlich galt: Statt nach dem eigenen Gewinn und Vorteil zu fragen, kümmerten sich die Bürger der Bleckerstadt zuallerst um das Wohl des anderen. Im Du zu sich selbst kommen, so könnte man diese neue Lebenseinstellung auch fassen. Ein Beispiel dazu: Es gab keinen konfessionellen Unterschied mehr. Alle Konfessionen und kirchenähnlichen Gemeinden waren grundsätzlich gleich. Man duldete sich nicht nur, nein, man anerkannte sich. Der Ruf der Glocken von den Kirchtürmen herab verband sich in traulicher Harmonie mit den Rufen des Muezzin. Einheit in der Vielgestaltigkeit war die Devise, Gott hat viele Gesichter, der ist nicht langweilig, gar ideologisch, es gab keine theologische Deutungshoheit mehr. Man hatte einen Zusammenschluß aller Religionsgruppen unter der Bezeichnung ›Großer Gotteskreis‹ gebildet und war sich unter dem aber nur zeitweiligen Vorsitz des Theologen im Weschtnoch-Club, den Beinahe-Kardinal, einig. Und auch dies war wichtig für das Selbstbewußtsein der Bleckerstadt-Bürger: Da alle Bürger der Bleckerstadt kraft ihrer Geburt städtische Angestellte waren, gab es selbstverständlich keine Arbeitslosigkeit, denn jeder Bürger war ja für die zahlreichen Touristen ein Gestalter der ganzen städtischen Szene. Der Bürger war, allein weil er ein Bürger war, bereits tätig. Bürger in der Bleckerstadt sein hieß, für die Stadt zu arbeiten, seine Rolle als mitgestaltender Bürger auszufüllen. Jedenfalls für die Touristen. Man lebte. Und allein dies machte sich bezahlt.

Jedem auch nur ein wenig philosophisch denkenden Menschen mußte klar werden, daß in diesem Gemeinwesen nur glückliche Menschen leben konnten, denn: Es gab keine Dialektik mehr, dergestalt, daß einem A denknotwendig immer ein B gegenübergestellt werden müsse. Man war angekommen im IST. Und man handelte darin nach einem bewährten Vorbild: Auch im Berlin dieser Zeit gab es keine Fraktionen im herkömmlichen Sinne mehr, es herrschte die Große Koalition, damit war der Wille von 70 Prozent der Wähler abgedeckt, der Rest hatte nichts zu sagen, wurde überrannt, verlacht. IST: In diesen drei Buchstaben war in Berlin wie auch in der Bleckerstadt alles beschlossen, es gab keine über allem schwebenden Ideen im Sinne von Platon mehr, keine ontologische Differenz, wie das ja auch schon der badische Oberdenker Heidegger einmal festgestellt hatte, nein, GOTT ist, ich bin, GOTT bint, ich gotte, ICHGOTT, Bin, Ist, Sein, Seyn, alles bedeutete dasselbe.

Nun hätte ja der eine oder andere deutsche Haupt- und Querdenker behaupten können, was sich da in der Bleckerstadt etabliert hatte, wäre reinster Totalitarismus gewesen. Mitnichten, mitnichten! Aus heutiger Sicht und aus der heutigen historischen Distanz muß man feststellen: Das Herzstück jeglichen totalitären Regimes ist die ihm immanente Erlösungsideologie. Nichts davon in der Bleckerstadt, denn: Alle waren schon erlöst im IST. Also bedurfte es auch nicht der Vorstellung von einem ›neuen‹ Menschen, der den ›alten‹ ablösen müßte. Ferner gab es keine Obrigkeit bzw. Partei, der man blind zu folgen habe. Noch Lenin hatte gegen Quertreiber in seiner Partei kämpfen müssen, was ihn dazu bewogen hatte, sie auf seine Weise auszumerzen. Sowas gab's in der Bleckerstadt nicht.

Amtswechsel

Der neue aus reiner Menschenliebe handelnde OB z.B., das hatte er in einem Interview des Lokalrundfunks mal geäußert, werde, wenn er nächstens seinen Job einem einfachen Bleckerstadt-Bürger übergeben wird, als Schweinezüchter arbeiten. Der Umgang mit Schweinen mache ihm Spaß, hatte er gesagt, und wenn ihn die Schweine nicht mehr mögen, dann ginge er halt zu den Rindviehern, und eine Dampflok habe er auch schon immer mal fahren mögen, den entsprechenden Führerschein habe er im RAW Meiningen, der einzigen Hobby-Dampflokführer-Ausbildungsstätte Deutschlands, bereits erworben. Also, wenn nächsten ein Dampflok-Zug von Hainstadt herunter quietschend durch die Kurve vor dem Bahnhof knattert, dann wird's möglicherweise ... der ehemalige OB sein. Tja, und wie der Abschied vom Amt vor sich ging, konnten die Kunden in der Metzgerei Marschhäuser in der nächsten Woche bereits erleben. »Na, Fräulein Stegmaier, wie geht's uns heit au? Gratulier Ihne auch zum erschten Platz beim Wettrenne. Ne, hänt sie e Tempo druuf g'hett. Was därfs denn heit sei?«, fragte die Marschäusern, also die schon etwas betagtere, in ihrer bekannt leutseligen Art. Das Fräulein Stegmaier schaute sich das üppige Warenangebot an. Die Fülle schien sie zu verwirren, etwas hilflos schaute sie sich um, vielleicht daß einer der anderen Kunden in dem brechend vollen Laden ihr hätte einen Tipp geben können. Und da fiel ihr Blick auf den gleichfalls anwesenden OB. »Natirlisch, daß ich's au vergesse hänt. ›s Bürgermeischterstück hätt i gern g'hätt.« Beim Bürgermeisterstück, das mußte man wissen, handelte es sich um besonders zartes Stück aus dem Filet eines jungen Schweines. Eigentlich war es nach alter Tradition dem Ersten Bürger der Stadt, also dem Bürgermeister, vorbehalten. Der konnte seine Rechte selbstredend auch abtreten, wenn er mal keinen Appetit darauf hatte. Der OB, ganz Carmeur und Gönner, bahnte sich eine Gasse, eilte auf die Frau zu und sagte: »Gutes Fräulein Stegmaier, wenn Sie jetzt schon ein Stück vom Bürgermeister esset welle, dann nehmet'sen doch ganz!« Jetzt war das Fräulein Stegmaier gänzlich verwirrt. Sie sollte ihn jetzt ›ganz‹ nehmen! Was sollte das nur heißen, jemanden ganz nehmen? Sie erinnerte sich da an manche Fernsehsendungen, wo derlei gesprochen wurde, aber da hatte das ›Jemanden-Nehmen‹ einen Sinn, den hier in aller Öffentlichkeit zu vollziehen, ganz unmöglich war. Der OB schien die Verwirrung des guten Fräuleins richtig gedeutet zu haben, deshalb ergänzte er: »Mich ganz nehmen, damit meine ich, Sie können OB-in werden. Fühlet Se sich in der Lage? Sie derfett nur net diene, sie müeßet herrsche, net in Probleme derfetse denke, nur in Lösunge, und zwar nach der reinen Vernunft. Mir häwwe hier nämlich die Diktatur der reinen Vernunft, mir entscheidet hier nach dem Basta-Prinzip. Ich bin die reine Vernunft. Basta. Und alle sind glücklich.« Und alle Bürgerinnen und Bürger im Metzgersladen bestätigten die Aussage des OB's, dergestalt daß sie »Ja, wir sind glücklich!« riefen.

Das Fräulein Stegmaier schluckte ein wenig, richtete ihre Zähne, die verrutscht waren, wieder auf und wisperte schüchtern zurück: »Ei freilich kann ich das. Schließlich habe ich über Jahrzehnte hinweg das Gymnasium gemanagt, also ich mein' natürlich beherrscht«, und als sie dies sagte – das ›beherrscht‹, verschämt, fast gehaucht –, nickte der ehemalige Leiter der Anstalt namens Hammel, der auch unter den Kunden war, beistimmend mit seinem mächtigen Alt-Humanisten-Schädel, ständig »Eheu, Eheu« murmelnd. »Haec id potest«, und jeder verstand ihn sofort, und um zu prüfen, ob seine Mitkunden ihn auch tatsächlich verstanden hatten, sagte er noch: »Nunc meam carnem volo«, was zur Folge hatte, daß er sich als ein Sich-vor-Drängler outete, raffiniert, dieser Altsprach-Pädagoge, nach dessen Prinzip, ›Vertrauen ist gut, Kontrolle ist besser‹, unzählige Generation die ›höhere‹ Bildung an seiner Anstalt genossen hatten. Was denn auf Lateinisch Ollwell hieße, wollte ein pfiffiger Kunde und Höhergebildeter wissen. Der Pädagoge erschrak, schluckte und kurz, bevor er in sich zusammensank, richtete er sich auf, funkelte mit seinen Äugelchen den Frager an und meinte schließlich ganz ruhig: »Weber, daß aus Dir nichts würde, war mir schon immer klar!« Man raunte, eine öffentliche Niederlage des allseits beliebten Schulleiters hatte es noch nie gegeben. Den Frager aber bewunderte man im Stillen. Ein Held mitten im Metzgersladen!

Da der OB wegen der überall auftauchenden Notwendigkeit, Amtsgeschäfte auszuführen, auch auf öffentlichen Toiletten übrigens, oder um Wildpinkler zur Kasse zu bitten, weil der OB also die Gewohnheit hatte, seine Amtskette für den Fall des Falles immer in seiner Hosentasche zu verwahren, konnte er die Amtsübergabe sogleich im Metzgerladen vollziehen, dergestalt, daß er in feierlichem Ton sagte: »Und als sichtbares Zeichen Ihrer neuen Würde als OB-in hänge ich Ihnen hiermit die Amtskette um den Hals. Endlich bin ich das Ding los. Die war so schwer zum Rumtragen«, dann umarmte er das Fräulein Stegmaier und küßte es erst auf die linke, dann auf die rechte Backe, schließlich auch auf den Mund, was das Fräulein Stegmaier sichtlich genoß, denn es war der erste Mundkuß, den es je erhalten hatte. Die Umstehenden waren bass erstaunt, konnten sich den merkwürdigen Vorgang aber dann doch gleich erklären, ließen die neue OB-in hochleben und sangen schließlich die Nationalhymne ihres Städtchens, das sie doch viel lieber wieder Buchen nennen würden, weil ihnen der neue Stadtname irgendwie unheimlich vorkam. Irgendwie fühlte man sich in B u c h e n doch wohler als in einer Stadt, in deren Name der Blecker genannt und damit herbeigebannt werden konnte. Deshalb verkündete die neue OB-in sogleich noch im Metzgerladen Marschhäuser: »Ab jetzt sind wir wieder Buchener. Der Bleckerstadt-Wahnsinn hat auf gehört. Und noch was: Ortsausrufer wird ab sofort der ehemalige Pedell des hiesigen Gymnasiums Griesberger. So, nun geht nach Hause, kocht zu Mittag, dann macht einen Mittagsschlaf! Ruhe ist die erste Bürgerpflicht, die zweite ist essen!« Und dann zur Marschhäuserin, jetzt schon etwas bestimmter und mit Nachdruck: »Sodele, Frau Marschhäuser, krieg i jetzt mei Borchemaischterstück?« Die Marschhäuserin beeilte sich, dem Wunsch der OB-in nachzukommen, und während sie so schnitt und schnitt, verließ der Alt-Ob den Laden, nachdem er versicherte hatte, daß dieser Tag der schönste seines Lebens sei, denn nun könne er endlich beim Edi, einem ortsbekannten Schweinezüchter, seiner eigentlichen Berufung nachgehen, der Schweinemast. Aber dies, die spontane Selbstbefreiung des OB Roland aus seinem Amt im Metzgerladen Marschhäuser, geschah zu späterer Zeit, insofern handelte es sich hier um einen Vorgriff.

Intermezzo I

Wir waren ja eigentlich bei den Grundsatzfragen über Gott und die Welt, des Näheren bei den gesellschaftspolitischen Fragen in der Bleckerstadt. Und da müssen wir nun zusammenfassend feststellen: Die wenigen, eingestanderweise kopflastigen Überlegungen, von denen nun Abschied genommen werden soll, zeigen: In der Bleckerstadt war eingetreten, wovon die Romantiker immer geträumt hatten, die Romantisierung, das heißt, das Poetisch-Werden des Lebens. Wer nun Weiteres wissen möchte, nehme die Schrift ›Der geschlossene Handelsstaat‹ von Fichte aus dem Jahre 1845/46 zur Hand, bei Novalis findet man auch einiges, bei Jean Paul kann man ebenfalls fündig werden, am besten aber wende er sich an die Wanda oder an den Blecker persönlich, aber bitte Vorsicht, sie könnte giftig werden, und er narrisch, gar jähzornig, und das wäre fatal, der Blecker kennt kein Pardon. Und Wanda nur in seltenen Fällen.

Bei allem Lob der Infrastruktur in der Bleckerstadt konnte es natürlich nicht ausbleiben, daß hier und da auch gewisse Abstriche gemacht werden mußten. Da war z.B. das Krankenhauswesen bzw. die ärztliche Versorgung der Bürger im Allgemeinen. Konnte es angehen, daß Kranke wochen-, ja monatelang auf einen Arzttermin warten mußten, weil die Damen und Herren Ärzte noch einen Zweitjob in der Schweiz hatten, was die Schweizer in späterer Zeit mittels einer Volksabstimmung verboten hatten, konnte es angehen, daß manche Patienten den Verdacht hegen mußten, daß sie weniger als Patient, denn als Melkkuh im Krankenhaus willkommen waren? Nun, in einem alles und jedes romantisierenden Städtchen, wie es die Bleckerstadt nun geworden war, gab es eigentlich nur wenige ernstzunehmende Krankheiten, man lebte ja nicht gegen etwas, sondern mit diesem Etwas. Es gab keine Objekte mehr, alles war subjektiv geworden, und so fielen alle Krankheiten, die wegen der im Menschen wütenden ›Sei-dagegen-Kräfte‹ entstehen, und das sind die allermeisten Krankheiten, automatisch weg. Die Hektik, der Stress, generell die alles zerstörende Schnelllebigkeit, waren verschwunden, und wenn einer mal partout nicht einschlafen konnte, dann nahm er halt ein paar Baldriantropfen, die entsprechenden Pflanzen hatte er selbst auf den saftigen Wiesen im Morregrund gesammelt. Oder er blieb eine Stunde länger beim Gerstensaft. Herzkrankheiten gab es nicht mehr, seit die Bevölkerung mit den Omega3-Säuren der Lachse aus der Morre und den Karpfen vom Hollersee versorgt wurden. Und wenn einer mal einen Blinddarmdurchbruch hatte, wurde er im Prinz Carl von dem besonders qualifizierten Mitglied des Wescht-noch-Clubs, einem ausgemachter Operateur und Allround-Mediziner, bekannt auch als der Tänzelnde Arzt, in Zusammenarbeit mit der Sanften Herzensdame und dem Kettenmühlen-Girl ambulant versorgt. Im Übrigen genoß dieser Arzt seine Reputation als Odenwälder Sauerbruch.

Es war nur logisch, daß der hiesige gigantomanische Krankenhauskomplex und sämtliche Arztpraxen geschlossen und das alte Spital in der Spitalgasse als Notambulanz unter dem Namen Barbierei wiedereröffnet wurde. Einziger Grund: Man brauchte Krankenhaus und Arztpraxen nicht mehr, denn die über dem Städtchen wehende Landluft, versetzt mit den Autoabgasen, ergab ein Luftgemisch, das alle Sinne benebelte und jegliches Denken an und Erforschen von Krankheitssymptomen verhinderte. So kam es, daß alle Bürger gesund waren. Großzügig verzichtete man darauf, sich als Staatlicher Luftkurort zu bewerben, man hatte es einfach nicht nötig. Man wollte seine Luft für sich verbrauchen.

Auch auf dem Gebiet des Schulwesen hatte sich einiges geändert. Schulen waren nun mehr nicht staatliche Veranstaltungen, die zwangsweise zu besuchen waren, wenn ein Kindchen das sechste Lebensjahr erreicht hatte. Die staatliche Schulpflicht, von den Preußen 1794 zur Ausbildung von Soldaten und angepaßten Staatsbürgern und Proselyten eingeführt, wurde sofort abgeschafft. Jedes Kind sollte dann lernen, wenn es tatsächlich wollte, d.h. wenn das kleine Hirnchen nach Nahrung und Stoff hungerte. Folge: Alle Kinder im Bleckerstädtchen konnten mit 3 Jahren ihren Großeltern die Lokal-Zeitung, genannt ›Der Bleckerstädter‹ in Anlehnung an den ›New Yorker‹, Umfang zwei Seiten, vorlesen, auch anspruchsvollere Literatur wie ›Heidi in den Bergen‹ waren beliebte Leseknüller. Selbstverständlich ging jedes, auch noch so kleine Kind von selbst zur hiesigen Josef-Martin-Kraus-Musikschule, wo alle Musikinstrumente kostenfrei erlernt und Kinder-Musikal und Kinder-Opern eingeübt und aufgeführt wurden, ein Baby-Sinfonieorchester war der absolute

Clou dieser Musiker-Schmiede, der Tauberbischofheimer Fechterschmiede nicht unähnlich. Und wie dort ein ehemaliger Frisörmeister allein durch seine Begeisterungsfähigkeit segensreich gewirkt und olympisches Gold erreicht hatte, so begeisterte hier allein durch seine Anwesenheit ein begnadeter Compositör der Donaueschinger Musikschule und nachmaliger Musikpädagoge die Kinder. Er hatte die Fähigkeit, Kindern und Schnapsgläsern tief in die Augen schauen zu können, eine Fähigkeit mit nachhaltiger Wirkung. Zusammenfassend konnte man sagen: Die Kinder gediehen, weil sie keinen staatlichen Interessen unterworfen waren, sondern aus freien Stücken, wenn und wann es ihnen immer beliebte, lernten. Was auch immer. Und was lernten sie? Natürlich, das Leben! Und weil ihnen der berühmte Althumanist und Oberpädagoge vom hiesigen Gymnasium eingebleut hatte, daß ein mens sana in einem corpore sano enthalten sei, übten sie ihre Körper in wilden Verfolgungsjagden zwischen den auf den Straßen parkenden Autos, wobei der besondere Kick darin bestand, sich an fahrende Wagen dranzuhängen und sich bei Tempo 50 in den Straßengraben kullern zu lassen. Herrje, war das ein Kinderleben!

Franz Mostav macht Theater ... ...

Nach dem obligaten, wieder einmal sehr köstlichen Mittagessen legten sich die Wescht-noch-Club-Mitglieder aufs Ohr. Diesmal wurden sie nicht vom Blecker heimgesucht. Dafür erschien ihnen ein Schauspieler, nein, nicht ein Schauspieler, sondern d e r Schauspieler schlechthin: F r a n z M o s t a v. Ehemaliger Elektriker. Schauspielschüler. Schauspieler. In München. In Wien. In Salzburg. Überall Flops gemäß dem Sprichwort: Dem Mimen flicht die Nachwelt keine Kränze, aber dann: Gründer eines Wandertheaters. Intendant dieser Wanderbühne 17 Jahre lang. Franz Mostav, Intendant der Unterländer Volksbühne, Sitz in Bruchsal, ein Bühnenarbeiter als Mädchen für alles, kein Beleuchter. Spielorte: Alle kleinen und größeren Gemeinden zwischen Bruchsal, Wertheim und Heilbronn, im ersten Durchgang auf den großen Bühnen, dann im zweiten auf den kleineren, dabei wurden die Bühnenbilder entsprechend zusammengesägt, der Tespiskarren, aus einem zum Omnibus umgebauten US-Militärlastwagen bestehend, dessen Motor weiterlaufens mußte, wenn einer mal ›mußte‹ auf den kalten Höhen unterhalb des Katzenbuckel mitten in einem strengen Winter, Richtung Mudau, abends Faust I, in der Nacht zurück, der Bus dann nicht mit Benzin fahrend, sondern mit Alkohol-Abgasen, die aus dem Businneren direkt in den Motor geleitet wurden. Dieser Thespiskarren hatte sich, wie in alten Zeiten, die ja nun wieder eingetreten waren, am Gloria-Lichtspieltheater aufgestellt und gab ein Sondergastspiel zu Ehren des Stadt-Schreibers Göthe und zur ewigen Erinnerung an die Erhebung des Bürgermeisters zum Oberbürgermeister: Die Unterländer Volksbühne spielte den Faust I, Mephisto Mostav, Faust der gerade in der Stadt weilende Göthe höchstselbst, das Fräulein Oberstudienrätin Rasch übernahm das Gretchen und Pedell Griesberger vom BGB mußte als Wagner herhalten. Ein herrliches Ensemble, das einen historischen Theaterabend versprach. Der Vorhang ging auf: Es regnete. Franz Mostav-Mephisto zischte und sprudelte seinen Text nur so heraus. Dummerweise saß der gesamte Wescht-noch-Club, der sein Klassentreffen ausnahmsweise mit dem Besuch der Theateraufführung verbunden hatte, in der ersten Reihe, so daß die Mitglieder in ihren Fräcken – ein besonderer Gala-Abend verlangt auch eine besondere Gala-Kleidung – dem Mostavschen Dauerregen in besonderer Weise ausgesetzt war. Weil Göthe-Faust die Einnässung mit Gelassenheit ertrug, nahmen die Wescht-noch-Clubler auch keinen Anstand an der Dauerberegnung, mit einer Ausnahme allerdings, der Geschichtsforscher und Gartenliebhaber spannte kurzentschlossen seinen Regenschirm auf, den er, weil der Lokalfunk das Aufkommen eines Gewitters gemeldet hatte, vorsichtshalber mit ins Theater genommen hatte, vielleicht hatte er auch eine Ahnung. Wahrscheinlich wußte er nur zu gut, was auf ihn zukommen sollte. Mostav schien in dieser seltsamen Geste keine Kritik zu spüren, zeigte Verständnis, ließ es daraufhin aber noch mehr regnen. Das Stück nahm seinen Gang, Szene in Fausts Studierzimmer, Pudelszene, Osterspaziergang, Treffen und Verführung des Gretchens, Göthe lief zur Hochform auf, buhlte und buhlte, krapschte, gierte, als sei es echt, das Rasch-Gretchen zierte sich, »Oh nein, oh nein, oh, Meister, nein, laß er das hier gefälligst sein«, ergänzte das Fräulein den Faust-Text, ein Sachverhalt, der den Alten nur noch gieriger werden ließ und zur höchsten Vollendung anstachelte. Das war besser als jedes Fernsehen, das war pralles, dichtes Live-Leben. Szenenapplaus, dann die Auerbachkeller-Szene.: Dunkler Wirtsraum, Göthe-Faust im Hintergrund, mehr beobachtend, Mephisto-Mostav treibt seine Spielchen mit dem benebelten Studentenvolk, das gröhlt schließlich: ›Mir ist so kannibalisch wohl als wie fünfhundert Säuen‹ und ergeht sich in orgiastischen Tänzen. Als hätten sie genau auf diese Szene gewartet, als hätten sie nur ihr zugefiebert, erhoben sich plötzlich und wie auf ein geheimes Kommando die Wescht-noch-Clubler, skandierten in tiefen und hohen Tonlagen, was sie soeben auf der Bühne gesehen und gehört hatten, äfften die Schauspieler-Studenten nach, tanzten orgiastisch wie diese und nahmen kräftige Schlücke aus den in den Fräcken verborgenen Schnapsbullen, das sind flache Gefäße, also Flachmänner, wie Jäger sie haben, wenn sie auf dem Hochsitz sitzend sich der Kälte zu erwehren versuchen, dergestalt, daß sie sich einfach einen zur Brust nehmen. Mostav-Mephisto fixierte entgeistert die Szene im Zuschauerraum, von den Wescht-noch-Clublern selbst inszeniert, drehte sich um und rief »Vorhang«, woraufhin sich der schöne rote Vorhang, schneller als sonst, schloß. Der Vorhang wurde in der Mitte etwas zur Seite geschoben, dann trat Mostav, jetzt nur

65

Mostav, an die Rampe, fixierte die immer noch randalierenden Wescht-noch-Clubler erneut und hielt nachfolgendes Extempore: »Hochverehrtes Publikum, die besonderen Umstände, die mir in meinem ganzen Schauspielerleben nur noch ein einziges Mal widerfahren sind, diese Umstände erfordern besondere Maßnahmen! Hier, diese Leute«, und damit zeigte er zunächst verächtlich, aber auf seltsame Weise dann auch bewundernd, als habe er im Augenblick seine Meinung geändert, auf die Wescht-noch-Clubler, »diese Leute haben ein schönes Zeugnis ihrer guten Kinderstube, aber auch ihres tiefen Verständnisses von Theater und guter Kunst abgegeben. Sie sitzen nicht nur stumm und ergeben da, nein, auf sie ist der Funken übergesprungen. Sie machen mit, sie leiden mit und deshalb, hochverehrtes Publikum, sollen sie nun auch auf der Bühne mitspielen.«

Das ließen sich die Clubler natürlich nicht zweimal sagen, stiegen zur Bühne hinauf, und als sie so schön aufgereiht an der Rampe standen, fixierte Mostav jedes Gesicht der Wescht-noch-Clubler noch genauer, als suche er das Vergangene in ihnen, um dann zu lächeln und fast gerührt festzustellen, und jetzt sprach er richtiggehend liebevoll: »Hab ich's mir doch gedacht! Die Rüpel von damals, war's nicht 1957?, da stehen sie zusammen als ehrenwerte Herren mit Pensionsansprüchen der Besoldungsgruppe B2 mindestens, da stehen die Rüpel von damals, vor nahezu 60 Jahren war's, als sie mir den Faust während einer Schüleraufführung für das hiesige Gymnasium sprengen wollten und ich mich genötigt sah, in einem Extempore auf ihre Bildungsunfähigkeit hinzuweisen. Als Rüpel habe ich sie damals bezeichnet, nein, mitnichten, keine Rüpel wart Ihr, Ihr wart Euerer Zeit nur voraus. Was wollen wir denn heute im Theater und mit dem Theater? Natürlich, das aktive Publikum! In aller Form entschuldige ich mich hiermit für meine damaligen Despektierlichkeiten und fordere sie und das gesamte Publikum auf, handelnd, spielend, jauchzend und, wenn's der Text zuläßt, auch feixend an unserem historischen Spielchen teilzunehmen. Auf denn, das Spiel geht weiter!«

Was daraufhin auf der Bühne und im ganzen Saal geschah, war nicht zu beschreiben. Tanzende, jubelnde, textrezitierende Menschen, Umarmungen, Küsse, eine einzige innige selige Seligkeit, die Verschmelzung von Wirklichkeit und Traum, Spiel und Leben. Das war modernes Theater. Und der Kommentar des Alten: »Habe meinen Faust noch nie so wahrheitsgetreu gesehen! Allerhöchstes Lob! Werde im Weimarer Theater nach meiner Rückkunft sofort

Gleiches tun! Im Übrigen wolle man diese Art von Theater nicht ›modern‹ nennen. Nach meinem ›Werther‹ gab es in allen deutschen Fürstentümern nur ein solches Theater, ein Theater zum Träumen, zum Entzücktsein und Rasen. Davon berichtete schon Kollege Riesbeck in seiner Schrift ›Briefe eines reisenden Franzosen‹ aus dem Jahre 1781. Also, Intendant Mostav geht mit seiner Inszenierung vorwärts in die Vergangenheit, getreu dem Motto der Umwälzungen in diesem Städtchen, veranlaßt durch den Wescht-noch-Club. Gratuliere!«

Das war gutgemeint. Daß ein ganz anderer als sonst im Soufleurkasten saß, hatte keiner mitbekommen. Wie wäre das auch möglich gewesen bei dem merkwürdigen Doppelgesicht des Bleckers, der zwar da ist, aber auch nicht da ist, gleichwohl wirkt.

Nach der nur unter großen Mühen zuende gebrachten, frenetisch bejubelten Vorstellung, forderte man Da capo, also alles nochmal von vorne. Das war auch Mostav zuviel, und während der sich schweren Herzens mit seinem Tross zum Zimmermann in das Bahnhofshotel zurückzog, fühlte sich der Alte neuermuntert wie nach einem Pfingstfest und strebte zielsicher noch ins Schützenzelt, um dem Volke ordentlich aufs Maul zu schauen, wie er sich ausdrückte. Begreilich, daß es eine lange und feuchtfröhliche Nacht wurde, denn alle Welt wollte den Alten live erleben und bat um ein Autogramm, was der mit der ihm eigenen Gleichmut über sich ergehen ließ. Schließlich begab man sich in den Prinz Carl und schlief lebensgesättigt seinen wohlerworbenen Rausch aus. Und wenn nun einer inmitten der dunklen Nacht am Stadtturm vorbeigekommen wäre, hätte er ein flackerndes Licht bemerkt.

Es schien aus dem Fenster des Eiermann-Zimmers. Von den anderen unbemerkt war Göthe in seine Stadtschreiber-Klause hinaufgestiegen, hatte eine Kerze angezündet und schrieb an einem Brief an den Weimarer Herzog. Den Brief hatte er bereits vor einem Jahr, gelegentlich seiner Teilnahme an den Feierlichkeiten zum 400-jährigen Bestehen des Prinz Carl begonnen, bislang aber immer wieder gezögert, ihn zu vollenden, denn es handelte sich um einen Abschiedsbrief an seinen herzöglichen Dienstherrn. Mit einem Wort: Göthe wollte sich von Weimar lossagen und in Buchen bleiben. Daß es dazu nicht kam, hatte, um in Göthes Sprache zu reden, mit den ›Weibern‹ zu tun. Wanda und Rosl, aber auch seine Buhle aus der legendären Faust I-Vorstellung, das Fräulein Oberstudienrätin Rasch, zeigten sich verschlossen, und des Prinzen

Carls ›Töchtergen‹ war bereits einem stadtbekannten Schweinezüchter, Edi mit Namen, versprochen. So sah sich Göthen während seiner Zeit in Buchen unbeweibt und ungeliebt. Das verdroß ihn. Begreiflicherweise. Gleichwohl vollendete er das Briefgen und schickte es auch ab, denn noch hegte er, was die Liebe anlangte, die größten Hoffnungen, noch konnte er aber nicht wissen, daß ihm die Liebe in Buchen nicht begegnen würde. Tja, meinte in späterer Zeit die Archvarin der Stadt, eine liebenswerte Person mit dem Namen Trank, »hätte man vom Begehren des großen Meisters nur gewußt, die Entwicklung unseres Städtchen wäre anders verlaufen, vielleicht wären dann Gedichte entstanden, gar die Buchen Elegieen. Welch ein Gewinn wäre das für unsere Stadt und für die literarische Welt geworden.« Tja, da konnte man ihr eigentlich nur beipflichten, und es zeigte sich wieder einmal, wieviel Weisheit in dem Spruch liegt: Wer zu spät kommt bzw. überhaupt nicht liebt, den bestraft die Literatur-Geschichte. Und bitte, liebe Frau Archivarin, wäre der Alte nicht für Sie ..., ich meine ja nur.

So jedenfalls fragte sich der Blecker, der mit seinen Glasaugen alles beäugt und in sein Steinhirn eingeritzt hatte.

Die Strippenzieher

Während das Städtchen nun schlief, hatte sich bei Wanda eine ganz merkwürdige Gesellschaft eingefunden, es war die Gesellschaft der ›Strippenzieher‹, Wanda, Rosl und der Blecker. Wild gestikulierend fragte der Blecker in einem fort immer nur: »Und wie wird's? Und wie wird's?« Wanda hatte die Karten gelegt, wiegte bedächtig ihren Kopf, strich sich die Haare aus dem Gesicht, so daß man ihre feurigen Augen so recht besehen konnte, und meinte ruhig: »Blecker, Du Feuerteufel, Du mußt mich mal in aller Ruhe reden lassen. Mit den Karten ist's so ein Geschäft, das geht nicht so ratz-fatz, wie Du es haben willst. Also, halts Maul jetzt.«

Der Blecker, an solche Zurechtweisungen durch eine Frau nicht gewohnt, war sichtlich beeindruckt und schwieg tatsächlich. »Also«, hub die Wanda an, »erinnert Ihr Euch noch an den komischen Riesbeck? Ein toller Hecht damals, um die Jahre 70 und 80 im 18. Jahrhundert. Sitzt der doch einmal auf dem Feldberg im Taunus und bewundert einen Sonnenaufgang über dem Odenwald. Davon ist er so hingerissen, daß er behauptet, daß dies ein Anblick sei, den ›keine Zeit aus meiner Seele löschen wird. Noch war alles bis zu diesen Gipfeln hin dickes Dunkel‹, schreibt er, ›und diese Ostinsel schien eine beleuchtete Insel zu sein.‹ Merkt Ihr's, merkt Ihr's?«, ereiferte sich Wanda, »des isch die Aufklärung, die Aufklärung!«, dann fuhr sie, wieder ganz ruhig, gleichsam mit dem Autor gemeinsam meditierend, fort: » …eine beleuchtete Insel, die zur Nacht auf dem schwarzen Ozean schwimmt, dann wurde es ringsum heller, es war der aufklärerische Sonnenaufgang, der seinen Glanz auf die Welt warf. Wir entdeckten in schattigen Vertiefungen Ortschaften, die ein Blick der Morgenröte traf.‹ Das sagte der damals, der Riesbeck, und klar: Dürn ist die Vertiefung und ist dort geblieben, aber uns hier in Buche hat ein Blick der Morgenröte getroffen. Kann man das schöner sagen? Buchen, ein Ort der Morgenröte, herrlich. Und jetzt endlich ist in unserem neuen Gemeinwesen die Morgenröte ganz aufgegangen!« »Na ja«, gab Rosl zu bedenken, »vielleicht könnte das unser gegenwärtiger Stadtschreiber, heißt er nicht Gatte oder Gotte oder so, vielleicht kann's der noch besser sagen, der soll ja so eine Korüfä sein auf dem Gebiet der Lügen, alle Dichter lügen, hat emol enner g'sagt, wer am beschte lügt, isch d‹r bescht.« »Du hasch natirlisch immer ebbes zum Meckere, Rosl, Du Meckerjuffer, das bin i scho g'wohnt vun Dir!« »Weiberzoff!«, ließ sich da der Blecker vernehmen, fuhr über seinen Allerwertesten und rieb sich anschließend die Hände, »immer dasselbe mit den Weibern.«

Dann beschwor er angesichts der fortgeschrittenen Zeit die beiden Frauen zur Eile: »Wir müssen endlich zur Sache kommen. Wanda, was sagen die Karten?« »Also«, nahm Wanda die Rede wieder auf, »es gibt eine gute Nachricht, es gibt aber auch eine schlechte. Welche wollt Ihr zuerst hören?« Da Rosl und der Blecker unentschlossen waren, fuhr die Wanda fort: »Also, die schlechte Nachricht z‹erscht: Es gibt eine Kataschtrofe, eine Kataschtrofe, und die kummt bald! Ich sag' nur der Landrat, der isch nämlich in Karlsruhe, und von Karlsruhe ist noch nie ebb's Gut's kumme. Wißt Ihr übrigens, wo des Saunescht liegt? Der Riesbeck hät's g'wißt: ›Karlsruhe‹, hot der g'schriebe, ›Karlsruhe liegt in einem großen Wald, einem Rest des ungeheuren Gehölzes, das zur Zeit des Tacitus Deutschland bedeckt hat. Damals zogen Auerochsen und Elendtiere, die sich nun in die dicksten Wälder von Russland verkrochen haben, herdenweise umher.‹« »Hahaha«, prustete es da aus dem Blecker heraus, »hab ich's doch schon immer gewußt, die Auerochsen und Elendstiere haben sich mitnichten nach Russland verkrochen, nein, die sind in Karlsruhe … geblieben und haben sich nur als Menschen verkleidet. In Wirklichkeit sind die Karlsruher Auerochsen und Elendstiere, hab ich's doch g'wißt, hab ich's doch g'wißt«, frohlockte der Blecker, »und da ist nun unser Landrat. Vielleicht hat er gar Verwandte da. Dann soll er nur dort bleiben bei seinen Ochsen-Verwandten und rumbrülle wie die Viecher. Hänt i's net immer g'sagt, aus Karlsruhe kommt nur Mist? Da habt Ihr's.«

Wieder rieb sich der Blecker die Hände, eine Angewohnheit, die er sich von den Menschen abgeschaut hatte, allerdings war seinen Menschen-Studien bislang entgangen, daß manche mit ihren Fingern auch bisweilen eine Raute formen bzw. mit ihrem Zeigefinger Unanständiges andeuten. Schließlich schaute der Blecker nicht fern, und die Oberrautenformerin der Nation wollte partout nicht zu einer Stippvisite in die von der Morgenröte der Aufklärung beschienene Bleckerstadt einreisen, sie hätte angesichts der hier vorfindbaren

Fortschritte bezüglich der Verbesserung des Menschengeschlechts ihre Denkart ändern müssen und dazu war sie schlichtweg zu alt bzw. zu ossianistisch angehaucht. »Blecker, jetzt hält'sch endlich dei Goschi, dei Geschichtlen interessieret uns etzetle net, bei uns geiht's jetzt ums Ganzi. Also, der Landrat ist in Karlruhe und dreht am Geldhahn. Grad seh i, wie er dreht. Ganz schnell dreht der an dem Hahn, rechtsrum, und das bedeutet, er dreht ihn zu. Wir haben nächsten kein Geld mehr. Die Folgen wären katastrophal: Handelsbeschränkungen, Einreiseverbot und Bankensperre, genauso machen's doch allweil die Amerikoner mit dene gelbi Leut‹ in China, mit anderen Worten, der will uns verhungern lassen, eine moderne Form der mittelalterlichen Belagerung, nur ohne Soldaten, Feigling, der, dabei hätten wir so viele gut ausgebildete Soldaten in Dürn, die brennen doch nur darauf, emol kämpfe ze kenne!« »Eigentlich«, gab da der Blecker zu bedenken, »eigentlich müßten wir mal einen der Lehrer aus dem Wescht-noch-Club fragen, bei dem war der Landrat in der Schul«. »Und der Roland auch«, fügte die Rosl hinzu, »des bringt nichts, man sieht's doch: Der Lehrer hat sein Bestes getan, und dann, was ist draus g'worre? Man sieht's doch, gut erzogen, aber dann haben sie sich eigenständig entwickelt, gebildet, wie sie sagen, die lange Leine hat denen nicht gut getan.«, stellte Wanda enttäuscht fest. Die Rosl und der Blecker waren betroffen. Sollte alles umsonst gewesen sein? Am Ende würden die Wescht-noch-Clubler auch noch rauskriegen, daß sie nur fremdgesteuert waren, und dann? Schließlich hatte man es bei ihnen mit einer geballten Intelligenz, also mehr Schwarmintelligenz, zu tun, dumm waren die nicht, dachten Rosl und der Blecker fast gleichzeitig.

Und gleichzeitig ermunterten sie die Wanda, nun endlich mit der guten Nachricht rauszurücken. »Also«, fing sie an, »wenn Ihr's wisse wellt: Es werd alles gut. Der seltsame Vogel über uns kreist und kreist, der Pleitegeier isses net, als net so direkt, und der stürzt auch bald herunter und macht so, also wollte er uns aufzufressen, aber im letzten Augenblick, im wirklich letzten Augenblick kommt die Rettung. Wie heißt des bei dem Holder aus dem Schwobeland: ›Wo Gefahr ischt, wächst das Rettende auch‹, guter Spruch, gesättigt mit Lebensweisheit, es kommt nur selten vor, daß von dene Schwobe was Gutes kimmt! Die Rettung kimmt.«

»Schwätzer, dein Holder, leere Luftblasen, Wortgebimmel, sag uns lieber: Was isch im letschte Aucheblick, im letschte Aucheblick, was isch im letschte Aucheblick?«, wollte der Blecker wissen, dabei grimassierte er wild umher und zeigte die häßlichste seiner Fratzen, fuhr sich in den Hintern und schleckte seine Finger genüßlich ab, ein Vorgang, den er immer dann ausführte, wenn er besonders nervös war. »Was ist nun im letzten Aucheblick?«, wiederholte er. Wanda erhob sich, breitete ihre Arme aus, verfiel in einen Veitstanz, erstarrte schließlich zu einer Salzsäule, rollte mit ihren Augen und deutete auf Rosl: »Du werscht die Retterin seine!«

Rosl hielt den Atem an, schrie plötzlich auf, schüttelte ihren Kopf und antwortete schließlich verschüchtert und am ganzen Leib bibbernd: »Nee, Wanda, nee, do hascht Du Dich geirrt, das kann nicht sein! Was ich kann, weiß ich besser als wie Du«, wies sie Wanda entschieden ab. »Doch, doch, Rosl, ich seh's ganz genau, Du wirscht die neue Jungfrau von Orleans, also die Jungfrau von Buche, du rettescht Buche gegen alle Feinde, und der Pleitegeier wird Dir dabei sogar helfe!« Jungfrau von Buche, das war das Stichwort für den Blecker. »Juffer ist gut«, und damit fiel er in ein ohrenbetäubendes hämisches Lachen, »Rosl ist immer noch eine Juffer und werd's aller Voraussicht auch bleiben, aber Juffer von Buche?, nicht schlecht, nicht schlecht, das wäre doch die Rolle Deines Lebens, Rosl.« Rosl war sichtlich beleidigt und mit dem gellenden Ausruf: »Ich will nicht auf dem Scheiterhaufen sterben!« zog sie sich in eine Ecke zurück und schmollte. Nach einer Weile erhob sie sich und sagte mit verklärtem Blick: »Bin eine Jungfrau, fürwahr, aber wie gern hätt' ich einmal, wie gern nur einmal ..., dabei gab's so viele Gelegenheiten im Hotel. Manchmal waren die Männer richtiggehend närrisch, wo die mich überall hingekniffen haben. Einmal ...«, »Papperlapapp«, unterbrach der Blecker, »Papperlapapp! Was isch nu mit dem Pleitegeier? Kannsch den net oifach mit Pfeil und Bogen abknalle? Enner vun dene Wescht-noch-Clublern werd's scho mache. Enner isch so dick und stark.« »Gell, du mensch den Koch?«, fragte Wanda zurück. »Ja, den meen ich«, bestätigte der Blecker. »Der Koch«, lachte Wanda, »ausgerechnet der, wescht, der kann gut koche und schwätze kann der au, aber Mumm hät der net. Außerdem: Den Vogel derfet ma net oifach so abknalle, den brauchet ma noch.« Dann nahm Wanda die Rosl in ihre Arme. »Rosele, gut's Kind«, und jetzt klang ihre Stimme ganz ruhig, ganz sanft, »Rosele, du bisch schön, gut und sanft. Wie die Madonna vorm Prinz Carl, manchmal mein' ich gar, daß Ihr austauschbar wäret, austauschbar, hörscht?, austauschbar!« Und dann fragte Wanda noch: »Hoscht noch dei Pupp, i meen das klee Kindche, mit dem du allweil g'spielt hoscht?« »Ha freilich hännt i mei Püpple noch«, antwortete das Rosl. »Das Püpple brauchet ma noch!«, meinte Wanda, sie sprach es so, als wäre das nebensächlich, dabei war's doch die Hauptsache.

Rosl war gerührt von Wandas Worten und meinte schließlich in einem Ton, der anzeigte, daß sie sich in ihr Schicksal schon längst ergeben hatte: »Wenn D' menscht, Wanda, wenn's moi Schicksal isch, i mach elles mit. Aber was? Und für was brauchscht mei Püpple?«, wollte sie wissen. »Darüber muß ich noch schweigen«, tat Wanda geheimnisvoll die Frage ab, um dann noch ein Beispiel ihrer Belesenheit hinzuzufügen: »Wovon man nicht reden kann, davon muß man schweigen!« »Des iss aber net vun Dir«, schimpfte da der Blecker, »willst Di wohl mit fremden Federn schmücken?« »Nee, nee, will i net. Der Mann, der des g'sagt hät, hescht …« »Fittigenstone«, unterbrach der Blecker die Wanda, und die sagte, den Blecker ergänzend: «Sei's drum, aber nicht ›stone‹ hinten, sondern ›stein‹, Wittgenstein, der hät einen Bruder g'hät, der …«, »Papperlapapp, Papperlapapp!«, riß der Blecker das Wort wieder an sich, »was ist nun mit der Rettung?« »Die kommt, die kommt wie das Amen in der Kerch!«, versicherte Wanda. »Und der Landrat, was wird aus dem?«, fragte der Blecker besorgt. »Der Landrat, der isch doch net dumm, des isch doch 'n Ausg'fuchster. »Der kommt, und das dauert nicht mehr lange, und kriecht zu Kreuz, will sagen, ohne ihn wäre die Rettung unmöglich geworden«, prophezeite die Wanda, schließlich nahmen sich die Drei an den Händen und sangen: »Und alle werden ihn wieder liebhaben, liebhaben, lie-hie-liebhaben!« Damit war die nächtliche Sitzung bei Wanda beendet. Das Schicksal der Bleckerstadt war beschlossen, und es mußte nur darauf geachtet werden, daß die Ergebnisse dieser Nacht sich in die Gehirne der selig schlafenden Wescht-noch-Clubler eingravierten. Und das besorgte der Blecker umgehend.

Sich umarmend und küssend stapften die drei Strippenzieher, die Nornen der Bleckerstadt, heitergestimmt die Stiege hinunter, wobei sie ein Lied intonierten, das sie immer nur dann sangen, wenn ihnen etwas wirklich zur vollen Zufriedenheit gelungen war. Ihr Lieblingslied war's und es versetzte sie jedesmal in rhythmische Zuckungen:

»Heiteradei, Heiteradei,
Grünkernküchle, Spiegelei,
wann treffen wir drei
wieder zusamm'n?

Um die zwölfte Stund'
am Morredamm,
ich zeig euch den Hintern,
ihr leckt ihn mir ab,
wir wirken das Beste
für unsere Stadt.
Heiteradei, Heiteradei
Grünkernküchle, Spiegelei.

Das Leben in der Bleckerstadt

Als sich's die Wescht-noch-Clubler am nächsten Morgen im Frühstücksraum gemütlich machten, war alles schon bestens angerichtet. Rosl hatte nicht geschlafen, war nach dem nächtlichen Zauber sofort in die Küche geeilt und hatte das Frühstücksbuffet vorbereitet. Daß sie dabei dem Kaffee eine besondere ›Essenz‹ aus ihrer geheimen Kräuterküche beigemischt hatte, war den Club-Freunden nicht bewußt, allerdings fühlten sie sich in bislang nie gekannter Weise euphorisiert. »Bisch a so närret heut?«, fragte einer den anderen, aber sie schoben es auf die wunderschön leuchtende Sonne, die über dem Städtchen strahlte. Und diese Sonne war so verlockend, daß sie sich entschlossen, sich einmal gemeinsam zu beschauen, was sich im Städtchen so tat.

Als sie, angetan mit Golf-Kappen, auf denen der Schriftzug BGB als äußeres Zeichen dafür, ein Schüler des Gymnasiums zu sein, den Prinz Carl verließen, brodelte bereits das Leben auf den Straßen und Gassen, in den Geschäften wurden Hüte, Würste und Brote verkauft, die Geschäftsleute rieben sich die Hände, die schönen goldenen Zeiten aus den fünfziger Jahren, als das Wirtschaftswunder über Deutschland und auch über Buchen gekommen war, schienen sich wieder eingestellt zu haben. Touristenschwärme drängelten sich durch die Hauptstraße, blieben vor dem Alten Rathaus stehen, machten »Ah« und »Oh« und ließen es sich anschließend bei Grünkernbratlingen und Kräuterleberwurst in einer der rammelvollen Gaststuben gutsein. »Was finden Sie denn hier so schön?«, fragte die quirlige Dandyin als Journalistin der Süddeutschen Zeitung ein älteres Ehepaar, dem Dialekt nach mußte es aus Mannheim stammen. Ja, fanden die Herrschaften, das Leben sei schön hier in der Bleckerstadt, die sei ja eine Stadt der aufgeklärten, der reinen Vernunft und der schmackhaften Speisen, wie sie zu betonen nicht aufhören wollten. Hier könne man einmal richtig Mensch sein. Was erwarte einen dagegen in Mannheim? Hoffahrt und Neid, Streit und Mobbing allenthalben, und in der Kita beginnt das schon! »Warum heißen die eigentlich so?«, ereiferte sich das

Paar, gewiß Großeltern einer Patchwork-Familie. »Warum hat man es nicht bei dem Wort ›Kindergarten‹ belassen?« »Natürlich«, geiferte jetzt die diskurswütige altachtundsechzig Oma, die inzwischen ihre Gesinnung, wie alle diese famosen Typen, geändert hatte und etwas nach rechts abgewichen war, »weil im Kindergarten etwas wächst, in der Kita dagegen wird etwas gemacht: Wie einstmals im Sozialismus, da wurden sozialistische Menschen für die Produktion gemacht, heute, in Mannheim, aber auch in Frankfurt oder in Köln, überhaupt im restlichen Deutschland, werden sozialkapitalistische Arbeiter produziert, die Gier wird systematisch anerzogen, um auf dem Weltmarkt mithalten zu können!« Und der Opa, wohl philosophisch gebildet und kantfest, ergänzte: »Schöne Aussichten in Rest-Deutschland! Hier, in der Bleckerstadt, sind die Menschen einander ein Du und ein Ich zugleich, hier ist der kategorische Imperativ praktisch geworden!«

Daß das tatsächlich so war, das spürten die Mitglieder des Wescht-noch-Clubs immer mehr, und das spürten auch die Touristen aus den großen Metropolen, wenn sie morgens um 7 Uhr ins Städtchen einfielen, den Hahn krähen hörten, verzückt den Geruch des Schweine- und Rindermists inhalierten, in den Bäcker- und Metzgerläden den Verkäuferinnen ihre Geldbörsen hinhielten mit der Bemerkung, sie mögen sich doch einfach rausnehmen, was sie wollten und ihnen dann den entsprechenden Warengegenwert einfach eintüten, ja, in der Bleckerstadt waren die Menschen zu sich gekommen, das merkten die Touristen, und davon kamen so viele, daß man die Touristenströme eigentlich hätte lenken müssen, aber wer hätte das tun sollen. Polizisten etwa? Wie hätte das gehen sollen? Die waren ja auf sich gestellt und bekamen, weil alle Telefonnetze gesperrt waren, keine Anweisungen aus Mosbach mehr. Also glichen sie sich den in der Bleckerstadt herrschenden Gewohnheiten an, mithin, sie wurden aufgeklärte Staatsmachtmenschen, und unter aufgeklärten Menschen gab es schlechthin kein Unrecht, die Menschen waren grundsätzlich nicht in der Lage, etwas Unrechtes zu tun, denn das Gegenteil des Guten, Wahren und Schönen, hier in der Bleckerstadt im Kleinsten wie im Größten überall präsent, konnte einfach nicht gedacht werden, also existierte es auch nicht.

»Was ist denn da vorne an der Buchhandlung los, ›Buy Local‹ steht auf dem Schild, was ist denn das nun wieder?«, wunderte sich das Kettenmühlen-Girl. Vor der Buchhandlung am Alten Rathaus hatte sich eine richtige Ansammlung von Menschen gebildet, alles drängte in den Laden hinein. »Was gibt's denn da heute?«, wandte sich der Soldat mit dem Fürchteblick an den Nächststehenden. »Alter, hast Du Tomaten auf den Augen?«, raunzte ein ungefähr 13 Jahre altes Bürschlein zurück, »Bücher, gibt's hier, Bücher, nichts als Bücher, in unserer Stadt gibt's nichts zu glotzen oder zu twittern oder zu mailen, hier wird gelesen!« Die Wescht-noch-Clubler stellten sich in die Reihe, in der Hoffnung, das eine oder andere Büchlein erwerben zu können. Als sie schließlich im Laden waren, gab's keine Bücher mehr. »Kein Problem«, meinte der clevere Buchhändler, »kommt alle mit, wir verkaufen jetzt die Schülerbibliothek des Gymnasiums, in der Stadtbücherei gibt's auch noch ein paar alte Schinken, die stehen schon seit Generationen ungelesen im Regal, Agnes Günther z.B. ›Die Heilige und ihr Narr‹ und Karl-Mays und Frischs und Heidis.«

Der Buchhändler machte das Geschäft seines Lebens und die öffentlichen Büchereien hatten endlich wieder Platz. Und den brauchte die Stadt dringend, da alle Bürger bis in die Nächte hinein an ihren Biografien schrieben, die sie unbedingt für die Nachwelt in den Bibliotheken und Archiven der Stadt aufbewahren wollten.

Alte Bekannte

Während es so zur ersten Buchwallfahrt im Städtchen kam, setzten die Wescht-noch-Clubler ihren ›Gang durch die Gemeinde‹ fort, durchschritten das Alte Rathaus, wo sie dem ehemaligen Oberstudiendirektor Hammel begegneten, der immer noch mit seiner allseits berüchtigten Empörungspose den mit Verspätung angekommenen und Zigarettlen rauchenden Walldürner Fahrschülern Beine machen wollte, auch das in einem fort sich räuspernde Fräulein Räsch, das Gretchen aus der theaterhistorisch inzwischen berühmt gewordenen Buchener Faust-Aufführung, wurde gesichtet, der Lateinlehrer Wirsching, fremdgesteuert wie immer und mit den bekannten Gesichtszuckungen, geisterte, in Selbstgesprächen vertieft, um die Buden am Wimpina-Platz herum, und der ehemalige Klassenlehrer Brüll stand mit sich selbst diskutierend vor dem von roten Rosen umwachsenen Burghardt-Denkmal, wobei er dem zum Widerspruch unfähigen steinernen Mann bisweilen die Faust zeigte, er gestikulierte mit weitausholenden Armen umher, zeigte sich bisweilen auch selbst den Vogel und sagte in einem fort nur »Ihr Deppe, Ihr Deppe!«, und so begegneten die Mitglieder des Wescht-noch-Clubs auf dem kurzen Weg immer öfter ihrer auf seltsamer Weise wieder lebendig gewordenen Vergangenheit.

Wie groß war die Freude, als sie das Bahnhofshotel betraten: Fritz Zimmermann, Grandseigneur und Maître des Charmes, im Nebenerwerb auch tätig als Gottes begnadeter Mundschenk, umarmte sie mit seinen Blicken und fragte, als es sich die Wescht-noch-Clubler an ihrem Stammtisch gemütlich gemacht hatten, süffisant: »Die Herren Studenten, wie immer?« Und die Wescht-noch-Clubler, als wären sie grad gestern noch dagewesen, antworten wie aus einem Munde: »Wie immer!« Daß dabei einer von ihnen das ›Wie‹ weggelassen hatte, bemerkte keiner. Was mochte er sich dabei gedacht haben?

Das süffige Würzburger schmeckte wie immer, die Würstchen schmeckten wie immer und wie immer war einer in die Kirche geschickt worden, damit er den kartenklopfenden Freunden berichtete, was der Priester heute so erzählt hatte, damit sie den bohrenden Nachfragen ihrer Eltern standhalten konnten, die allesamt auf dem Friedhof ruhten, den sie zum Abschluß noch besuchen wollten, um mit ihnen zu sprechen und Rechenschaft abzulegen vom vergangenen Jahr. War ihnen aufgefallen, daß die obligate Nachfrage ›Wescht noch‹? immer seltener gestellt wurde?

Auch Mostav war noch da, sonnte sich im Glanze seines gestrigen Erfolges, hielt Ansprachen und geriet mit Göthe aneinander, den es aus seiner Stadtschreiber-Klause ebenfalls zum Fritz verschlagen hatte. Als die Weschtnoch-Clubler dann nach einigen Würzburgern wieder nach draußen gingen, nicht ohne sich beim Fritz bereits wieder für morgen angekündigt zu haben, donnerte gerade der Personenzug aus Walldürn in den Bahnhof ein. Der Zug aus Seggi stand daneben, und die beiden Lokomotiven dampften und zischten, daß es eine Lust war. »Wie früher, wie in alten Zeiten!« freuten sich die Weschtnoch-Clubler, und der Antomfüßiger, im Nebenberuf Ingenieur, deutete auf die Lokomotiven und befand fachmännisch: »Ist doch klar: A 37, Baujahr 1932, mit Rumpf-Tender!«

Schicksale

Plötzlich Menschtrauben auf den Bahnsteigen, junge Leute, ältere Herrschaften, Eltern mit Kindern, bahnhofshektisch alle, ein Bahnbeamter kontrollierte die Fahrberechtigungsausweise, und wenn man diese Prozedur hinter sich gebracht hatte, strebte man zum Schützenmarkt oder in die Innenstadt. Inmitten der Menschanansammlung zwei ältere Damen, weißhaarig, auf einem Rollator gestützt, hilflos. Ein Bahnbeamter mit Dienstmütze, Aufschrift: Auskunft, sah die Hilflosigkeit der beiden Damen. »Wohin soll's denn heute gehen?«, wandte er sich freundlich an die beiden. »Nein, Herr Condukteur, wir wollen nicht verreisen. Wir warten auf unsere Söhne, die wollen heute mit dem Zug aus Frankfurt anreisen«, »nein, aus Mannheim«, berichtigte die andere Dame. Der Auskunftsbeamte schlug sein dickes Fahrbahnbuch auf, suchte umständlich, blätterte Seite um Seite um und beorderte die beiden Damen zum Fahrplanplakat am Eingang des Bahnhofs. »Hier, gute Frauen«, wandte er sich leutselig an die beiden, »hier ist er, der A6745, fahrplanmäßige Ankunft um 12,30 Uhr. Leider, leider kommt der auch heute wieder später, falls er überhaupt kommt. Wenn Sie warten wollen, dort, auf der Bank, können sie bequem Platz nehmen.«

Und wenn es die Wescht-noch-Clubler nicht so eilig gehabt hätten auf ihrem Rundgang durchs Städtchen, hätten sie beobachten können, daß die Stunden verrannen, ohne daß der ›Frankfurter‹ ankam, und sie hätten sehen können, daß ein Auto vorfuhr, dem eine Frau entstieg, die freundlich auf die beiden Damen einsprach und sie schließlich zum Auto begleitete. Das Auto hatte die Aufschrift: Seniorenwohnheim Buchen. Und dann hätten die Wescht-noch-Clubler noch beobachten können, daß das Auto auch andere Stellen in der Stadt anfuhr, um ältere Menschen einzusammeln, die dort auf ihren Sohn, auf ihre Tochter, auf die Enkelkinder warteten.

Das Seniorenwohnheim hatte diese scheinbaren ›Bushaltestellen‹ einrichten lassen, weil die alten Leute in ihrer Hinfälligkeit ansonsten auf der Suche nach den Ankunftsstellen ihrer Verwandtschaft hilflos auf den Straßen und in den umliegenden Wäldern umherirrten, jetzt versammelten sie sich an den ›Haltestellen‹ oder am Bahnhof, um die Ankunft ihrer Lieben abzuwarten, und wenn sie auf dem Fahrplan Frankfurt lasen oder Mannheim, waren sie beruhigt, saßen da und warteten, Zeit hatten sie in Hülle und Fülle, glaubten sie jedenfalls, aber ob sie morgen wieder da sitzen würden, wußten sie nicht. Das Nichtwissen war der Grund ihres Glücklichseins. Sie waren ›weise‹ geworden. Darin waren sie den Wescht-noch-Clublern weit voraus. Oder doch nicht?

Die schlossen sich dem Menschenstrom an und fanden sich auf dem Musterplatz wieder. Heute war Familientag. Für Kinder war alles frei, Erwachsene zahlten die Hälfte. Auch im Festzelt. Die Wescht-noch-Clubler machten einen Bogen um das Zelt, sie hatten heute noch einiges vor. Am Ausgang des Festplatzes an der Walldürner Straße standen einige Jungens in einem Kreis. In der Mitte des Kreises lagen Pfeile. Die etwa elf- oder zwölfjährigen Buben hatten sich ein besonderes Spiel ausgedacht. Sie schossen die Pfeile nacheinander auf jenen Vogel ab, der schon seit Tagen über der Stadt kreiste und für kaum wahrnehmbare Bruchteile von Sekunden seinen Schatten auf die Straßen, Häuser und Plätze und auf die Menschen warf. Die Buben hielten den Vogel übrigens für eine feindliche Drohne, die ganz gewiß vom Landratsamt in Mopsbach ausgeschickt worden war. »Denen in Mopsbach zeigen wir's!«, skandierten sie, »denen zeigen wir's!« Und dann schossen sie, als ginge es um ihr Leben. Eigentlich hatten sie ja ganz recht, sie fühlten es, wie Kinder in ihrer Unschuld bisweilen mehr wissen als Erwachsene in ihrer kühlen Rationalität: Mit dieser Drohne stimmt was nicht. Natürlich war's ein vergebliches Spiel, doch die Buben ließen sich nicht beirren, sie schossen und schossen und glichen darin dem Don Quichote, der einst auch vergeblich gegen die Windmühlen gekämpft hat oder dem Sisyphos.

Da ist was los

Weil es fast schon Mittagszeit war, kürzten die Wescht-noch-Clubler ihren Gang durch die Gemeinde ab, wollten aber unbedingt noch zur Touristik-Information, um sich zu erkundigen, was in den nächsten Tagen so los wäre im Städtchen.

Auf großen bunten Plakaten reihten sich Veranstaltungen an Veranstaltungen. Am Donnerstag großes Winzerfest der Wartberg-Winzer-Genossenschaft, war zu lesen, am Freitag rezitiert der Stadtschreiber Göthe aus seinen gerade erst geschriebenen Buchener Elegien, Buchener Mundart-Dichter wollen dann dem Alten Paroli bieten, auch sie wollen vortragen, was sie gerade aufgezeichnet hatten. Der Samstag war besonders vollgepropft mit diversen Events: Am Vormittag Punkt zehn Uhr großes Rollatoren-Wettrennen in verschiedenen Klassen quer durch Buchen, der örliche Reit- und Fahrverein sucht noch freiwillige Organisationshelfer, zur gleichen Zeit Pilz-Exkursion des Ökologie-Unterverband Buchen im Landesverband von Baden-Württemberg, Leitung Frau Wachtelhuber, bitte festes Schuhwerk und je zwei Pils mitbringen, war zu lesen, um 12 Uhr fröhliches Samstagssingen im Museumshof, um zahlreiche Teilnahme wird gebeten, um 15 Uhr dann großes Schlachtfest der Sparte Fußball des 1.TSV Buchen. Wen die denn da abschlachten wollten, fragte der Marathon-Mann, worauf ihm bedeutet wurde, er sei ein Ollwell, natürlich würde da zuerst eine Sau abgeschlachtet, gegrillt und verzehrt, ehe es gegen den FC Lohrbach ginge, der Sieger spiele dann gegen den allseits gefürchteten Liga-Shutingstar Dynamo Unterbolzbach, am Abend festliche Illumination der Innenstadt mit anschließendem Höhenfeuerwerk auf dem Festplatz, im Festzelt großes Schützenfest-Kehraus-Fest, zur gleichen Zeit in der Kirche das Tedeum von Bruckner für Soli, Chor und großes Orchester, der Karnickel-Verein lädt zur großen Rammler-Schau mit anschließender Prämierung ein, die Jagdhornbläser üben im Alten Rathaus, die Entschädigung für die Allmendlöser würden ausbezahlt, der Männergesangsverein hält im Festzelt eine

Singstunde ab, in Ausgehuniform mit Mütze stehen die Feuerwehrmänner beim Heimgang eines Kameraden Spalier. Und so ging das weiter.

Die Wescht-noch-Clubler hätten sich also vervielfachen bzw. mehrfach klonen müssen, um nur einiges mitzukriegen. Genauso umfangreich waren die Veranstaltungsankündigungen für den Sonntag, wobei bezeichnenderweise am Vormittag keine Veranstaltungen liefen, aber dann kam's am Nachmittag und am Abend in geballter Form: Abfahrt um 15 Uhr zur Viel-Schlösser-Fahrt auf dem Planwagen, von Bödigheim geht's über Eberstadt, Sennfeld, Hardheim, Walldürn nach Hainstadt, dort auch fröhlicher Ausklang, Rückkehr nach Buchen um etwa 24 Uhr. Zur gleichen Zeit: Golfturnier auf den Straßen der Stadt unter dem Motto: Wer trifft am besten? Bitte Kopfschutz mitbringen! Die Bürger werden gebeten, zahlreich zu erscheinen und ebenfalls einen Kopfschutz mitzubringen, der Veranstalter übernimmt keine Haftung für die Folgen von Querschlägern. Der Imkerverband lädt um 16 Uhr ein zum fröhlichen Bienentanzen. Wer ist die heißeste Biene von Buchen? Anschließend Prämierung, russische Bienen hochwillkommen! Der Tennisclub veranstaltet sein Jahresschlußturnier. Wer siegt, ist selbst dran schuld. Zur Marienvesper versammeln sich die Gläubiger der Kirchen, Sparkassen und Banken um 17 Uhr in St.Oswald. Ab 18 Uhr erwartet der Taubenzüchterverein die Rückkunft der armen Tierchen vom Kap der Guten Hoffnung, strengere Kontrollen sollen diesmal verhindern, daß wiederum Rauschgift geschmuggelt wird. Um 20 Uhr schließlich feierliche Eröffnung der ›Ersten Bayruchener Festspiele‹ mit dem Stück ›Tannhäuser – Oder die Keilerei auf der Wartburg‹ von Nestroy im Museumshof, das Lausiger Orchester wird begleitet von der international agierenden, aus Buchen stammenden Gruppe ›Jochen Fünf‹, die für die Musik verantwortlich ist und u.a. auch ihren bekannten Kroatenbossanova darin verarbeitet hat. Zeitgleich, was wohl ein Organisationsfehler der städtischen Kulturkoordinatoren war, ›Die Buchener Jedefrau‹, eine auf den heutigen Erkenntnisstand gebrachte Wiederaufnahme der legendären Inszenierung aus dem Jahre 1958 unter der Regie von Studienrat Weißschedel, gespielt wird wie damals im Gloria-Filmpalast, Weißschedel ist anwesend, da ihm coelestischer Urlaub mit Rückkehrverpflichtung eingeräumt wurde, Adi Schmidt aus Alleze wird in der Rolle der starken Power-Frau wiederum glänzen, Peter Assion aus Dürn wird als Tödin sein Bestes geben und die Stimme Gottes übernimmt …, »Ja, wer nun?, wer?«, wollten die Wescht-noch-Clubler wissen und fragten die

Angestellte der Touristik-Information. »Weiß keiner, weiß keiner, ist und bleibt ein Geheimnis! Sorry!«

Noch lange hätten die Wescht-noch-Clubler vor den Plakaten stehen können, die Veranstaltungsankündigungen wollten kein Ende nehmen, ihnen brummte der Kopf, die Aufnahmekapazität ihrer Hirne war erschöpft. Sie wollten nach Hause, in den Prinz Carl, der nun tatsächlich ihr Zuhause geworden war, sie wollten essen und nur noch schlafen.

Das Essen schmeckte wie immer, denn die guten Wirtsleute hatten wieder einmal ihr Bestes geboten, zum Schlafen kam es allerdings nicht. Der Lärm auf den Straßen war zu laut, die Uhr im Stadtturm schlug zu heftig, außerdem hatte das Essen sie derart wiederbelebt, daß sie sogleich ihren Stadtbesichtigungsrundgang fortsetzen wollten. Sie quälten sich durch die Menschenmassen ›Am Bild‹ und landeten sogleich in der Eisdiele in der Amtsstraße, wo sie ihre erste Jugendliebe erlebt hatten.

Das Eis schmeckte wie damals und wie damals hieß es: Immer noch mehr. Damals allerdings mußten sie rechnen, das Taschengeld war knapp, jetzt nahmen sie die üppigsten Erdbeerbecher mit obligatem Cognac, und als sie draußen waren auf der Straße, schlotzte jeder an einem Eis in der Waffel.

Auf einmal ergriff die Freunde die Lust auf Weite, auf Landschaft, auf Weitsicht. »Machen wir morgen weiter mit unserem Rundgang, ich will raus in die Natur, Kühe will ich sehen«, schlug einer vor »und Ochsen«, ergänzte ein anderer und wieder ein anderer wollte partout ein Rendevous mit Ziegen.

Beim Weltkünstler in Hornbach

Man beschloß, gemütlich nach Hornbach zu wandern, ein Beschluß nicht ohne Hintergedanken, denn in einer Meldung im Lokalrundfunk hieß es, daß der weltberühmte Künstler Ansilm Keifer in Hornbach gesichtet worden sei. Um die Lust auf Kunst mit der Notwendigkeit von Bewegung harmonisch zu verbinden, gingen sie nicht, wie Wanderer es tun, also wandern, nein, sie machten einen Walking-Marsch, wie er in den ersten Jahren des nun zuendegegangenen 20. Jahrhunderts üblich geworden war. Die entsprechenden Walkingstöcke hatten sie sich aus den am Wegrand wachsenden Weiden selbst zugeschnitten, wobei sie die unteren Enden der Stöcke mit Nägeln versehen hatten, was zur Folge hatte, daß es immer dann, wenn sie die Weidenstöcke mit scharfen Knarren in den Boden preßten, laut klackte, und als sie durch Hainstadt kamen, klackte das auf dem Asphalt derart, daß die Bewohner in ihre Häuser flüchteten, weil sie des Glaubens waren, nun wäre in Buchen gar die Pest ausgebrochen und dies wären nun die ersten Pestkranken auf der Suche nach einer Bleibe. Der unfreundliche Empfang durch die Hainstädter verwunderte die Wescht-noch-Clubler nicht sonderlich, sie waren in dieser Hinsicht abgebrüht, denn das Leben hatte ihnen so manchen unfreundlichen Empfang beschert.

Als sie die Bahnunterführung in Richtung Hornbach durchschritten hatten, war es ihnen, als wären sie in eine andere Welt gekommen. Wo sie auf Kühe, Ochsen und Ziegen zu treffen hofften, standen, lagen und hingen nun Kunstwerke jeglicher Art, Skulpturen, Großgemälde , mindestens fünfzig Meter hoch und achtzig Meter breit war das größte, in einer Reihe wiederum Miniaturen, Bronzen von Männern, Frauen und Kindern und Arbeiten aus Stein, dazwischen, gleichsam als Zuschauer bzw. als Kunstbestandteile nun tatsächlich wiederkäuende Kühe, brüllende Ochsen und an einem fort meckernde Ziegen. ›Kunstwelt‹ war auf einem Schild zu lesen. Inmitten des Ganzen ein Nackter. Er hatte sich bemalt, als wäre er gleichsam der Natur entsprungen. Offensichtlich der Künstler selbst. Der schien Zwiesprache zu halten mit allem, was ihn umgab, er brabbelte, tanzte, jauchzte, erging sich in den komischsten Körperverrenkungen, fiel schließlich auf den Boden und blieb liegen. Nach einer Weile sprang er auf und trieb die Tiere über die Leinwand, ganz offensichtlich ein im Entstehen begriffenes Kunstwerk, die Tiere ließen ihre Exkremente auf die Leinwand fallen, der Künstler verschmierte sie, dabei fiel er in schamanenhafte Verzückungen, schließlich ertränkte er die Leinwand in schwarz-graubraunen Farben, die er mit einem Besen auftrug. Anschließend wälzte er seinen Körper über das Gebilde, was zur Folge hatte, daß sich die Farben noch mehr vermischten und glätteten, sein Körper, gleichsam eine Walze, war nun auch von diesem Gemisch aus Farben und Tierexkrementen überzogen. Auf einmal hielt er inne: Er hatte die Wescht-noch-Clubler bemerkt, stürzte auf sie zu und ging einem von ihnen an den Kragen. Wie es Affen tun, umfaßte der ›Künstler‹ den Freund mit gierigen Armen und hätte ihn vermutlich erdrückt, wäre da nicht ein anderer Freund dazwischengegangen. Konnte dieses Wesen, denn es schien der menschlichen Spezies nicht zuzugehören, konnte es überhaupt sprechen?, fragten sich die Wescht-noch-Clubler, denen es mulmig geworden war. Sollten sie lieber das Weite suchen?

Schon bereuten sie, ihrem Wunsch nach Weite und Weitblick, nach Kühen, Ochsen und Ziegen mit dieser Wanderung nachgegeben zu haben. Erst waren sie als Pestkranke empfangen worden und jetzt wurden sie hier, in Gottes freier Natur, gar mit dem Tode bedroht! Die Künstler-Gestalt schien ihre Gedanken erraten zu haben, denn plötzlich ließ sie von dem Freund ab, hüllte sich in einen weißen Lackmantel und sprach in einem ungemein weichen und sanften Ton: »Ich hab Euch erwartet, ihr Wescht-noch-Clubler, ihr Freggling, kommt mit, ich zeig Euch was«, und mit galanten Armbewegungen wies er ihnen den Weg zu einer Skulpturengalerie. Vor einer Skulptur, es war die Plastik einer nackten Frau, blieb er stehen.

Die Frau lag hingestreckt auf einer Wiese, halb unter einer Hecke, die sich über ihren Kopf wölbte. Als sich die Freunde der Frau näherten, wurden sie eines immer intensiver werdenden Brummens gewahr und dann sahen sie, daß die Frau einen Bienstock auf ihrem Kopf trug, als wäre er ein Helm. Die Tiere summten dort heraus und hinein, es war, als habe sich die kalte Plastik am Kopf erhitzt und, wie in der Legende von Pygmalion, lebendig werden lassen. Die Freunde waren sichtlich irritiert, was dem Künstler nicht entgangen war, und noch ehe sie etwas sagen konnten, stellte dieser seltsame Mensch sogleich die Frage, die die Freunde nicht zu stellen wagten: »Was«, so fing der seltsame Mensch an, indem er seine Arme über die ganze Kunstlandschaft ausbreitete, »was hat das nun mit Kunst zu tun? Das wolltet Ihr aus dem Bürgersumpf dort«, und damit zeigte er in die Richtung, wo das kleine Städtchen seinem Leben nachging, »das wolltet Ihr doch fragen?«

Natürlich war seine Frage nur rhetorisch gemeint, denn er fuhr, ohne auf eine Antwort zu warten, sogleich fort; »nichts hat das mit Kunst zu tun oder alles oder nichts! Alles oder nichts! Dies hier ist auch keine Natur, weder ist es Kunst, noch ist es Natur, es ist Natunst. Ich bin ein Natunstler.« Den Freunden schwirrte der Kopf, dieser Seltsame schien nicht nur ein merkwürdiger Maler und Bildhauer zu sein, sondern auch ein bemerkenswerter Sprachkünstler, war ihnen doch der Begriff ›Natunst‹ bzw. ›Natunstler‹ völlig neu. »Und was macht ein Natunstler?«, wagte der Saudebisse und Elite-Schmied zu fragen. Er hatte einen weiteren Ausbruch des Seltsamen erwartet, der aber antwortete ganz gelassen, ganz ruhig: »Es wird eine Zeit kommen, da werden derlei Fragen unnötig sein. Man wird überhaupt nicht mehr fragen, einfach weil es keine Fragen mehr gibt. In dieser Zeit wird der menschzentrierte Blick auf die Welt, die Wurzel allen Übels, aufgehoben. Es gibt keine Subjekt-Objekt-Spaltung mehr, also hier Mensch und dort Natur, sondern nur die Einwelt. In der Welt außerhalb meiner Welt, also bei Euch im Bürgersumpf, verarbeitet ein Mensch mittels seiner Einbildungskraft etwas Vorliegendes, und das ist die Welt bzw. die Natur. Der Mensch herrscht, wird beherrscht. Geht auf einen Spielplatz, und Ihr werdet beobachten können, wie das anfängt, die Kinder …«, seine Stimme wurde noch leiser, und damit man ihn besser verstehe, stellte er sich auf ein Podest, so daß er nun aussah wie ein lebendiges Denkmal oder wie ein Prophet, der seinem richtungslos gewordenen Volk seherisch den Weg weisen wollte, » …die Kinder spielen, in sich versunken, im Sand, dergestalt, daß sie Sand sind. Sie wälzen sich im Sand, essen, fühlen und riechen den Sand, wollen ganz Sand werden. Tagelang, ja wochenlang spielen sie dieses Spiel, arbeiten daran, Sand zu werden. Und dann kommen sie eines Tages mit einer Schaufel auf den Spielplatz. Wieder spielen sie, aber es hat sich etwas verändert: Jetzt rinnt der Sand nicht mehr durch ihre Finger, sie wälzen sich auch nicht mehr im Sand, sie schaufeln ihn, machen etwas aus ihm, machen ihn zum Objekt, backen einen Kuchen, und nun essen sie den Kuchen und sie haben vergessen, daß der Kuchen aus Sand besteht. Die Kinder haben sich vom Sand entfernt, er, der Sand, der sie einmal sein wollten, ist zu einem Ding, zu einem Objekt, zu einem Einerlei geworden. Und so geht das mit allem, was das Kind, den Menschen schlechthin, umgibt. Die Natur, die Welt wird zu einem Ding. Das Sein, ursprünglich bestimmt ein Einziges zu sein, spaltet sich auf in Verfüger und Verfügtem, in Subjekt und Objekt, in Menschen-Vernunft-Welt hier und Naturwelt dort, und so geht's weiter, und eines Tages sind die nun erwachsen gewordenen Kinder nicht mehr in der Sprache, sondern sie verfügen über die Sprache und setzen die Sprache ein, um ihre Vorteile durchzusetzen und Kriege zu führen, Kriege gibt's nur, weil wir Sprache haben. Hört den großen Hölderlin …« hier machte er eine Verbeugung nach Süden, wo er Tübingen vermutete, «…erinnert Ihr Euch, was der gesagt hat und vor allem, was er getan hat. Gesagt hat er«, und dabei wurde sein Sprachausdruck immer feierlicher, »seit ein Gespräch wir sind, schreibt er im Hyperion, und der einzige Holder meint damit, daß die Götter den Menschen die Sprache anvertraut haben, hört Ihr? anvertraut, geliehen, nicht geschenkt zum willkürlichen Gebrauch, nur geliehen. Und warum? Damit er im Gleichklang seiner Natur sich und die Natur in Einem feiere, hymnisch feiere! Das Beisammen-Sein von allem, das Nicht-Getrennt-Sein. Kein Ur-Teil ist in der Natur, also hat der Mensch auch keinen Ur-Sprung, wovon sollte er denn auch wegspringen? Weggesprungen etwa aus dem Paradies? Aber die Menschen sind dieses Göttergeschenks nicht würdig, deshalb stellt Hölderlin schließlich fest: Die Sprache ist das gefährlichste für den Menschen. Und was tat Hölderlin? Er schwieg. Über dreißig Jahre schwieg er und spielte den Verrückten. Was blieb ihm denn auch übrig? Was bleibt mir übrig? Nach dieser meiner letzten Ansprache an das Bürgervolk dort in der Morresenke und an die Menschheit werde auch ich schweigen.« Und damit erstarrte er, als wäre er selbst eine Plastik geworden.

Die Wescht-noch-Clubler erschraken, und weil sie als Folge dieser seltsamen Wendung fürchten mußten, daß der Natünstler nun tatsächlich zu reden aufhören wollte, bat der Rechtsverdreher und Schlotfan, ihnen doch noch etwas zu sagen über die Plastik, vor der sie ratlos standen. Und so nahm der Natünstler seine Rede wieder auf. »Seht doch«, sprach er, und seine Stimme klang wie diejenige eines Geistlichen vor der Wandlung, halb Sprache, halb Gesang, »seht doch, wie die Bienen aus dem Kopf der Frau schwirren, wie sie wieder hineinfliegen, um ihren Nektar abzulegen!« »Ja, das sehen wir schon«, entgegenete der Eddi Constantine vom Katzenbuckel, ermutigt von dem pastoralen Sing-Sang des Natünstlers, »wo Gedanken sein sollten, die in die Welt hinauswirken, wohnen nun Bienen, wo nach Aristoteles die Vernunft ihr Zuhause hat, da ...«, hier unterbrach der Natünstler den Frager und bürgerlichen Bedenkenträger unwirsch, indem er mit einer despektierlichen Gebärde in einer spitzen Fistelstimme diesen Enwand zerschmetterte: »Aristoteles, Aristoteles und dann noch Euer Kant, und dann Euere Vernunft! Das ist doch alles ein ausgemachter abendländischer Verdummungs-Zauber! Firlefanz ist das, Firlefanz, alles überhöht, alles nur Wirklichkeit, weitab vom Ursprung, wo alles nur möglich ist. Die einzige wahre Wirklichkeit ist das Mögliche. Geht das Mögliche ins Wirkliche hinüber, ohne mit dem Reich des Möglichen verbunden zu bleiben, entsteht Einseitigkeit, und das ist: Ideologie. Aristoteles, Kant und Konsorten, alle Philosophen, alles nur Ideologen. Und das passiert schon, wenn das ursprünglich mit dem Sein, das ist der Sand und die Natur mit allen Möglichkeiten, einige Kind die Schaufel zum Sandeln in die Hand nimmt. Verursacher des abendländischen Übels, von dem das Städtchen da unten nur ein kleiner Abklatsch ist, ist Plato. Er hat mit seiner Ideenlehre die Götter aus der Welt wegefegt, hat sie in den Himmel verbannt, und so ist die Sehnsucht entstanden, die Sehnsucht des Menschen nach Einheit. Jegliche Religion ist Äußerungsform dieser Sehnsucht nach Einheit.

Das Betriebsmittel dieser Sehnsucht ist die Dialektik, auch eine Erfindung von Plato, seitdem leben die Menschen olympisch, also immer höher, immer weiter und immer schneller. Im Übrigen: Auch die Kunst war auf dem Weg, diese Einheit wiederzufinden. War, sage ich, war, denn leider ist sie im Wirklichen hängengeblieben, leider ist sie nicht vorgestoßen in die einzige Freiheit, und das ist die Einheit aller Möglichkeiten, das Un-Geteilte. Und was Euere Vernunft anlangt, dann fragt doch mal Eueren Stadtschreiber da unten«, und um seine Verachtung nur noch deutlicher zu bekunden, streckte er seine Zunge ins Städtchen hinab, » Ihr kennt doch seinen Faust? Kennt Ihr ihn?«, schrie er, »kennt Ihr ihn? Was hält er da dem Gott vor? Anklage an Gott, der dem Menschen den Glanz des Himmelslichts gegeben habe: Er, der Mensch, würde besser leben, wenn er diesen Glanz, der die Vernunft ist, nicht hätte, denn was macht der Mensch mit diesem Glanz, dieser Vernunft? Er braucht sie allein, nur tierischer als jedes Tier zu sein. Jetzt habt ihr hoffentlich begriffen, weshalb ich nicht ›erklären‹ kann, daß die Bienen im Hirn der Frau wohnen, dort also, wo Ihr die unsäglichen Gedanken ansiedelt. Ihr müßtet es spüren, aber Ihr könnt es nicht spüren, denn euch fehlen die entsprechenden Wahrnehmungsmöglichkeiten, die neuen Sinne. Der Alte da unten war nahe dran, aber dann schaffte er es doch nicht, natürlich waren's der Wein, die Weiber und seine Eitelkeit, sein Trieb darzustellen, wo er einfach hätte nur ›sein‹ sollen. Auch der Mozart war nahe dran, aber noch viel näher ist jetzt der Stockhausen mit dem ›Sonntag aus Licht‹ und vor allem der Olivier Messiaen, seine Musik ist voller Tiere, Vögel vor allem, und Rihm, in seinem Dionysos führt er den Nietzsche ins Labyrinth, im Sommer erst hat man es in Salzburg erleben können, aber was soll's schon, Salzburg, der Saustall der Kunst, da flanieren die braungebrannten Edel-Menschen im smarten Dress durch die Stadt, sehen, wollen gesehen werden, lassen sich im Festspielhaus bewundern, hocken, hören, schwitzen, denken an den Börsenkurs und schwirren wieder auf die Alm, vor denen hätte man auch eine bayrische Blaskapelle aufspielen lassen können.«

Während der Natünstler so mit dem Welt-Modell Abendland abrechnete, war er gemächlich etwas hügelan gegangen und machte vor einem Stahlgerüst Halt, es stieg senkrecht nach oben und mochte etwa fünfzig Meter hoch sein, und wenn man sich darunterstellte, hatte man die Illusion, daß der stählerne Turm gleichsam in den blauen Himmel hineinragte. Ganz langsam stieg der Natünstler Stufe um Stufe die Treppen auf die Plattform des Stahlkolosses hinauf, wobei er auf jeder Stufe innehielt und in einen völlig unverständlichen schamenhaften, bramasierenden Gesang fiel.

Als er auf der Plattform angekommen war, verwandelte er sich. Alles an ihm war nun weiß. Als wäre er plötzlich ein Prophet geworden, breitete er seine Arme aus, deutete in westliche Richtung, wo gerade die Sonne stand, und setzte seine Rede, die nun die Form einer Verkündung angenommen hatte, in feierlichem Ton fort: »Dich grüße ich, Wartturm«, psalmodierte er, »ich grüße Dich, Du Mopsbach-Trotzer, Wächter vor den Z.E.U.S.-Toren, in tyrannos hast Du die Spargeln der grünen Kaptischisten im Großen Wald niedergerissen, damit dort ein Sternenpark sei, denk weiterhin in die Ferne, laß den Blecker weiterhin wohnen in Deinem mächtigen Schädel, stell dem Landrat ein Bein, wenn er sich zurückschleicht, hüll Dich ein in Dein Efeugeflecht, öffne Deine Seher-Augen und leuchte mir, bis Dein letzter Stein ins Nichts zerbröselt und Du wiedererstanden bist als Blume oder Baum oder Vogel, dann erzähle mir vom Nichts!«

Die letzten Worte hatte er nur noch gehaucht, mit einem sanften Wind waren sie auf die Wescht-noch-Clubler niedergekommen, als wären es Worte des Segens oder des Trostes. Dann breitete er seine Arme noch weiter aus und spannte zwischen diesen und seinem Körper und den Armen weiße Planen, so daß der Natünstler nun wie ein Engel aussah. Er stellte sich an die vorderste Spitze der Rampe, ließ seine Stimme mit dem Vers ›Oh, wenn wir unsere Ur-Urahnen wären, ein Klümpchen Schleim im warmen Moor‹ noch einmal vernehmen und hob ab und segelte einem Vogel gleich durch die Lüfte. In weiten Bögen kreiste er um den Kunstpark, um sich dann, von leichten Aufwinden getragen, immer höher in den Himmel zu schrauben, bis er schließlich nicht mehr zu sehen war.

Die Wescht-noch-Clubler standen da, unfähig zu irgendeiner Reaktion, ihre Unterkiefer hingen in der Weise herunter, wie es Kinder tun, wenn sie etwas völlig Unbegreifliches erleben, sie waren paralysiert, rieben sich die Augen, zwickten sich gegenseitig in die Arme, um zu überprüfen, ob sie überhaupt noch existierten oder ob nicht alles doch nur ein Traum war. »Das erzählen wir keinem! Abgemacht?«, der Haremswächter und Saudi-Freund war's, der zuerst seine Sprache wiedergefunden hatte. »Abgemacht, abgemacht!«, schallte es einmütig zurück. Die Freunde waren an die Grenze ihrer intellektuellen Belastbarkeit gekommen, auch war ihr inneres Zeitempfinden außer Takt geraten, und hätten sie nicht zufällig wahrgenommen, daß die Sonne schon tief im Westen stand, wären sie geradezu aus der Zeit herausgefallen und hätten sich möglicherweise in zahllose Higgs verwandelt.

Ein gerade aus Richtung Hornbach heranfahrender Planwagen, der von vier kräftigen Kaltblütlern gezogen wurde, verknüpfte sie wieder mit der Wirklichkeit. Der Vierspänner gehörte zu einer Flotte von Schnellpostkutschen, die regelmäßig von Walldürn aus über Hornbach und Hainstadt nach Buchen fuhren. »Nehmt uns mit, guter Mann!«, riefen die Freunde, froh darüber, den Heimweg nicht zu Fuß nehmen zu müssen, denn sie mußten befürchten, wegen der Klackgeräusche ihrer Stöcke und der damit verbundenen Assoziationen diesmal nicht durch Hainstadt gelassen zu werden. Der gute Kutscher ließ sie aufsitzen, und so ratterte der Wagen mit Hüh und Hott über die Feldwege, und als das Bedürfnis aufkam, über das Erlebte miteinander zu reden, verstanden sie nur Wortfetzen, vom Kunstschamanen wurde gesprochen, vom Irrsinnigen, vom Benn-Plagiator, das Wort Phrasendrescher hörte man und

Blender, aber auch Ikarus und Sozialrevolutionär, als Blecker der Lüfte wurde der Künstler bezeichnet, auch Wanda wurde benannt und Rosl. Im Dunst der mächtig furzenden Gäule fanden sie allmählich wieder in die Wirklichkeit zurück.

Kurz nach Hainstadt stockte der Wagen, die Pferde bäumten sich vor einem Hindernis auf, das von einem Baum bis auf den Weg herabhing und jede Weiterfahrt unmöglich machte: überall lagen Stofffetzen verstreut, weiße Laken, zerfetzt und durchlöchert, und als die Freunde das weiße Hindernis näher betrachteten, wurde ihnen klar: Der neue Ikarus war abgestürzt. Allerdings war nichts von ihm zu sehen. War er gar tot? Oder sollte man nur meinen, er sei tot? Die Freunde machten sich weiter keine Gedanken darüber, räumten die Stoffreste zur Seite, woraufhin der Kutscher die Fahrt fortsetzte. Er möge doch am Friedhof noch kurz anhalten, baten sie ihn, und so preschte das Gefährt mit der merkwürdigen Fracht ins Morretal hinunter und erreichte schließlich den Friedhof.

Ermahnungen

Nachträglich betrachtet, mußten die Wescht-noch-Clubler den Friedhofsbesuch eigentlich wieder einmal bereuen, denn als sie an den Gräbern ihrer Eltern standen, kamen wiederum nur Vorhaltungen, alle waren empört über das Verhalten ihrer Kinder den lieben Ehefrauen und Ehemännern gegenüber, das hätten die nicht verdient, und sie sollten doch mal an die Kinder und die Enkelkinder denken, sie hätten doch schließlich eine Vorbildfunktion, und was sei aus ihnen nur geworden? Schwerenöter seien sie als Kinder gewesen, Schwerenöter seien sie nun als gestandene Erwachsene, an ihnen könne man sehen, daß Erziehung nichts fruchte, überhaupt nichts, sie, die Eltern, hätten doch nur das Beste für sie gewollt und jetzt müßten sie sich richtiggehend schämen. Man könne sich ja gar nicht mehr in der Öffentlichkeit sehen lassen. Ob sie denn auch in der Kirche gewesen wären, und was der Pfarrer gepredigt habe?, wollten die besorgten Eltern wissen, oder wären sie gar wieder bei dem Menschenverführer Fritz gelandet, um dem bösen Kartenspiel zu frönen?

Die Freunde nahmen die Vorhaltungen ihrer Eltern gelassen entgegen, sie kannten das, in jedem Jahr ein anderes Generalthema, mal war's der Alkohol-Konsum, mal ihre Ellenbogenmentalität, mal die Karriere, mal ihre grundsätzlich unpolitische Haltung zur Welt. Nutzlose Tagträumer seien sie, denen der Mumm fehle, riefen ihnen die Eltern noch hinterher. Das war den Freunden nicht neu, so verabschiedeten sich die Eltern jedes Mal. Und jedes Mal freuten sich die Freunde auf diese Abreibung durch ihre Eltern, jedes Mal versicherten sie, sich in ihrem Sinne bessern zu wollen, und jedes Mal fanden die Eltern noch einen Gran in ihrer Lebenssuppe. Und das, so hofften die Freunde, möge noch lange, lange so bleiben.

Unerhörte Neuigkeiten

Eigentlich hätten die Wescht-noch-Clubler nun bequem zum Prinz Carl gehen können, aber sie wollten es einmal erleben, wie die Königin von England auf einem Pferdewagen, also einer Kutsche, ins Städtchen einzufahren und aus erhabener Stellung dem spalierstehenden Volk huldvoll zuzuwinken.

Doch leider kam es dazu nicht. Kurz bevor der Planwagen den roten Teppich des Städtchen erreichte, blieb er in einer Massenansammlung frenetisch tanzender und singender Menschen hängen. Es gab kein Weiterkommen mehr. In der Mitte des Menschpulks, etwas erhöht auf einem Podest stehend, der Ortsausrufer »Achtung, Achtung!«, rief er und schwang dazu seine Glocke, »Achtung, Achtung! Der Lokalfunk meldet …«, vergeblich versuchte der Ortsausrufer, sich Gehör zu verschaffen, die Menge sang, gröhlte, tanzte. »Haben Sie's schon gehört? Hännses scho g'hört?«, wandte sich eine junge Frau an die verdutzt dreinschauenden Wescht-noch-Clubler, »in Berlin häwwe se etzetle e Regierung wie bei uns hier in Buche, die regiere etzetle nach dem Buchener Modell, nur ohne Vernunft, also ich meen, ohne die reine Vernunft. Wie bei uns gibt's jetzt keine Fraktionen mehr, es regiert nur noch eine Partei, die nennet sich jetzt CSED oder UPD.« »Und was soll das heißen?«, wollten die Freunde wissen, »Ha, des isch doch klar, CSED ist der Name im Oschte und UPD im Weschte, CSED heißt Christlich-Sozialistische Euheutspartei Deutschlands und UPD heißt Uniierte Partei Deutschlands. So isch des. Unn weil se des in Berlin von uns üwwernomme häwwe, feiere mir. Isch doch klar! Buche ferre! Buche ganz oben! Ganz oben!« Und dann nahm sich die Frau einen der Freunde und tanzte mit ihm und wirbelte ihn durch die Luft, daß es eine Lust war, und die anderen fanden sogleich willige Mittänzerinnen, und sie hätten noch lange getanzt und gesungen, allein, es war spät geworden, im Prinz Carl war schon der Tisch zum abendlichen Klassentreffen eingedeckt.

Nachdem sich die Freunde etwas erfrischt hatten, fanden sie sich alsbald wieder im Eiermann-Saal ein, wo sie sich sogleich um ein Radiogerät hockten, denn sie wollten unbedingt die 18 Uhr-Nachrichten des Lokalrundfunks. abhören, die aus Berlin zu hörenden Neuerungen hatten sie doch mächtig gepackt, und weil ihnen die Eltern wieder einmal vorgehalten hatten, sie seien unpolitisch und ließen sich zu sehr mit dem Handel, nicht aber mit dem Händel der Welt ein, wollten sie's heute nun einmal so richtig krachen lassen. »Grüßt Euch, Leute, es isch Ovend«, ließ sich der Lokalrundchef vermelden, dann gähnte er, offentlich war er müde, vielleicht zu lange gefeiert, wer weiß, »mir häwwe Signale aus Berlin kriegt. Die Nachricht muß von gestern sein. Die mache dort alles nach dem Buchener Modell. Also, mir häwwe e neui Regierung. Die Alti isch die Neui, Mutti macht weiter, jetzt mit den Sozis, Hauptsach isch, sie bleibt, das mit den Händedrücken kennt die ja, schließlich kommt sie aus Meckerburg-Vordemdonner, do häntse früher noch anner'n die Händ gedrickt, Ursula von den Leichen steht Gewehr bei Fuß, und Andrea Lalles macht die Arbeit. Das wär's. Macht's gut und gute Nacht.« Soweit der Lokalrundfunk. Diese Nachrichten lösten bei den Wescht-noch-Clublern einhellige Begeisterung aus. »Mensch, gerade die von der Leiche, genial. Diese Ernennung, ich meine«, es war der der Soldat mit dem Fürchteblick, der da meinte, »ich meine, die ist doch von zuhause aus an Chaos gewöhnt, die hat sich doch eine eigene Kompanie gemacht. Abends um 10 Uhr Kinderzeugung, morgens 6 Uhr Appell, alles antreten, abzählen! Tagesmotto: Wir meistern auch diesen Tag, wäre doch gelacht, wenn's nicht so wäre, Abmarsch zum gemeinsamen Toilettengang, anschließend Duschen, Fingernagelkontrolle, ran an die Tagesarbeit. Ha, das paßt doch für die Soldaten.« »Jeder Soldat kriegt jetzt seine Chefin als Pin-up-Girl für den Spind, mensch net au, daß die in Afghanistan wie die Verrückte schieße, wenn se morgens ihr'n Spind uffg'macht hänt? Die send motiviert«, so ging das hin und her, auch mit der Berufung von Andrea Lalles war man einverstanden. Die könne sich so richtig freuen, könne auch ihr Eifeler Platt unter einem pronozierten Sprechstil geschickt verstecken, dergestalt, daß sie aus jedem Konsonanten das Letzte heraussaugt und ihm einen unnachahmlichen Drive des Gestelzten, worunter sich ja bekanntermaßen die Dummheit verberge, verpasse, und schließlich komme sie ja aus dem Eifel-Urwald-Paradies, und da habe es schon immer viele gegeben, die nur lebten, weil andere ihren Rücken hergehalten hätten, und dieses Eifeler Modell solle nun auf ganz Deutschland ausgeweitet werden. Einige arbeiten, alle leben. Das sei doch im Arbeiter- und Bauernstaat auch so gewesen, einige arbeiteten, also, die beschafften das Geld, wo auch immer, der Rest lebte. Auf Pump. Aber gut. Die Wescht-Nochler stellten mit Zufriedenheit fest, daß sie auch in der Bewertung dieser Berliner neuesten Nachrichten eine einhellige Meinung hatten, äußerten noch die Vermutung, daß der flüchtige Landrat möglichweise in ein hohes Regierungsamt berufen worden sei und nahmen mit Freude wahr, daß in Erinnerung an die Prophezeiung des Großen DDR-Vorsitzenden, wonach der Sozialismus seinen Lauf nähme und weder Ochs noch Esel diesen Lauf aufhalten könnten, die Spitzen der Regierung Deutschlands komplett von ostdeutschem Personal gestellt würde. Jetzt ginge es ihnen richtig gut, stellten sie fest und waren sichtlich stolz darüber, den Forderungen ihrer Eltern, sich nun einmal auf den Händel der Welt einzulassen, willfahren zu haben.

Was hätten die Wescht-Clubler wohl gesagt, wenn sie erfahren hätten, welche Ereignisse die Gemüter in Restdeutschland in diesen Tagen bewegten?: Eine 87-jährige, offensichtlich verwirrte Oma, die auf der Straße lebt und ab und zu mal ohne Fahrschein zu ihren Kindern fährt, wird in U-Haft genommen. Und dem Richter vorgeführt. Oder: Ein gewiß eitler ehemaliger Präsident ….. Ob es nicht besser wäre, wieder einen König zu haben, ein Kaiser müsse es ja nicht gleich sein, fragten sie sich, aber sie spürten, daß die Menschen für eine solche Neuerung noch nicht reif waren, und außerdem hatten sie nun keine Zeit mehr fürs Politisieren, denn vor dem Prinz Carl stand schon eine Kutsche bereit, die sie zur Saujagd in den Bödigheimer Wald bringen sollte.

Auf Jagd

Es war eine persönliche Einladung des Bödigheimer Barons, der sich auf diese Weise für das segensreiche Wirken der Wescht-Clubler bedanken wollte. So stand's jedenfalls auf der Einladungskarte. Das Segensreiche ihres Wirkens bestand wohl darin, daß das Bödigheimer Schloß, das in unmittelbarer Nähe zur Z.E.U.S.-Deponie steht, nun nicht mehr vom Einsturz bedroht war, denn die zahllosen Atommüll-Schuttlaster, die Tag und Nacht nicht weit entfernt am Schloß vorbeiratterten, hatten dessen Grundfesten bereits schwer erschüttert.

Zwar war das Jagen durchaus ein bevorzugtes Metier der Freunde, aber nach Sauen jagen, das war doch ziemlich neu für sie, so daß der Baron, der das bemerkt haben mußte, sich genötigt sah, die Jagdgesellschaft mit eindringlichen Worten zu ermahnen, sich jagdgerecht zu verhalten. Gleichwohl verfielen die Wescht-noch-Clubler sogleich in einen wahren Jagdrausch, irrten im Wald wild umher, schossen mit ihren Armbrusten und selbstgebastelten Flitzebogen auf alles, was sich bewegte, erlegten 55 Sauen, junge, alte, Bachen, Eber, Frischlinge, alles egal, auch 23 Stücke Rotwild mußten ihr Leben lassen, zwei Hunde fielen dem Jagdtrieb der Freunde ebenfalls zum Opfer, zwei Eichhörnchen und vier Treiber hatte es auch erwischt, aber weder waren Tote zu beklagen noch mußten man den Notdienst in Anspruch nehmen.

Als die Jagdgesellschaft aber beim großen Halali im Kreis um die Beute stand, fehlte zum Entsetzen der Jäger ein Wescht-noch-Clubler. Schon wollte Aufregung aufkommen, man müsse sofort eine Suchaktion starten, hieß es, aber gerade, als man sich aufmachen wollte, humpelte eine Gestalt in den Innenhof des Schlosses, die Gestalt schien verletzt zu sein, und als sie in den Lichtkreis des Feuers trat, waren alle erleichtert. »Sau debisse, Sau debisse!«, rief der Gott-Lob wieder aufgetauchte Wescht-noch-Clubler, und einige unter den Wescht-noch-Clublern erinnerten sich an denselben Ausruf des Freundes, damals, in den Jugendjahren, als er verspätet in das Klassenzimmer stürmte und sich mit dem eben gehörten Ausruf entschuldigte. Seit dieser Zeit war dies sein Spitzname, und wenn der Sportlehrer fragte, »Und wer spielt auf dem rechten Flügel«?, dann hieß es Saudebisse, als wäre es das Selbstverständlichste der Welt.

Zum Glück hatte die Sau nicht voll zugebissen, eine kleine Schürfwunde blieb übrig, die von der Baronin schnell verarztet war, und nachdem das Jagdglück ordentlich ›verblasen‹ worden war, überreichte der Jagdherr, das war der Baron höchstselbst, beim Abschied jedem der Freunde als Trophäe das Geweih eines Hirsches, das sie sich sogleich auf den Kopf setzten, und so ratterte der nun offene Planwagen unter fröhlichem Jagdhornblasen um Mitternacht in das Städtchen ein, drehte noch eine Ehrenrunde über die Marktstraße und hatte auf diese Weise das ganze Städtchen aufgeweckt.

Die Leute hingen in ihren Schlafanzügen aus den Fenstern und rieben sich die Augen, das hatten sie noch nicht erlebt, gestandene Hirsche, richtige Hirsche aus dem Wald, mitten auf der Straße, gar auf dem roten Teppich der Stadt, und so blieb es nicht aus, daß an der Mariensäule vor dem Prinz Carl bereits der Chefredakteur des Buchener Lokalrundfunkes seinen nächtlichen Interview-Einsatz hatte. Der war bass erstaunt, als er nach der ersten, mit gespielter Jovialität gestellten Frage feststellen mußte, daß unter den Hirsch-Geweihen lustige Äuglein funkelten und Nasen zum Vorschein kamen, schließlich ein ganzes Gesicht, aus dessen weitaufgerissenem Mund die Lachsalven nur so heraussprudelten. Geistesgegenwärtig hielt der Chefredakteur das Mikro voll in das Lachgejohle hinein, sein Assistent, ebenfalls noch im Schlafanzug, drehte die Szene ab, denn sie wußten, das war ein Auftritt für die Ewigkeit und noch Generationen nach ihnen würden sich die Menschen des Städtchens an Sylvester diesen Film ansehen und frohgemut ins neue Jahr hineinfeiern.

Und nicht nur in Buchen, nein, deutschlandweit, vielleicht in ganz Europa, gar auf der ganzen Welt. Buche, das spürten die pfiffigen Redakteure, würde mit diesem Dreh schlicht und einfach Weltspitze. Buche in Japonesien, Buche bei den Neskis in Sibirien, Buche im Oral-Office bei den Obamas, und alle zahlen Tandiemen. Buche nun nicht mehr das Talerstädtchen, sondern d i e Gold- bzw. Geldmetropole der ganzen Welt, nein, des gesamten Universums. Buche, ferre!

Parlando im Mondschein

Am Prinz Carl waren sie ausgestiegen, und weil es eine so laue Spätsommernacht war, und der Mond das Städtchen wieder einmal in eine seiner ›sternbeglänzten Zaubernächte‹ eingetaucht hatte, und weil es außerdem in der Schänke noch hochherging und die liebenswerten Wirtsleute alle Hände voll zu tun hatten, denn es gab in der Bleckerstadt keine Sperrstunde mehr, machten es sich die Wescht-noch-Clubler auf der Terrasse bequem, sogen die herrlich milde Luft in sich hinein und ließen die Gläser und Humpen klingen. Ja, das war ein Leben.

Damals. Und jetzt wieder. Und dem sie das zu verdanken hatten, der hockte im Schoß der Madonna, und die schaute wie immer und tat, als wäre nichts. Und er, der Blecker, der schaute auch wie immer und tat auch so, als wäre nichts. Sie, die Lichtbringerin und Schützerin in den hellen Stunden des Tages, und er, der Dunkelliebende und Nachtaktive, so traulich vereint, das hätte man sich so nicht vorgestellt. In keiner kirchlichen oder weltlichen ›offiziellen‹ Lehrmeinung war dies vorgesehen.

Später kam dann noch der Alte vorbei, wie immer in einem langen weißen Mantel, seinem italienischem Hut und roten Schnabelschühchen, gleichsam wie ein Heiliger Vater der Klassischen Literatur, und als die Wescht-noch-Clubler ihn freundlich einluden, doch mit ihnen auf sein Wohl und dasjenige der ganzen Welt anzustoßen, wies er die Aufforderung als ein böswilliges Ansinnen zurück, es sei ihm nicht möglich, gab er mit gespielter Entrüstung zu Bedenken, auf das Wohl der ganzen Welt zu trinken, denn das hieße ja, auch dem vermaledeiten Heine zuzuprosten und dem scharfzüngigem Börne und dem verworrenen Haidogger und auf den Gesinnungslumpen Lenin müsse er dann auch trinken und auf die christlich-sozialistische Berliner Regierung auch und das könne er nun mal bei Gott nicht, es sei denn er müsse sich erbrechen. Ob denn die Russenmädchen heute noch kämen, wollte er wissen, und als die Freunde ihm versicherten, daß die schon längst da wären, murmelte er ein kurzes Doswjedania und verzog sich, auf einmal tänzelnd und neuermuntert.

Das neue alte Leben

Die Menschen im Städtchen hatten sich mit den neuen Verhältnissen angefreundet. Man lebte und man lebte nicht schlecht. Von der Außenwelt mehr oder weniger abgeschnitten, besann man sich auf seine kleine Welt, kümmerte sich um sein Gärtchen, pflanzte Gemüse, goß bei Hitze , jätete das Unkraut und hegte und pflegte alles, was da aus dem Boden sproß. Man ging seiner Arbeit nach, besuchte die Messe und grüßte mit einer geziemenden Verbeugung Hochwürden. Die Bauern schickten ihre überzähligen Buben wieder ins Missionskonvikt, wo die in jeder Hinsicht ›fürsorglichen‹ Patres Nachfolger finden wollten, und das war auch damals schon dringend notwendig, denn die ersten Vorboten einer sich dann später einstellenden völligen Säkularisierung zeichneten sich bereits ab.

Diese Säkularisierungsbewegungen gingen übrigens dann so weit , daß an einem schönen Weihnachtstag ein junges Weib auf den Altar des Kölner Doms sprang und ›Ich bin Gott‹ rief, was sie auch auf ihren Körper aufgemalt hatte. Aber das nur nebenbei.

In Buchen, also in der Bleckerstadt, war in den Tagen und Wochen, da die reine Vernunft sich im Städtchen ausgebreitet hatte, alles ganz anders. Überall auf den Straßen sangen die Leute fröhliche Lieder, die Kinder tobten im ganzen Städtchen umher, und auf den Feldern gingen die Landleute mit Freude und Lust ihrer Tätigkeit nach. Das Korn war bereits in der Scheune, und die Kartoffelernte schien rekordverdächtig auszufallen, die Winzer vom Wartturm durften auf einen Spitzenjahrgang hoffen, und wenn man abends Langeweile hatte, ging man in die Volkshochschule, wo es Kurse und Vorlesungen für jedermann gab. Aber worin vertiefte man sein Wissen?

Wollte man etwa etwas wissen über die Freiheit nach Kant oder über das Leben der Menschen in Nicaragua? Mitnichten. Man beschäftigte sich, um es auf einen Nenner zu bringen, mit der Frage, wie sich die Bürger des Städtchens aus den systemischen Zwängen herausnehmen könnten, um sich selbst zu ermächtigen. Und das hieß praktisch: Wie gelingt der Umstieg vom Auto auf das Fahrrad, egal bei welchem Wetter? Wie wecke ich Früchte ein, wenn ich auf Südfrüchte aus dem Supermarkt verzichten möchte? Wie stelle ich Marmelade aus dem eigenen Anbau her? Wie mache ich ein schmackhaftes Sauerkraut? Wie repariere ich meine Schuhe selbst? Wie backe ich ein gesundes Brot? Was hat es mit dem Stricken auf sich, und wie stricke ich dicke Wollsocken für den Winter? Daß die Bürger der Stadt damit zum Vorreiter einer Bewegung geworden waren, die sich dann in den Jahren zu Beginn des 21.Jahrhunderts unter der Bezeichnung Transition bzw. Resilienz flächendeckend ausbreiten sollte, wußten sie nicht. Transition meinte Übergang und Resilenz bedeutete Rücksprung, rückspringen auf all das, was die Menschen früher schon immer taten, nämlich nahe an und mit der Natur leben. Schlicht und einfach hieß das: Man handelte, die Idee war praktisch geworden. Und man half sich. Kein Problem, wenn's mal auf den Äckern pressierte. Da wimmelte es nur so von stadtmüden Buchenern, die, vom Ortsausrufer zusammengerufen, sich freuten, sich nun mal wieder so richtig bücken zu dürfen oder Rüben zu hacken oder die Schweine auf den Wiesen im Morregrund zu hüten und dabei einen Sauerampfer zu verköstigen. Nachbarschaft war angesagt: Jeder half jedem, generationenübergreifende Nachbarschaftsfehden gab es nicht mehr, man hatte sie schlicht und einfach vergessen, denn man lebte ja im Zustand der reinen Vernunft, und das hieß, gleichsam im luftleeren Raum. Allerdings: Der Idylle drohte schon bald Gefahr.

Neider

Unter den vielen fröhlichen und dankbaren Touristen fielen etliche mit merkwürdig flachen Gesichtern auf, Gluppschaugen hatten sie auch, merkwürdig schleppend ihr Gang, zweifellos alles bedauernswerte Zangengeburten. Diese Gestalten parkten ihre Wagen mit dem MOS-Schild vorsorglich etwas weiter draußen am Stadtrand, stellten die Autoalarmanlagen scharf und schlichen sich förmlich in die Stadt. Waren es Spione, gar Agenten der NSA oder als Langnasen verkleidete Chinesen? Den Wescht-noch-Clublern machten diese finsteren Gestalten Sorge, und deshalb hefteten sie sich an deren Fersen und beobachten deren Treiben etwas genauer, nach dem bewährten Lebensmotto: Vertrauen ist gut, Kontrolle ist besser.

Sobald diese Typen die Stadt erreicht hatten, so stellten die Wescht-noch-Clubler fest, verteilten sie sich, natürlich alles Männer mit merkwürdigen Tätowierungen an den Armen, um dann überall die Bürger der Stadt in Diskussionen zu verwickeln. Einem Wescht-noch-Clubler wurde dieses Treiben zu bunt, und so stellte er sich arglos unter die Diskutanten und herrschte plötzlich einen Tätowierten an, dergestalt, daß er fragte, woher er denn käme und was er hier wolle. Doch noch ehe der so Angesprochene eine Antwort geben konnte, war klar: Der Angesprochene hatte, wie seine anderen Genossen, was sich später herausstellen sollte, Schlappohren mit Ohrringen. Keine Zweifel: Es handelte sich um Moppsbacher. Und die wollten hier in unserer Idylle Unfrieden säen, den Gang der Geschichte umwenden und nach vorn richten? Das würde ja nichts anderes heißen, als die Zusammenlegung der beiden nun wieder selbständig gewordenen Kreise und deren gemeinsame Verwaltung wiederherzustellen! Die Wescht-noch-Clubler waren empört. Natürlich steckte dahinter der Moppsbacher OB, der wegen der Verkleinerung seines Kreises um seine Machtkompetenzen und seine Dotierung bangen mußte.

Weil die Sache so eindeutig war, fackelten die Wescht-Nochler nicht lange, trieben die Moppsbacher Agenten und Saboteure auf einen Haufen zusammen und beschlossen, kein langes Federlesen zu machen, sie im städtischen Gefängnis einzulochen und auf diese Weise die verdienten Gymnasial-Pädagogen von ihrem schweren Schicksal zu befreien und das Gefängnispersonal in Lohn und Brot zu halten. Allerdings: Es siegte auch in diesem Falle die Weisheit der Wescht-noch-Clubler. Wäre der Moppsbacher OB durch diese strenge Maßnahme, also das Einsperren der Saboteure, etwa zur Einsicht gelangt, hätte er nicht so lange Agenten und Saboteure ins Städtchen eingeschleust, bis er keine Moppsbacher mehr gehabt hätte? Also handelten die Wescht-noch-Clubler nach dem Prinzip der reinen Vernunft, statteten die Saboteure mit reichlich Worscht, Brot und Mooscht aus und entließen sie in westliche Richtung.

Kaum waren die schon nach dem Genuß eines Humpens von diesem herrlichen Getränk sichtlich angesäuselten Moppsbacher, die ja, wie bekannt, nichts vertragen, kaum waren sie also in ihrer sogenannten Stadt angekommen und vom OB zum Rapport zitiert worden, wußten sie nichts anderes zu sagen, als die Verhältnisse in der Bleckerstadt und vor allem die Weisheit von einigen Menschen zu rühmen, die ganz ohne Zweifel die Urheber des neuen Lebens in dem Nachbarkreis sein mußten.

Das machte den Moppsbacher OB wahnsinnig wütend, dergestalt, daß er zwei Hubschrauber charterte und über das Bleckerstädtchen Flugblätter verstreuen ließ des Inhalts, daß er eine Hungerbarrikade errichten und so die Stadt in die Knie zwingen wolle und falls ihnen erneut einfiele, ihre Stadt mit der Zurschaustellung des prallen Hinterteils ihres Bleckers zu verteidigen, wüßte er nun, was zu tun sei. Übrigens waren die Flugblätter den Bleckerstädtern hochwillkommen, denn es herrschte derzeit Mangel an Toilettenpapier. Per Sichtsignale vom Katzenbuckel herunter bedankten sie sich beim Moppsbacher OB und baten um weitere Segnungen von oben, sobald Bedarf bestünde. Was sollten die Bleckerstädter denn auch anfangen mit einem Flugblatt, in dem es in dem berühmt-berüchtigten Moppsbacher Kauderwelsch u.a hieß, die Bürger wären in der Gewalt von einem dubiosen Terroristen-Club, der sich die Durchsetzung der Herrschaft der reinen Vernunft zum Ziel gesetzt habe. Das könne nur in einem katastrophalen Terror der Vernunft enden, und so ging die billige, auf purem Denkunvermögen gegründete Moppsbacher Polemik weiter. Da sei doch gewiß der Blecker im Spiel, wurde da noch behauptet, eine Behauptung, mit der die ansonsten ja einfältigen Moppsbacher ausnahmsweise der Wahrheit ziemlich nahegekommen waren.

Um es kurz zu machen: Der Moppsbacher OB wollte schließlich die Blekkerstädter in der Weise von deren Vernunft-Joch befreien, daß er seine stadteigenen Müllmänner in ihren Müllwagen zur Attacke gegen die Mauern des Madonnenlandstädtchens auffahren ließ, wo die tapferen Moppsbacher Stadtwerker, die mit Dreschflegeln, Äxten und Mistgabeln kämpfen wollten, in ihren roten Umhängen eine schnelle Beute wurden für die aus Walldürn herbeigeratterten Soldatenkollegen, die eine sichtliche Freude daran hatten, aus ihren Kanonen, Panzern und Gewehren Platzpatronen wild zu verballern, so daß die Moppsbacher schließlich kleinbeigeben mußten und unverrichteter Dinge das Weite suchten.

An der Moppsbacher Stadtgrenze wurden sie sogleich vom OB verhört, und der wußte sich nicht anders zu helfen, als sein Handy zu nehmen, um beim Kollegen in der Bleckerstadt schärfsten Protest einzulegen. Natürlich hatte er auch diesmal keinen Erfolg. ›Kein Dienst oder kein Dienstmerkmal möglich‹ hörte er die vertraute Stimme sagen, vertraut war ihm die Stimme deshalb, weil er sie von den Anrufen her kannte, die er in den letzten Tagen getätigt hatte, manchmal war die Stimme auch dreister und behauptete, es gäbe keinen Anschluß unter dieser Nummer. Seine entsprechende Anfrage beim Regierungspräsidenten in Karlsruhe hatte ergeben, daß der Buchener Bürgermeister unter seiner Dienstnummer kraft Gesetzes jederzeit erreichbar sein mußte. Der aber scherte sich nicht mehr um das positive Gesetz, weil das Gesetz nur er war oder jeder beliebige Bürger des Städtchens, über der das Licht der reinen Vernunft seine Strahlen ausgegossen hatte. Die Bleckerstadt im Strahlenkranz des aufgeklärten Zeitalters!

Die Wescht-noch-Clubler indes wollten auf Nummer sicher gehen, schließlich kannten sie ihre Moppsbacher Pappenheimer aus leidvoller Erfahrung in der Vergangenheit ziemlich genau. Außerdem kannten sie sich in der jüngsten Geschichte sehr gut aus, und diese Geschichte lehrte sie am Beispiel der kleinen DDR im Verhältnis zur mächtigen BRD oder auch der glücklichen Schweiz im Verhältnis zum krisengeschüttelten Deutschland, daß kleinere und deshalb vielleicht auch glücklichere Gemeinwesen nicht selten der Gier des mächtigeren Gemeinen-Wesens zum Opfer fallen. Wollte nicht erst jüngst ein gieriger deutscher Finanzminister die kleine Schweiz mit seinen Pferden überfallen? Auch aus dieser historischen Einsicht heraus, aber vor allem deshalb, weil eben Moppsbacher Moppsbacher sind und bleiben, verfügten die

Wescht-noch-Clubler Ausweiskontrollen an den Einfahrtsstraßen zur Stadt, um damit jeden auch nur kleinsten Versuch zur Unterwanderung der Bürger zu unterbinden. Moppsbacher wurden unter Generalverdacht gestellt, ihnen wurde die Einreise einfach verweigert nach der Devise: Jeder Moppsbacher ein potentieller Saboteur. Leider, aber das sollte sich erst viel später herausstellen, waren die Kontrollorgane zu sehr auf das Dingbarmachen von Moppsbachern fixiert. Daß einige ›Touristen‹, in der Regel o-beinig und etwas klein geraten, mit Kameras behangen durch die Straßen bummelten und alles fotografierten, war ihnen nicht aufgefallen. Diese ›Touristen‹ lächelten einnehmend, waren laut, sprachen guttural, schmatzten beim Essen und spukten an einem fort, wie das in ihrem Heimatland noch heute üblich ist. Weil sie liebenswert zu sein schienen, unterschieden sie sich deutlich von den Moppsbachern, denen die Hatz der Kontrollorgane vor allem galt.

Und weil's praktisch war, denn alle Fahrzeugführer wurden ja überprüft, wurde bei dieser Einreisekontrolle auch gleich ein Besuchszoll von allen Touristen erhoben und einkassiert, denn der Mangel an Geld wurde immer gravierender, darauf machte die Banker-Nachtigall immer wieder aufmerksam und dabei wiegte er, also der Banker in ihr, seinen Kopf hin und her, wobei seine blonden Haare gleichwohl im Wind lustig flatterten, ein Bild des reinen Widerspruches und voller Einfalt, wie es ja auch sein mußte in einem Gemeinwesen der reinen Vernunft. 25 Euro pro Kopf schienen angemessen. Es wurde nur Bargeld angenommen. Die mit dem Bleckeremblem als stadteigene Zöllner gekennzeichneten Männer, deren Ausstrahlung respekteinflößend war, steckten das eingenommene Geld in ihre Hosentaschen und brachten es dann zum Stadtkämmerer persönlich nach Hause. Der verstaute den Geldsegen in einen durchsichtigen Geldsack und hängte ihn aus seinem straßenseitg gelegenen Wohnzimmer heraus. Das geschah aus Gründen der Transparenz. So hatten er und jeder interessierte Bürger jederzeit einen Überblick über die aktuelle Finanzlage.

Und die wurde immer schlechter. Warum?, mußte man sich fragen, denn der Kreis Buchen war ja autark, weshalb es keine Importgeschäfte und infolgedessen auch keine Ausgaben gab. Warum also der gravierende Geldmangel? Natürlich hatte es seinen Grund, und der lag darin, daß das eingenommene Geld per Handwagen in die Schweiz transferiert wurde, ein Vorgang, über den zu reden es jetzt noch zu früh ist, schließlich würde sich noch alles aufklären, und dann wird die weise Voraussicht der Wescht-noch-Clubler ein weiteres Mal zu loben sein. Später, wenn es vorbei sein wird mit dem Versuch eines neuen Lebens unter dem Licht der reinen Vernunft, wird man es im ›Wartturm‹ nachlesen können, denn die rührige Kreisarchivarin hatte alle Veränderungen peinlich genau registriert, archiviert und später veröffentlicht, damit die nachfolgenden Generationen sich anschaulich vorstellen konnten, wie das Leben sein könnte, wenn, wie sie schreiben wird, wenn ›die Vernunft nicht mehr als Instrument der Macht funktioniert, um Mensch und Natur zu unterjochen und die Struktur der Beherrschung die gegenseitige Anerkennung zwischen den Menschen verhindert‹. Eine sehr kluge Analyse, wie später in der FAZ, in der SZ, im Spiegel und im Fokus zu lesen sein wird. Auch der ›New Yorker‹ wird über das historische Buchener Modell ausführlichst berichten und anregen, es auf ganz Amerika, ja auf die ganze Welt als ›Weltrettungsmodell‹ gleichsam zu übertragen. Leider, leider wurde daraus nichts, denn wenn man etwas vorwärtsschaut in der welthistorischen Entwicklung, in das Jahr 2071 vielleicht, dann wird Buchen eine Provinz Chinas sein, und das Städtchen wird im Atlas zu finden sein unter dem Namen ›Luchaunau‹.

Glückliches Leben

Derzeit aber lebten die Menschen des Städtchens in die Tage und in das Leben hinein und mit ihnen die Wescht-Clubler, die nun völlig ohne Aufgaben gewesen wären, wenn sie nicht ihre täglichen Klassentreffen gehabt hätten. Denn zu den täglichen Sprechstunden erschien kein Bürger mehr. Warum? Natürlich, man war zufrieden, es gab nichts zu beklagen. Man war im Bleckerstädtchen mit sich und der unmittelbaren Umwelt, die zu einer Mitwelt geworden war, im Reinen. Man war nur Freund, den Mitmenschen war man ein Freund, den Blumen war man ein Freund und den Bäumen und den Tieren auch. Und sich selbst gegenüber war man auch ein Freund.

Nur einer schien, das sollte sich aber erst später herausstellen, nicht ganz zufrieden gewesen zu sein mit seinem selbsterwählten Job als Buchener Sauhirt. Es war …der ehemalige OB. Ausgerechnet der, der ja ein hohes Maß an reiner Vernunft bei seinem Amtsverzicht gezeigt hatte! Aber leider war dieses Vorzeigen von reinem Vernunfthandeln offensichtlich nur vorgetäuscht, nur bloßer, kalt kalkulierter Schein, kein wirkliches Sein. Er wollte auf seinen Sessel zurück und das Fräulein Stegmaier, ein wahres Licht der reinen Vernunft, verscheuchen. Und was tut man in solchen Fällen? Natürlich, man zettelt in subversiver Manier im Geheimen eine Bürgerbefragung an. Die Leut‹ sollten sagen, wo ihnen der Schuh wirklich drückt. Als hätten das die Wescht-noch-Clubler nicht längst schon getan! Es gelte, so der OB in seinem reaktionären Text, ›die Stadt durch gemeinsames Engagement und Vernetzung möglichst vieler Beteiligter auch weiterhin als lebens- und liebenswerten Wohnort in allen Bereichen attraktiv zu gestalten und auszurichten.‹ Und am 1.Mai, dem Tag, wo die Leute gern in die Natur gehen und den Himmelssturm der Lerchen beobachten wollen, wolle er, der Sauhirt vom Edi, die Ergebnisse der Bürgerbefragung dann in der Stadthalle präsentieren. In welcher Stadthalle, bitte, in welcher? Die war doch niedergerissen worden im Zuge der Maßnahmen nach dem Leitspruch der Wescht-noch-Clubler: Ferre, Buche-Vorwärts in die Vergangenheit! Die Hartnäckigkeit aber, mit der der Ex-OB seine böse Sache verfolgte, zeigte an: Der schien etwas sehr genau zu wissen. Aber dieses Wissen konnte er nicht von Wanda haben, auch nicht vom Blecker. Aber von wem? Vom Landrat etwa?

Die Wescht-noch-Clubler waren von Natur aus arglos, sie waren Freunde und hielten alle für Freunde, auch den Ex-OB, den sie in seiner Rolle als ›göttlichen Sauhirt‹ glücklich glaubten. Also widmeten sie sich den naheliegenden Dingen, und um nun nicht den ganzen lieben langen Tag Maulaffenfeil halten zu müssen, machten sie sich in den verschiedensten Bereichen nützlich, jeder in dem, der seinen beruflichen Neigungen in etwa entsprach. Der Offizier unter ihnen, also der Soldat mit dem Fürchteblick, zum Beispiel putzte die historischen Kanonen der Stadt, die schon allzu lange ungenutzt im Bezirksmuseum lagerten und vielleicht eines Tages gegen die Moppsbacher eingesetzt werden mußten, falls die Walldürner Soldaten in Afrika eingesetzt würden, der Tänzelnde Arzt hielt im ehemaligen Spital in der Nähe des Prinz Carl Sprechstunden für adipöse Menschen ab, die Lehrer beaufsichtigen die Kleinkinder auf dem Kinderspielplatz, backten mit ihnen Kuchen aus Sand, rissen sich um die Plätze auf den Schaukeln, fetzten sich mit den Müttern, und wenn sie sich mal nicht durchsetzen konnten, holten sie zur Verstärkung den ganzen Wescht-noch-Club, der dann sein vorgezogenes Klassentreffen im Sandkasten abhielt, die Ingenieure, das waren der Antomfüßiger und Frauenheld sowie der Gauloise-Mann mit der Jeanshose, bastelten mit den Jungens der Stadt superschnelle Flitzebogen und Steinschleudern, die Herzensdame und das Kettenmühlen-Girl sammelten mit den Frauen der Stadt Heilkräuter, der Beinahe-Kardinal und Theologe suchte mit einigen frommen Frauen und Männern der Kolping-Familie bunte Steine, die zu Rosenkranz-Perlen umgearbeitet wurden, der Haremswächter und Saudi-Freund war stets in der stadteigenen Brauerei zu sehen, wenn er nicht als Hausierer in Sachen Parfümerie die Buchener Damen beglückte, und der Gourmet-Koch besuchte die Hausfrauen an ihren Herden und wies sie in den letzten Schrei einer wohlmundenten Regionalküche ein, auch vermittelte er ihnen Kenntnisse in der Aufzucht, Schlachtung und Verarbeitung einer hauseigenen Sau, auch Butz genannt, wobei sein Spezialgebiet übrigens das Wurstmachen war, ein Handwerk, in dem er es zu einer wahren Meisterschaft gebracht hatte, ja, man übertrieb keineswegs, wenn man behauptete, er zelebrierte dieses Handwerk als eine Art Kunstwerk.

Übrigens hatte er sich das ›Künstlerische‹ bei der Ausübung dieses Handwerks bei den hiesigen Metzgern abgeguckt und zu einer stillen Leidenschaft hatte er es entwickelt, seit er in seiner Kindheit das Schlachten, Abhäuten und Zerlegen eines Stallhasen miterlebt hatte. So war es nicht verwunderlich, daß er, wann immer sich die Gelegenheit bot, den einheimischen Metzgern über die Schultern schaute, wobei er auf die Gewürzmischungen, mit denen das Wurstbrät versehen wurde, sein besonderes Augenmerk legte. Die Metzger waren natürlich arglos, was konnte sich ein kleiner Bub, der halt ein wenig Gefallen am Schlachten gefunden hatte, was konnte der schon mit einem Wurstgewürzgeheimnis anfangen, dachten sie und ließen ihn schließlich auch mal das Fleisch durch den Wolf drehen und das Brät walken oder die Därme reinigen, was er besonders gern tat. Aber das war ja nur die Pflicht, das bloß Handwerkliche. Die Kür, seine wahre Meisterschaft, fand unser Gourmet-Koch in den Jahren, als er die höheren Stufen des Gymnasiums besuchte. Da war er tagelang nicht in der Schule zu sehen, wo seine Freunde sich mit Matheaufgaben anprullten oder sich mit Lateinregeln und Ovids ›ars amandi‹ rumferschingten, stattdessen war unser Gourmet-Koch nach Donebach gewandert, wo er auf den ›legendären Metzger‹ Karl Werner aus selbigem Dorf traf.

Der war zunächst als Hausmetzger ein vielgefragter Mann, später dann richtete er sich eine sozusagen stehende Metzgerei ein. Dabei wurden die Sauen unter liebevollem Zureden durchs Dorf geleitet, was möglichst stressfrei zu geschehen hatte, anschließend vom Metzger liebevoll empfangen, betäubt und dann hinterrücks und liebevoll angestochen. Das führte der Metzger Werner, so ist in der Donebacher Chronik zu lesen, so formvollendet aus, daß es für eine Butz die höchste Ehre gewesen sein mußte, ausgerechnet ihm ins Messer gefallen zu sein . Diese feinsinnige Art im Umgang mit dem Borstenvieh, die gekonnte Säuberung und Rasur desselben und die meisterhafte Zerlegung des an der Zilst hängenden Tieres beeindruckten den Jüngling derart, daß in diesen Donebacher Erlebnissen mit dem Meistermetzger Karl Werner die Grundlagen zu sehen waren, die der angehende Koch nun durch ständige Übung immer mehr zur Meisterschaft, ja zur wahren Kunst ausbaute.

Und da er es sich zur Gewohnheit hatte werden lassen, als Erinnerung an eine geschlachtete Butz deren Schwänzchen, also das Sauschwänzle, zu sammeln, war es dazu gekommen, daß er über eine beträchtliche Sammlung dieser von ihm geradezu als Reliquien verehrten Sauschwänze verfügte, die er dann später dem hiesigen Bezirksmuseum vermachte, wo sie noch heute unter dem Namen ›Sammlung Karl Werner‹ zu bewundern sind. Daß der Gourmet-Koch jedes der ausgestellten Schwänzchen mit einer ausführlichen Lebensgeschichte der jeweiligen Sau versehen hatte, verstand sich von selbst, und daß die spätere Erfolgsgeschichte des Museums allein dieser Sammlung zu verdanken war, wollte man seitens der Museumsleitung offiziell nicht zugeben, gleichwohl war es die Wahrheit: Das Museum war ein Publikums-Renner, aber nicht wegen der ›Hollerbacher‹ oder wegen Schnarrenberger, sondern wegen der Sauschwänzchen-Sammlung Werner, dem Museum als Leihgabe zur Verfügung gestellt von dem Gourmet-Koch der Wescht-noch-Clubler.

Daß ihm für diese Wohltat später die Ehrenbürgerschaft angetragen wurde, konnte ja nicht ausbleiben. Aber, und das war noch nie vorgekommen, er hat sie ausgeschlagen mit der Begründung, er habe nur getan, was jeder einigermaßen anständige Bürger selbstverständlich auch getan hätte.

So hatte jeder der Wescht-noch-Clubler etwas zu tun, die Tage vergingen wie im Fluge, und jeder freute sich schon auf den Samstag, dem Tage des ersten Rollatoren-Wettrennens weltweit.

Das Wettrennen

Die Mitglieder des ausrichtenden Reit- und Fahrvereins waren sich der Einzigartigkeit dieses Rennens durchaus bewußt und hatten sich deshalb mächtig ins Zeug gelegt und das Städtchen bereits im Verlaufe des Freitagnachmittags festlich herausgeschmückt. Aus den Fenstern der entlang der Rennstrecke liegenden Häuser hingen Wimpel und Fahnen in den Farben der Stadt, überall an den Hauswänden Tannengrün, sodaß man den Eindruck gewinnen mußte, aus dem Städtchen wäre gar ein Wald geworden, über den Straßen waren Plakate und Transparente mit aufmunternden Sprüchen gespannt wie zum Beispiel ›Oma, Du schaffst es! Durchhalten!‹, und an allen Ecken und Enden war der Ortsausrufer in Aktion, dergestalt, daß er die Bürger auf das Rennen hinwies und sie zur Teilnahme als Aktiver bzw. Aktivin bzw. als Zuschauer verpflichtete. »Es geht ums Ganze!«, ließ er in sich in sonorem Diskant vernehmen, »unsere Stadt muß punkten! Siegerehrung anschließend im Schützenzelt. Ende offen. Gäste sind willkommen! Heute Freibier!«

Der Wettergott hatte es gut gemeint mit den Reit- und Fahrverein, eine herrliche Spätsommersonne ergoß sich über die Stadt, alle Zufahrtsstraßen wurden schon am frühen Morgen gesperrt, die B27 für den Durchgangsverkehr wieder freigegeben, Pendelbusse brachten die Touristen, die ihre Autos an der Peripherie der Stadt abgestellt hatten, ins Stadtzentrum, und schon um 7 Uhr morgens bildeten sich die ersten Trauben entlang der Rennstrecke. Um die heiß begehrten Plätze in der Vorstadtstraße, dem roten Teppich der Stadt, wurden wahre Schlachten geschlagen, allein, alle Bemühungen sich gerade hier einen Platz zu ergattern, schlugen zunächst fehl, denn entlang des roten Teppichs waren Tribünen für die Honoratioren der Stadt und für Menschen mit Handikap aufgestellt worden. Als sich dann ein freier Bleckerstädter seiner Würde als Bürger der Stadt der reinen Vernunft einen Augenblick lang bewußt wurde, rief er laut: »Mir elle senn elles Hotaritore!«, und nachdem er die Absperrbanderole einfach weggerissen hatte, erstürmte er mit den ganzen Bürgermassen im Rücken die Tribünen, dergestalt, daß man eine lebendige Vorstellung erhalten mußte, wie vor langer Zeit die Franzosen mit dem Sturm auf die Bastille ihre Freiheit erkämpft hatten. Aber es gab auch einige Einsichtige, die mahnten, »Laßt doch die Kinder nach vorn«, aber da war nichts zu machen. Wer vorn stand, blieb vorn. Wie im echten Leben. Überall spielten Musikkapellen, man hakte sich unter, schunkelte, genehmigte sich ein Bier oder einen Selbstgebrannten und vertrieb sich die Zeit mit launigen Kommentaren zum bevorstehenden Rennen. Kurzerhand hatte man das Verkehrsamt Am Bild zu einem Wettbüro mit Wett-Totalisator umfunktioniert, wo auf die Aktiven, also auf die Rollatoren-Fahrer, Wetten abgegeben werden konnten. Dazu mußte man die Rollatorenfahrer natürlich auch einschätzen können, was von den Organisatoren dergestalt eingerichtet wurde, als die aktiven Rollatorenfahrer sich wie Gladiatoren in einem abgezäunten Gehege, einem Pferch gleich, der rund um die Mariensäule aufgestellt worden war, versammelt hatten und so auf ihre Rollatorenfahrfähigkeit hin besichtigt und taxiert werden konnten.

Das Rennfeld bestand zum größten Teil aus weiblichen Aktiven, also Aktivinnen, zumeist graumellierte Frauen im besten Rentenalter mit irgendwelchen Gehbeschwerden, aber auch einige mutige männliche Teilnehmer waren auszumachen, nach dem Schuhwerk zu urteilen mit Halux-Phallux-Problemen. Mit ausgebreiteten Armen hingen die Rollatoren-Rennfahrer- und fahrerinnen über den Greifbügeln der Fahr- und Stützgeräte, ein Mützchen wehrte die Sonnenhitze ab, eine dicke Sonnenbrille schützte gegen die Sonnenstrahlen, Sportschuhe der edelsten Art sollten die Gehgeschwindigkeit verbessern, quer über dem Oberkörper ein weißes Hemdchen mit der entsprechenden Nummer, gerade hatte man im Wettkampfbüro die Nummer 136 vergeben.

Während sich die meisten Aktiven und Aktivinnen mit einem Griff in die Faaschenachtskiste bunt und möglichst auffällig angezogen hatten, auch Huddelpätz-Kostüme waren vertreten, fielen einige Aktivinnen durch eine gewisse Gleichartigkeit ihrer Erscheinung auf. Sie trugen kurze Lederhosen mit Latz und Hosenträgern, ihre Beine waren angebräunt und behaart, die Waden mit Wadenbeißer geschützt, bei der Anmeldung hatten sie seltsame, bislang nie gehörte Frauenvornamen angegeben, Gerharda hießen sie oder Reinalda oder Henninga. Auffällig war auch, daß diese Gestalten, es waren garantiert keine

Moppsbacher, in der Regel zusammenstanden, so, als ob sie eine Mannschaft bildeten, ein Sachverhalt, der von der Rennleitung aus Gründen der Leistungsvergleichbarkeit und der Fairness ausdrücklich untersagt worden war. Man würde, so die einhellige Meinung unter den Herren von der Rennleitung, jeglichen Regelverstoß mit sofortigem Ausschluß ahnden und gegebenenfalls zivilrechtlich verfolgen, eine völlig unverständliche Drohung in einer Stadt der reinen Vernunft, aber die Herren der Rennleitung hatten vielleicht die Zeichen der neuen alten Zeit noch nicht intensiv genug verinnerlicht.

Um etwa 10 Uhr sollte der Start sein, der verzögerte sich allerdings immer wieder, mal mußte eine Aktivin nochmal kurz in den Prinz Carl, um gewisse Verrichtungen vorzunehmen, die der Nervosität geschuldet waren, mal suchte jemand mit lauter Stimme seinen »Werner, Werner, wo bisch'n du au?«, oder aber es hatten sich Aktive bzw. Aktivinnen in verkehrter Richtung aufgestellt, so daß zu befürchten war, daß nach dem Startschuß alles in verschiedene Richtungen, gar nach rückwärts, davongestiebt wäre.

Die von der Rennleitung schließlich als korrekt erachtete Aufstellung zog sich etwa eine Stunde hin, es gab ergreifende Verabschiedungsszenen, so, als ginge es jetzt auf den großen Marathon-Tripp oder auf die letzte große Fahrt, Vesperbrote wurden noch schnell verpackt, hier und da wurde eine Kanne Most gereicht und Zigaretten-Packungen wurden noch heimlich eingesteckt, und als schließlich alles zum Startschuß bereit war und der Rennleiter von der Mariensäule herab den Startschuß mit dem Rückzählen 3, 2, 1 einleitete, versagte der Kanonenschlag, denn in Ermangelung einer Startpistole wollte man einen vom letzten Sylvester-Fest übriggebliebenen Knallkörper detonieren lassen, und der war wahrscheinlich infolge langer Lagerung an ungeeigneter Stelle feucht geworden.

Der Rennleiter allerdings reagierte blitzschnell und behauptete einfach: »Do sinn scho welche abgefah'n bei drei, mir wolln fär kämpfen! Nur kei Bosse mache! Alles zurück!« Allgemeines Murren, einige Zuschauer klatschten dem Rennleiter zu und lobten ihn wegen dessen Fairness, die zu früh abgefahrenen Aktiven und Aktivinnen zeigten ihm die Faust und skandierten »Sabotage, Sabotage!«, und zwei Aktive erwirkten eine Startunterbrechung mit dem Hinweis: »Mir wellet noch emol zum Prinz Carl!«

Das dauerte ungefähr zehn Minuten, und als die beiden Aktiven, es handelte sich um männliche Teilnehmer, zurückkamen, wischten sie sich Schaum vom

Munde ab, was darauf schließen ließ, daß sie sich im Prinz Carl nicht, wie anzunehmen war, erleichtert, sondern mit einem Pils angefüllt bzw. gestärkt hatten. Dem Rennleiter kam die Unterbrechung allerdings gelegen, denn er hatte nun Gelegenheit, das Problem mit dem Startschuss zu lösen, was er in der Weise tat, daß er einem Buben dessen prallgefüllten Luftballon gegen zwei Kugeln Eis abhandelte. Mit diesem Ballon müßte sich, dachte der Rennleiter, ein veritabler Knall erzeugen lassen. Allerdings hatte der gutmeinende Rennleiter, gewiß noch kein enkelerprobter Großvater, aber in dessen Alter, nicht mit der sattsam bekannten Gier von Kindern gerechnet. Denn kaum hatte der Bub sein Eis verspeist, kam er angelaufen und fing vor dem Rennleiter an, lauthals zu plärren, der Bub schlug wild um sich, grapschte nach dem Ballon und dem blieb nichts anderes übrig, als mit einem lauten Knall zu platzen. Und diesem Knall hatten die Seniven, das sind die Aktivinnen und Aktiven unter dem Aspekt des Alters, entgegengefiebert.

Vergeblich die Bemühungen des Oberbürgermeisters und des Vorsitzenden des Reit- und Fahrvereins, eine kurze Rede zu halten. Um seinen Auftritt geprellt sah sich auch die Geistlichkeit der Stadt, die mit einem ökumenischen Spruch und Weihwasser das Rennen segnen wollte: Das Rennen begann. »Macht doch, was ihr wollt!«, hörte man den Rennleiter noch durchs Megaphon maunzen, aber das nahm schon keiner wahr mehr in dem Getöse, in dem Jubel, in den Anfeuerungsrufen, in dem fähnchenschwenkenden Zuschauermeer, das durch mehrere und auch gegenläufige Laola-Wellen hin- und herbewegt wurde.

Das Stadttor erwies sich sogleich als d e r Flaschenhals. Eng war's hier, man quetschte sich hindurch, rempelte die Kaffeeklatschfreundin von gestern, die plötzlich zu einer Rivalin geworden war, gehörig an und ließ sich anstelle eines Geistlichen von dem steinernen Mann, der geheime Dämon der Stadt, vom Blecker also, segnen. In dem Menschengetümmel auch Rosl und Wanda, die vor dem Wett-Totalisator standen und von den Wettern dauernd aufgefordert wurde, den Ausgang des Wettrennens vorauszusagen, was die natürlich nicht tat, sie meinte nur, man solle doch mal an das Hornberger Schießen denken. Daran dachte natürlich keiner in dem Menschengetümmel auf der Marktstraße, durch die sich die Wettkämpfer im Augenblick quälten.

Die Ungeübten im Teilnehmerfeld hatten ein unglaubliches Tempo vorgelegt, führten einsam die Spitze an, machten aber bereits in Höhe der Buchhandlung Volk schlapp und wurden von den nachdrängenden Wettkämpfern geradezu überrollt. Diese vorwitzigen Seniven machten erst mal eine ausgiebige Pause, setzten sich auf die vorderen Sitzflächen ihrer Renngeräte und veschperten ausführlich, sprachen dem Most zu und gönnten sich eine leckere Gauloise. »Loßt die Narre nur vorbei!«, riefen sie den vorbeifahrenden Rivalen und Rivalinnen zu, »wer z'letscht lacht, lacht am beschte. Der Siech besteht aus Strategie!« Und um die Mitkämpfer in ihrer Psyche zu treffen, skandierten sie noch: »Der Siech ist unser, unser ist der Siech, der Siech ist unser, unser ist der Siech!«

Die vorbeihechelnden Rivalen und Rivalinnen reagierten selbstverständlich prompt. »Emma, Du fürscht doch gar kein‹ Rollator, und jetzt bisch dabei. Des hasch etzetle davon!«, rief eine der Vorbeifahrenden, die ihre Freundin vom Nachmittagskränzchen unter den Veschpernden ausgemacht hatte. Und in der Tat: Keine der so frühzeitig pausierenden Wettkämpferinnen hatte je einen Rollator benutzt, aber sie waren ehrgeizig, sie handelten nach dem olympischen Motto: Dabeisein ist alles. Halt wie im Leben, dabeisein ist alles. Und dabei dem anderen eine auswischen und dann gemeinsam auf dem Gottesacker liegen. Gemeinsam. Und hoffen. Vorher, natürlich.

Am Alten Rathaus vorbei schlängelte sich der Rollatoren-Wurm in die Haagstraße, die auffällige Gruppe in Lederhosen und Hosenträger machte es sich auf der Terrasse des Café Riesen gemütlich, ihre Gesichter waren undurchsichtig, so daß man den Eindruck haben mußte, daß von denen noch etwas kommen mußte. War unter ihnen, die so siegessicher und lässig dasaßen, vielleicht gar der ›Winner‹? Die wogende Masse der Zuschauer hatte auf der Haagstraße nur eine hohle Gasse offengelassen, Bravo-Rufe waren zu hören oder »Oma, zeig's ihnen!« von erbberechtigten Enkeln, die der lieben Oma Beine machten, dergestalt, daß sie die Oma einfach auf den Rollatoren-Sitz verfrachteten und sich mächtig ins Zeug legten, um schließlich das Feld anzuführen. Das war zwar gegen das Reglement, aber die Herren von der Rennleitung hatten sowieso schon die Übersicht verloren und sich auf die Terrasse des Prinz Carl zu einer Rennleiter-Besprechung bei Moscht, Wein und Bier zurückgezogen und ließen den Dingen einfach ihren Lauf.

Wo die Haagstraße in einer Linkskurve in die Straße Am Haag einmündet, gab es nicht nur die erste Zeitmessung, sondern auch den ersten Höhepunkt. Die nicht gehfähigen Bewohner des Altenwohnstifts hingen fähnchenschwingend in den Fenstern, jubelten, klatschten und machten mit Töpfen, Gläsern und Pfannen einen gehörigen Lärm. Es galt, die Heiminsassen unter den Wettkämpfern aufzumuntern und, wenn möglich, in die Führung zu puschen. Jeder Fensterhänger fühlte sich mit den wettkämpfenden Altenwohnstiftlern solidarisch und versuchte, sie im Verein mit der städtischen Musikkapelle, die sich dort aufgestellt und ›Muß i denn, muß i denn zuhum Städtele hinaus‹ intoniert hatte, auf die nun bevorstehenden Strapazen einzustimmen. Denn: Nun ging's etwa sechshundert Meter leicht bergauf. Eine unglaubliche Herausforderung für Mensch und Gerät, denn auf dem Kopsteinpflaster in den Altstadtstraßen war das Material stark beansprucht worden, und: Manchem Wettkämpfer ging schlicht und einfach die Puste aus. Ambulante Rollatoren-Ingenieure drehten so manches Schräubchen und Mütterchen wieder fest, tauschten Räder aus oder sie erneuerten die an den Rollatoren befestigten Klingelanlagen, die wegen der dauernden Betätigung in Mitleidenschaft gezogen worden waren, und wenn das nicht möglich war, schraubten sie einfach ein Signalhorn an, das den Vorteil hatte, den Rivalen durch heftiges Anhupen einfach aus dem Weg zu scheuchen. Wenn das nicht olympisch war!

Für den ortsansässigen Produzenten der Rollatoren, dem Odenwälder Rollatoren-Werk, kurz ORW genannt, war dieses Rennen sozusagen eine Feuertaufe. Würden sich die Neuentwicklungen, die allesamt nach den ökologischen Prinzipien der Nachhaltigkeit und deshalb aus dem nachwachsenden Naturmaterial Holz gebaut worden waren, den ersten Massenhärtetest bestehen? Würden die Streben, an denen die Holzräder befestigt waren, den unausweichlichen Karambolagen Stand halten oder würden sie brechen? Konnte man sie, falls sie tatsächlich gebrochen waren, mit Bandagen notdürftig so zusammenfügen, daß sie weiterhin verwendbar waren? Einhundertfünfundzwanzig Arbeitsplätze hingen von der Klärung dieser produktionentscheidenden Fragen ab, aber die Sensiven, die jetzt unter Aufbietung all ihrer psychischen und physischen Reserven den Haag hinaufkeuchten, kümmerten sich um diese Probleme natürlich nicht. Sie hatten andere Probleme. Sie schwitzten, sie schnauften, sie hatten Hunger, sie hatten Durst, sie spürten, die Anfeuerungsrufe der Zuschauer erreichten nicht mehr ihre Herzen, sie waren ausgepumt, sie waren fertig, auch stellten sich nun Koordinationsprobleme ein, denn jetzt mußten sie auch die Bremsen betätigen, wenn sie mal anhalten mußten und das Wettkampfgerät auf der abschüssigen Straße unvermittelt rückwärts nach unten zu rollen drohte.

Viele machten auf der Parkanlage unter dem Standbild des Gönners der Stadt, Franz Burghardt, Rast, verschnauften, winkten den Fritz herbei, der seine Pappenheimer nur allzu gut kannte und vorsorglich etliche Pils gezapft und in einem Depot unterhalb des Standbildes kühl gestellt hatte.

Schwierig wurde es noch einmal auf der Straße Am Haag vor der Bahnschranke und vorher schon in Höhe des Wimpina-Platzes, wo noch die Schützenmarkt-Verkaufsbuden standen. Wieder eine der Verengungen, vor denen geschuppst, gerangelt und gestoßen wurde. Gottlob kam es nicht zu ernsthaften Schlägereien, sieht mal mal von einem Schlag ins Gesicht oder in die Rippen ab. Das gehörte dazu, man kannte das Leben. Außerdem: Sie waren alle ausgepowert, vergleichbar nur mit der Marke 35 beim Marathonlauf, wo plötzlich der ›große Hammer‹ in der Form einer völligen psycho-physischen Erschöpfung zuschlägt, vergleichbar auch mit dem Leben schlechthin, wenn's dann mit Fünfzig heißt: Von nun an geht's bergab.

Weitermachen oder aufhören, heißt es dann, aber die meisten Seniven hatten sich fürs Weitermachen entschieden, wurden allerdings von der Bahnschranke abgehalten, die heruntergelassen worden war und den Tross der Wettkämpfer aufhielt. Einige ganz Schlaue versuchten, eine Abkürzung über den Schützenmarkt zu nehmen, allerdings wurden diese Versuche eines Wettkampfbetruges durch das Aufsichtspersonal verhindert, das von der Rennleitung in weiser Voraussicht vor dem Eingang aufgestellt worden war. Da war kein Durchkommen!

Die Wettkämpfer standen trippelnd vor der Schranke, das dauerte so lange, bis auch die letzten Nachzügler den Führungstross erreicht hatten, der sich nun um seine Siegchancen geprellt sah und dies auch lauthals zum Ausdruck brachte. Wiederum erklangen so unschöne und unsportliche Worte wie ›Sabotage‹ und ›Lumperei‹ und die ›Säckel von der Bahn‹, wobei die letztere Bezeichnung nicht ganz unbegründet war, denn nach dem Fahrplan gab es, und darum hatte sich die Rennleitung ausgiebig gekümmert, zwischen 11,30 Uhr und 13,30 Uhr keinen Bahnverkehr, auch war ein außerplanmäßiger Güterverkehr seitens der Bahnhofsverwaltung ausdrücklich ausgeschlossen worden. Jetzt war es cirka 12 Uhr, also müßte der Bahnübergang frei sein. Gleichwohl war er geschlossen. Naiv wäre der zu bezeichnen, der da nicht sofort auf krumme Gedanken gekommen wäre. Gab es da vielleicht eine gezielte

Manipulation seitens der Rennleitung? Oder hatte da gar eine höhere Macht ihre Hände im Spiel?

Die Erklärung wäre naheliegend gewesen, hätten die Wettkämpfer nur an den neuen Namenspatron ihres Städtchens gedacht, aber an tiefere Grübeleien war in dem Zustand, in dem sich sie sich befanden, nicht zu denken. Nach etwa zwanzig Minuten dann des Rätsels Lösung: Eine Pedal-Draisine zockelte mit gemächlichem Tempo durch die Kurve, auf dem Sitz der ehemalige Bürgermeister von Walldürn und der Ortsvorsteher von Hainstadt, huldvoll wie Kaiser und König von erhöhter Position die Volksmassen grüßend, fähnchenschwinkend, gravitätisch blickend, gut gelaunt in Erwartung einer Huldigungszeremonie. Die kam auch gleich, aber nicht so, wie sich die beiden das vorgestellt hatten. Wüste Beschimpfungen wie Ollwell, Hornluosche oder Berkediebe waren zu hören, »Heeschter raus, Dürmer raus!«, schrie die aufgebrachte Menge, und die alte, seit Generationen gepflegte Rivalität zwischen Buche und Dürn schien wieder aufleben zu wollen, und das in der Bleckerstadt, der einzigen Stadt der reinen Vernunft Deutschlands.

Das mußte verhindert werden, und so sah man einen Mitkämpfer aus der Gruppe der Wadenbeißern zum Bahnhof eilen. Ganz offensichtlich hatte er etwas vor, aber was, blieb unbekannt, auf jeden Fall öffnete sich die Schranke, und die Wettkämpfer, denen die Rast zu neuen Kräften verholfen hatte, drängelten sich nun hinauf zur Abt-Bessel-Kapelle, wo eine zweite Zeitnahmestation aufgebaut war. Die mit viel Aufwand installierten Messuhren stellten fest: Alle Wettkämpfer sind zur gleichen Zeit angekommen. Wer nun geglaubt hätte, daß auch nur einer der Mitkämpfer den leisesten Protest eingelegt hätte, hätte sich getäuscht. Im Gegenteil, man lag sich in den Armen, haute sich anerkennend auf die Schulter, lachte und freute sich gemeinsam, denn aus den Rivalen und Rivalinnen von vorhin war nun eine echt olympische Gemeinde geworden, ein Sachverhalt, dem der Präsident des Olympischen Komitees, ein Herr Buch, der, aus der taubergründer Nachbargemeinde stammend, eigens mit großem Tross aus Genf angereist war, um für die Olympischen Sommerspiele im Odenwald im Jahre 2032 Erfahrungen zu sammeln, seine volle Anerkennung nicht versagen konnte. Rollatorenrennen werden olympisch, ließ er in einem internen Gespräch mit der Rennleitung verlauten.

Und nun ging es Ruckzuck, denn der letzte Teil des Wettkampfes wurde wegen der abschüssigen Walldürner Straße und den damit verbundenen möglicherweise lebensgefährlichen Zusammenstößen als Einzel-Zeitfahren ausgetragen. Damit man aber nicht einsam gegen eine virtuelle Uhr kämpfen mußte, was erfahrungsgemäß fast keiner durchhält, und um zudem die auch im Zustand der reinen Vernunft durchaus vorhandene natürliche Kampfeslust wachzuhalten, denn aller Kampf dient ja letztlich nur der Fortpflanzung und ist genetisch festgelegt, wurde dieses Zeitrennen in Paarformation mit Aufsitz durchgeführt. Jeweils zwei Rollatorenpaare waren mit einem Aufsitzer gleichzeitig auf der Piste. Der Aufsitzer hatte möglichst schwer zu sein, damit das Wettkampfgerät auf der Bergab-Strecke auch eine ordentliche Geschwindigkeit erreichen konnte. Ziel war der Platz Am Bild, wo unmittelbar unterhalb der Mariensäule wiederum die Zeit gemessen wurde. Die gesamte Strecke mochte wohl rund 700 Meter lang sein.

Mit einem kräftigen »Hinne houch und weg!« wurde das erste Paar auf die Reise geschickt, bekam bereits vor der Bahnschranke auf der Walldürner Straße eine rasante Geschwindigkeit, die aber wegen der dortigen Bodenunebenheiten gedrosselt werden mußte. Nach der Schranke mußte kurz angeschoben werden, das Wettkampfgerät nahm Fahrt an, und dann stellte sich der Anschieber auf kleine, über den hinteren Räder befestigte Trittbretter. Jetzt ging's natürlich los, die Geschwindigkeit war beträchtlich, die Sturzgefahr nahm gewaltig zu, und das weitere Schicksal befand sich ganz in den Händen des Aufsitzers, der zugleich der Bremser war. Über Sieg oder Niederlage entschieden allein seine Bremskünste. Und seine Fähigkeit, sich ordentlich in die Kurve legen zu können, denn die Walldürner Straße biegt an ihrem Ende in einer Linkskurve in die Vorstadtstraße ein. Hier kam es darauf an, die Kurve möglichst knapp zu nehmen und durch eine Gewichtsverlagerung nach links das Wettkampfgerät auf den linksseitigen Rädern fahren zu lassen, so daß es linksschräg halbseitig in der Luft hing. Dann das galante und entspannte Ausrollen auf dem roten Teppich des Städtchens, vorbei an der Tribüne mit den Honoratioren der Stadt und den Klein-Kindern aus der Kita ›Fröhliche Eintracht‹. Ein Parcours, der es wirklich in sich hatte und der die Gäste vom Olympischen Komitee so sehr überzeugte, daß sich die spontan entschlossen, ihn zum Austragungsort bei den Olympischen Spielen 2032 im Odenwald zu machen.

»Die Bleckerstadt wird olympisch«, hatte der Präsident in einem Gespräch mit dem Chefredakteur des Lokalrundfunks orakelt. Die ganze Infrastruktur paßt. Vor allem großartig die mediale Nichtvernetzung der Region mit der übrigen Welt. Olympische Spiele 2032, und die Welt kriegt nichts mit, glotzt in die leere Röhre. Damit wäre die Olympische Idee endlich wieder zu sich gekommen.«

Es verstand sich natürlich von selbst, daß sich die noch vor Sekunden gegeneinander kämpfenden Rennpaare auf dem roten Teppich der Stadt verbrüderten und einträchtig gemeinsam das Ziel erreichten. Da dieser Teil der Rennstrecke besonders interessant, weil gefahrenreich war, und das liebt ja der Mensch, Gefahr, Kastastrophen, Angst, alles bevorzugte Aufenthaltsbereiche der Menschen, weil diese Teilstrecke, obwohl sie zwei Stunden vorher auch nur vom kleinsten Splitsteinchen befreit und anschließend mit Weihwasser bespritzt worden war, also einen besonderen ›Kick‹ versprach, standen die Zuschauer in Vierer-, ja in Fünferreihen, entsprechend das Getöse, die Begeisterung, die Anfeuerungsrufe, die Transparente, die Plakate und die Lust, den einen oder anderen befreundeten Rennteilnehmer in irgendeiner Form zu begünstigen, dergestalt, daß man ihn anschob oder das rivalisierende Rennpaar mit Worten niedermachte bzw. sich ihm in den Weg stellte, was den Bremser zu einer Vollbremsung bis zum vollständigen Stillstand veranlassen mußte, wollte er sein Leben nicht aufs Spiel setzen. Tja, auch Heimtücke war in einer Stadt der reinen Vernunft möglich, eigentlich ein Widerspruch in sich selbst, wie ja auch die ganze Konstruktion eines auf reiner Vernunft sich gründenden Gemeinwesens in sich widersprüchlich war. Aber das wußten nur die Weschtnoch-Clubler und einer bzw. drei in der Stadt, die sich merkwürdigerweise ganz im Hintergrund hielten.

Ja, wo waren sie denn, diese Wescht-noch-Club-Freigeister? Unter den Zuschauern hatte man sie nicht gesehen, auch auf der Terrasse des Prinz Carl saßen sie nicht und auf der Honoratioren-Tribüne vor dem roten Teppich waren sie auch nicht, tja, wo waren sie denn? Ob etwa die Wadenbeißer …? Die hatten sich etwas Besonderes ausgedacht. Bei der Rennleitung hatten sie sich ja als Frauen angemeldet, verfügten gleichwohl über ein beträchtliches Körpergewicht, deshalb, so ihre Überlegung, wollten sie sich in den Dienst der guten Sache stellen und boten ihre schweren Leiber den in aller Regel dünnen und schwächlichen Rennfahrerinnen als Gewichte und Bremser an. Und um möglichst vielen Senivinnen diese Gunst gewähren zu können, spurteten die Wadenbeißer nach der Zieldurchfahrt schnell wieder zum Start, um sogleich wieder als Gewichte zu fungieren. Das klappte vorzüglich, bis auf die Tatsache, daß etliche Rennfahrerinnen dieses hochherzige Anerbieten der Wadenbeißer sehr persönlich nahmen und urplötzlich zu äugeln wagten. War da gar Liebe im Spiel? Das wäre ja beim derzeitigen Erscheinungsbild der Wadenbeißer, die ja immer noch als Frauen geführt wurden, eine Liebe der ganz modernen Art gewesen! Ach, hätten die so von Verliebtheit träumenden Rennfahrerinnen nur einmal eine Sekunde länger auf die Lederhosen geblickt, dann wäre ihnen schon einiges gedämmert. Aber das ließ die Hektik des Augenblicks nicht zu!

Das Rennen nahm seinen Verlauf, und als schließlich alle durch waren und die Rennzeiten genommen waren, drückte der Zeitnehmer gerade in dem Moment, als von irgendwoher der Ruf »Hinne houch!« erschallte, eine Taste auf seiner Zeitnehmer-Uhr. Er wollte die Zeiten speichern, aber leider hatte er auf ›Löschen‹ gedrückt. Aus, vorbei, keine Zeiten! Was nun? Man trommelte die Rennleitung zusammen und entschied kurzentschlossen: Alle Renn-Teilnehmer waren die gleiche Zeit gefahren, 3,41 Minuten. Basta! Und so wurde es auch bei der Siegerehrung am Abend im Festzelt verkündet. Alle waren die gleiche Zeit gefahren. Und das bedeutete im Gesamtergebnis: Alle Renn-Teilnehmer waren Sieger!

Man konnte sich den Jubel nicht vorstellen, nachdem der Rennleiter das Ergebnis verkündet hatte, man lag sich in den Armen, Tränen flossen, Freudentränen, und es floß das Bier, und der Mann im Mond, gäbe es ihn, hätte seine Freude gehabt, tja, hätte er gesagt, tja, wenn's nur überall in der Welt so zuginge wie in diesem Städtchen im Madonnenland. Das Schönste aber war, daß keiner der Renn-Teilnehmer das Alte Spital aufsuchen mußte, wo die sanfte Herzensdame die hilfesuchenden Verletzten versorgen wollte. »Bei Ihnen, verehrte Herzensdame,« und dabei überreichte der Rennleiter der Herzensdame, nicht ohne zu äugeln und sich etwas auszudenken, einen Blumenstrauß, »bei Ihnen möchte ich mich hiermit ausdrücklich bedanken! Danke, Danke«!

Daß der IOC-Präsident natürlich auch ein Statement abgeben mußte, war ja zu erwarten gewesen. »Diese Rennstrecke«, philosophierte er, »ist wie das Leben selbst. Sie fängt mit einem Jubelschrei an, verengt sich, windet sich scheinbar orientierungslos durch schmale Lebens-Gassen, erweitert sich, aber nun breiter ausladend, schließlich will man ja auch mal heiraten, wird plötzlich angehalten, vielleicht durch eine persönliche oder eine allgemeine Katastrophe, und auf dem Höhepunkt der Lebenskarriere, an der Abt-Bessel-Kapelle also, geht's steil bergab. Unumkehrbar. Noch eine Linkskurve und dann ...«, dann verschlug's dem philosophierenden IOC-Gewaltigen die Stimme, denn er hatte bemerkt, daß er sich in seiner Rede zu verrennen drohte. Unmöglich, an diesem Ort, zu dieser Gelegenheit den Gedanken weiterzudenken, und deshalb fügte er noch hinzu, als wäre er auf einer Narrhalla-Sitzung, »dann fängt die ganze Chose wieder vun ferre an!« Klasse diese Wendung, und jeder fragte sich, ob ein IOC-Präsident aus Bischi über eine solche Geistesgegenwart verfügen konnte oder ob ihm nicht ein anderer diesen Geistesblitz eingegeben hatte? War's möglicherweise der ... Blecker?

Selbstredend zelebrierten die Wescht-noch-Clubler auch an diesem Abend ihr Klassentreffen, diesmal aber nicht im Prinz Carl, sondern im Schützenzelt. Unmittelbar vor dem philharmonischen Orchester der Stadt, bei dem der Platz des tubablasenden Landrats leer geblieben war, saßen sie in trauter Runde. Sie hatten sich nicht erst umgezogen, und jedermann konnte nun durchschauen, wer diese liebenswerten Wadenbeißer-Frauen waren. Man schmunzelte und insgeheim erwartete man weitere frohe Überraschungen von ihnen, Überraschungen, die in das Gedächtnis der Stadt eingehen sollten.

Geschmack

Am Morgen des nächsten Tages, es war ein Sonntag, breitete die Sonne ihre Arme über dem ganzen Städtchen aus, ihre goldenen Finger streichelten jede Straße, jedes Haus, jedes Gesicht, nahm Sorgen, nahm Angst, nahm Furcht hinweg, streute goldene Perlen in die Augen der Schläfer, damit sie träumten und den Traum der Illusion mitnahmen in das Leben. Wie eine Frau lag die Stadt in ihrem weichen Morrebett, eine Frau, die schon seit langem so dalag, schon seit Jahrhunderten, ja seit Jahrtausenden lag sie da, faltig, runzelig, sich immer wieder verjüngend, erneuernd, alterslos, zeitlos.

Alles war still. Die Hähne krähten wie immer, aber keiner hörte ihren Ruf. Die Stadt schlief. Die gestern eingerichteten Zufahrten blieben gesperrt, ›Touristen heute bis 12 Uhr unerwünscht« stand auf einem Schild an der B27, man wollte ausschlafen. Die Glocken läuteten, Lerchen stiegen in die Luft, alte Frauen mit schwarzem Tuch über dem Kopf und Gesangbuch in der Hand schlurften zur Frühmesse, der Muezzin rief die Frommen zum Gebet, bei den Russen kochten die Matruschkas zu Balaleika-Klängen schon den Bortsch, während die Männer ihren Wodka-Rausch ausschwitzten, Kühe wollten gemolken werden, Schweine quiekten, Grillen zirpten, auf den Wiesen blökten Schafe, die Morre murmelte ihr ewiges Lied, Kaffeduft über den Dächern, man räkelte sich, drehte sich noch mal um, träumte erneut, saß am Tisch, schnitt den Berkes an, sprach nicht, schwieg, lebte. Dahin.

In den Wirtshäusern wurden die Stühle runtergestellt, Fenster wurden geöffnet, Tische eingedeckt, ein Bier wurde gezapft, für den Wirt ein besonderer Augenblick, dieses erste Glas Bier an einem Sonntagmorgen in einem Städtchen im Madonnenland, nur für ihn, kurz vor dem Frühschoppen. Sie kamen nach der Messe, die Frühschoppler, noch schmecken sie die Oblate im Mund, die Heilige Kommunion hatte ihnen Gewißheit gegeben, eine nicht weiter zu begründende, nicht weiter begründbare Gewißheit ihres Seins. Diese Gewißheit, gewiß auch ein Wunder an diesem Sonntagmorgen, an dem alles wunderbar war, war ihre Grundlage, und diese Grundlage war so gewiß wie der erste Schluck eines gutgezapften Distelhäusers.

Wortlos brachte der Wirt das Bier an den Stammtisch, wortlos tranken die Stammtischfreunde, und wortlos saßen auch die Wescht-noch-Clubler im Prinz Carl, Rosl hatte alles vorbereitet, wünschte einen guten Morgen, brachte den Kaffee. Einer fehlte. Der Beinahe-Kardinal und Theologe war's, er war in der Messe und platzte später in die Freundesrunde hinein. Er schien glücklich zu sein und er lächelte. »Das ist doch mal eine Sache«, überfiel er die Freunde, als gäbe es die neueste Neuigkeit zu verkünden, dabei sprach er erst nachdenklich, dann wurde seine Sprache immer gelöster, als erheitere ihn etwas ganz besonders, und er fuhr fort in einem Ton, dem zu entnehmen war, daß er einem Gedanken nachhing, der ihn tief berührt hatte:.. »meinte der Priester doch glatt, der Glaube, ja alle Religion sei nicht eine Sache des Kopfes, auch nicht des Bauches, sondern eine Sache des Geschmacks. Der Glaube gründe, meinte der Gottesmann, auf dem Gefühl und dem Geschmack für das Unendliche, für das Unbegreifbare. Ja, wo hat man denn das schon mal gehört? Hat er sich da nicht völlig verrannt?« Er blickte erwartungsvoll in die Runde, schaute jeden einzeln an und blieb schließlich beim Möchte-gern Poet hängen. »Was meinst Du dazu?«, fragte er ihn schließlich. Der war natürlich etwas überrascht, sich an diesem schönen Sonntagmorgen in ein theologische Gespräch verwickelt zu sehen, auch hatten sich seine Gedanken im Lauf der Zeit schon lange von dem entfernt, was ihn früher ausgefüllt hatte, gleichwohl war manches blitzartig wieder da. »Das ist Schleiermacher«, gab er zu verstehen, »reiner Schleiermacher. Und wenn es so weit gekommen sein sollte mit dieser unseligen Spaltung der Kirchen, dann wäre das nichts anderes als eine Umarmung. Es wäre das Eingeständnis, daß wir Genaueres im Sinne des rational Verfügbaren nicht wissen können. Der Glaube und die Religion wären dann dort verortet, wo beide, das Sinnliche und das Rationale, in einem eigenen Urteilsvermögen, das sich gegen jede Verallgemeinerbarkeit sperrt, in geheimnisvoller und nicht weiter analysierbarer Weise zusammenschließen. Dieses Urteilsvermögen ist der Geschmack. De gustibus non debutandum, sagen die Alten. Und sie hatten recht und sie haben auch heute noch recht. Das Movens des Geschmackes, also gleichsam der Motor, ist die Sehnsucht. Die Sehnsucht darnach, mit diesem Himmel über mir, mit diesem Universum wieder eins zu werden, zurückzukehren an den Ort, von dem alles ausging, wo alles ungeteilt ist, zurückzukehren ins Paradies.Von dem haben wir kein Wissen, aber eine Ahnung, deshalb die Sehnsucht. Die Sehnsucht der Seele, mit allem ungeteilt zusammenzusein. Und Gefühl und Geschmack sind gleichsam die Organe dieser Sehnsucht, die Antennen, die die Strahlen des Unbegreifbaren, des Unendlichen wahrnehmen und der Seele zuführen. Wir sind glücklich, die Seele ist gestillt, wenn sie von jenem Unendlichen getroffen wird, uns obliegt es nur, uns zu öffnen, allein dies können wir, alles andere ist nicht machbar, entzieht sich dem Zugriff, ist nur erlebbar, nur fühlbar, nur schmeckbar. Und jeder schmeckt auf seine Weise, also freuen wir uns über die Vielzahl der Religionen, die auf je eigene Weise die Unendlichkeit schmecken. Und jeder von uns schmeckt seinen Glauben auf seine Weise. Gleichsam für sich.« Dem Theologen ›schmeckte‹ diese Antwort sichtlich, denn mehrfach hatte er zustimmend genickt, wenngleich er an dieser oder jener Stelle ernsthaft hätte widersprechen müssen. Ihm fehlte es an der Personifizierung des Religiösen, welche Rolle spielt Christus?, hätte er fragen sollen, was bedeutet dann die Heilige Wandlung, hätten wir dann nicht schon hier, jetzt, hier an diesem Sonntagmorgen das Paradies? Die Freunde waren dem offenen Zwiegespräch der beiden aufmerksam gefolgt, verglichen das Gehörte mit den selbst gemachten Erfahrungen und waren entzückt, als der Tänzelnde Arzt ihnen vorschlug, den Vormittag im Bezirksmuseum zu verbringen, eine Neuerwerbung gäbe es zu besichtigen, und er habe eigens den Kurator Steigleiter gebeten, sie ihnen zu zeigen. »Da werdet ihr Eueren Geschmack auf den Prüfstand stellen können, denn auch in der Kunst bedarf es des Geschmacks, um das Eigentliche zu erfassen. Aber was ist das Eigentliche? Vielleicht kriegen wir ja nachher eine Antwort darauf!« Steigleiter hatte die Freunde bereits erwartet und die Neuerwerbung inmitten des Ausstellungsraumes aufgestellt, in einem Halbrund davor die kunstbeflissenen Wescht-noch-Clubler. Die schauten sich das Bild intensiv an. Es zeigte ein Feld mit rotblühenden Mohnblumen, inmitten des Feldes ein blumenpflückendes Mädchen in blauer Kleidung mit Strohhut, halbgebeugt, dahinter, am hohen Horizont, gleichsam als Mauer, die schwarze Silhouette eines Waldes, ein Vogel, ebenfalls schwarz, fliegt, aus dem Wald kommend, auf das Mädchen zu. »Eine frühe Wallischeck-Arbeit, datiert auf 1913«, meinte der Kurator, »mit Signatur, ein Zufallsfund im Internet, Glück gehabt, ganz billig. Für unsere Hollerbacher-Sammlung ein Juwel. Provenienz hervorragend!«Die Freunde wollten nun Näheres erfahren über die Umstände, die den Künstler veranlaßt haben könnten, gerade dieses Bild in dieser Zeit zu malen. Sie wollten offensichlich die Gründe erkennen, um die Aussage des Künstlers zu erfassen und durch all diese Kenntnisse dem Eigentlichen auf die Spur zu kommen. »Also, 1913 gemalt«, nahm der kleine Große Weltvermesser das Gespräch auf, »dann dürfte ja alles klar sein. Die blühende europäische Idylle, unschuldig, arglos, ist bedroht, der Künstler hat die Zeichen der Zeit erkannt, spürt den Krieg und setzt ihn in das Bild um.« Schweigen, dann der Eddi Constantine vom Katzenbuckel: »Wäre es so, dann wäre das Bild nur noch historisch interessant. Und ein Werk, das den Namen Kunst verdiente, wäre es erst recht nicht, es wäre Tendenz. Es will mir was sagen, mich warnen, mich auf etwas hinweisen, mich vereinnahmen, mir seine Meinung aufzwängen. Wäre es so, dann würde es mich vergewaltigen wollen, und es wäre erledigt, wenn es diesen Zweck erfüllt hätte. Dann verdiente es nicht, hier gezeigt zu werden. Und Wallischeck wäre kein Künstler, sondern ein Tendenzler.« Wiederum Schweigen und Betroffenheit auch wegen dieses doch sehr rigorosen Standpunktes. Der Antomfüßler war's, der das Schweigen unterbrach. »Ich denke, man sollte das Bild psychologisch deuten«, gab er zu bedenken, »da ist das Mädchen inmitten der Idylle, in einem Mohnfeld, was auf Schlaf verweist, also auf das Abtauchen ins Unbewußte, und diese Unschuld ist bedroht durch das schlechthin Böse, dem Mädchen wird Unrecht getan, die Unschuld wird ihm genommen, es wird von der Gewalt des Bösen in Besitz genommen, es muß sich verändern, es kann nicht sein, was es ist und nicht werden, was es sein soll. Die Welt greift an, vereinnahmt, zerstört, auch den Schlaf, den der Mohn verspricht. Dies entnehme ich dem Bild, und weil dieser Vorgang nicht nur 1913 zu beobachten war, sondern auch noch heute abläuft, deshalb ist Wallischeck für mich ein Künstler. Er hat eine Aussage gemacht über die condition humaine, über die Befindlichkeit des Menschen in der Welt. Und diese Aussage ist verallgemeinerbar, verallgemeinbar für alle Zeiten, für alle Räume, in Neukaledonien ist das auch so und für die alten Griechen galt das auch. Und es geschieht«, merkte er noch süffisant an, »es geschieht jeden Tag in der Schule zum Beispiel, und wir, wir alle hier«, und damit umkreiste er seine Freunde mit seinen Armen, »wir alle sind der schwarze Wald, der schwarze Vogel, getrieben und blindgemacht von einem noch Böseren.« Der Kurator war dem Gespräch aufmerksam gefolgt und er hatte seine Freude daran, zu hören, daß dieser Wallischeck mit einem 1913 gemalten Bild noch so viel Furore hervorrufen konnte, und weil er ein ganz offensichtlich interessiertes und sachkundiges Publikum an diesem schönen Sonntagmorgen vor sich hatte, gab er den Freunden noch einige Kostproben aus seinem kunstwissenschaftlichen Wunderhorn mit auf den Weg. »Ihren Überlegungen«, meinte er, »kann ich nur zustimmen, deshalb möchte ich sie nur an einer Stelle vertiefen oder, wenn Sie wollen, um eine Kleinigkeit anreichern. Es geht um die Rezeption und die Wirkung von Kunst. Nehmen wir diesen Wallischeck. Ich betrachte das Bild, nur das Bild, ich kenne den Maler nicht, ich kenne keine Details. Das Bild spricht mit mir, verharkt sich mit mir, regt meine Einbildungskraft an, alle meine inneren Kräfte, alle inneren Vermögen werden von ihm in Bewegung gebracht, und zwar so, daß alle meine Kräfte in harmonisch-proportionierlicher Weise miteinander ›spielen‹, im Vollzug dieses Spielvorgangs meiner Kräfte bin ich total frei, weil keine Kraft begünstigt oder unterdrückt wird, ich werde nicht hinweggerissen durch irgendeine Tendenz, ich soll nichts Sollen oder Wollen angesichts dieses Wallischecks, ich soll ihn lediglich ›schmecken‹, ihn im Gleichklang aller meiner Kräfte aufnehmen, in mir wirken lassen, ihn in mich einlassen. Im Zustand dieses Gleichklangs aller Kräfte entscheidet der Geschmack, ob der Gleichklang auch ein Wohlklang ist, ob er angenehm ist, ob er schön ist, ob er wahr ist, ob er gut ist. Damit wäre alles erreicht, und das Kunstwerk hätte als zweckfreier Zweck das bewirkt, was es einzig soll: Mich freizumachen. Letztlich freizumachen vom Druck, von der Sinnlichkeit der Welt. Die durch Geschmacksurteil angesichts eines Kunstwerks gewonnene Freiheit verbürgt mein Menschsein. Freiheit durch Kunst, Menschwerden durch Kunst, das ist der letzte Zweck von Kunst. Insofern ist das Kunstwerk lediglich ein Mittel. Sein eigentlicher Zweck entsteht in mir. Ich werde durch die Aufnahme von Kunst selbst ein Kunstwerk, nein, ich bin das Kunstwerk. In der Begegnung von Kunst und Mensch entsteht etwas Eigenes, nämlich der von seinem kleinen Selbst befreite Mensch. Das ist die Wirkung des Wallischeck-Bildes auf mich, und deswegen ist es für mich ein Kunstwerk. Es befreit mich.« Der Kurator genoß es sichtlich, einmal so ganz aus dem Vollen schöpfen zu können, was zur Wirkung hatte, daß die Freunde nach diesem mit Leidenschaft und eruptiv vorgetragenen Bekenntnis über die Kunst und ihre Wirkung zunächst einmal tief durchatmen mußten, doch wollten sie den trefflichen Kurator herausfordern, dergestalt, daß sie ihm nur den Namen Malewitsch zuriefen, »Malewitsch«, ergänzte das Kettenmühlen-Girl, »beim Malewitsch siehst Du doch nur noch ein Rot und ein Schwarz, manchmal vereinzelt, manchmal als zwei Felder auf ein Bild gemalt, keine Gegenstände, nichts Konkretes. Was soll nun das?«

»Diesen Weg in die Abstraktion«, setzte der Kurator seine Erklärungen, die Anregung aufnehmend, fort, »sind die Hollerbacher nicht gegangen, aber sie standen kurz davor. Das kann man bei dem Wallischeck hier genau sehen. Das Konkrete weg, und Du hast«, seine Leidenschaft riß ihn in diesem Augenblick derart mit, daß er vom distanzierenden ›Sie‹ in das vertrauliche ›Du‹ wechselte, »und Du hast nur noch Rot und Schwarz, tja, und dann beginnt das große Abenteuer Deiner Einbildungskraft. Aus dem Rot und Schwarz mußt Du Dir das Kunstwerk nun selbst erschaffen. Du wirst selbst ein Künstler. Wie gesagt, die Hollerbacher standen davor, aber der Trübner in ihnen hat sie möglicherweise davon abgehalten, auch hatten sie nicht die Verbindungen zu den anderen europäischen Kunstentwicklungen, sieht man mal von dem kurzen Tripp von Grimm bei Matisse ab. Aber vom Suprematismus eines Malewitsch waren sie weit entfernt. Weg von den Formen, sagt der Suprematist Malewitsch, Gefühl ist alles. Dein Gefühl, mein Gefühl, darauf kommt's an. Gefühl und Geschmack haben für das Unbegreifliche, für das Unendliche, das ist der einzige Weg der Kunst.«

Der Kurator war tief ergriffen von sich und von seinem Publikum, hatte er doch bei ähnlichen Veranstaltungen die Erfahrung machen müssen, daß Nachfragen ausblieben, so daß auch er verstummte. »Im Übrigen«, fuhr er fort, »drüben, im anderen Gebäude, hat Josef Martin Kraus gelebt. Für den gilt, was den Kunstbegriff anlangt, dasgleiche, für Bach ebenso, für Mozart, für die Musik also, letztlich für alles, was mit Kunst zu tun hat.« »Alles kleine oder große Münchhausen, alles Münchhausen!«, entfuhr es dem Beinahe-Kardinal und Theologen, und er schmunzelte dabei, »ziehen sich selbst aus dem Sumpf heraus. Gut so, sage ich, gut so. Nur, Erlösung ist das nicht!« »Auch Kunst vermag zu erlösen!«, insistierte der Kurator, »und wie!«, fügte er noch hinzu und deutete dabei auf all die Bilder der Hollerbacher, »leben die nicht fort? In sich, in uns?«

Da stand der Gourmet-Koch auf, dehnte und streckte sich und fragte unvermittelt: »Und das gilt auch für die Kochkunst?« Allgemeine Erheiterung, und der Kurator, etwas verblüfft, antwortete beistimmend: »Natürlich gilt das auch für die Kochkunst!« »Na, dann wollen wir mal die Kunst des Prinz Carl-Koches verkosten, vielleicht schmeckt s i e uns ja. Dann würden wir uns heute gleichsam in die totale Freiheit e s s e n ? Herrlich, sage ich, herrlich«, und dabei strich er sich über seinen wohlgeformten mächtigen Bauch, »ernst gesagt: Ich habe Hunger.« Die Freunde widersprachen ihm nicht, bedankten sich bei dem Kurator und luden ihn ein, nun die Kunst des Kochens zu genießen, nachdem er ihnen so Treffliches erzählt hatte über die Kunst der Bilder.

Man schlenderte durch die Gassen und Straßen, die wieder angefüllt waren mit Touristen, und versammelte sich eine halbe Stunde später am Weschtnoch-Club-Stammtisch im Prinz Carl. Der Tisch war bereits eingedeckt, ein Hauch von Herbst lag über ihm, Blätter, Rosen, Efeuranken. Das hatte Rosl hingezaubert. Man saß nach Gusto, bat aber den Gourmet-Koch, den hervorgehobenen Platz an der Stirnseite der Tafel einzunehmen, denn man versprach sich die eine oder andere Anmerkung zum Essen aus seinem Munde.

Weil es eine besondere Tradition des Hauses war, regionale Küche anzubieten, nahmen die Freunde als Auftakt ein Grünkernsüppchen mit Butterklößchen. Sie versicherten sich gegenseitig, den besonderen Schmelz des Grünkerns noch selten so köstlich geschmeckt zu haben wie in dieser Suppenkreation des Küchenchefs, riefen nach Rosl, der sie auftragen wollten, die Komplimente an den Koch weiterzuleiten, aber die sei, so die Tischkellnerin, im Augenblick unabkömmlich, leider, leider, sie habe in der Küche zu tun, fügte sie noch hinzu. »Wir loben den Koch«, nahm der Gourmet-Koch das Wort auf, »und das ist auch richtig so. Allerdings möchte ich, und damit sollen die Künste des Maître de cuisine dieses Hauses in keiner Weise geschmälert werden, darauf verweisen, daß auch der beste Koch nichts G'scheit's zustandebringen wird, wenn das Produkt nicht stimmt. Beim Grünkern ist's halt so: Nehme ich den aus der Rosenberger Gegend oder den aus Pülfringen. Der Pülfringer gedeiht auf sandigerem Boden, also wird der Spelz kleiner und das Korn geschmeidiger, und dazu kommt noch, daß die Pülfringer tatsächlich was vom Darren verstehen. Aber das ist nicht weiter verwunderlich, schließlich wurde der Grünkern in Pülfringen gleichsam ›erfunden‹, wenn man das so sagen will. Übrigens, auch der Wein heute kommt aus der bauländer Gegend, in Ihringen, im Taubergrund also, ist er gereift auf mineralreichem Boden, direkt in der Sonne ist er gewachsen, herrlich, die Gegend, den Winzer kenn‹ ich, ein grundehrlicher Typ, halt wie sein Wein. Zum Wohl.« Der Gourmet-

Koch nahm sein Glas, die anderen Freunde nahmen ihr Glas ebenfalls, und man trank auf alles, was schön war auf dieser Welt, an diesem Tag, in diesem Städtchen im Madonnenland. Und hoffte, er möge sich kürzer halten bei den noch kommenden Lukullitäten. Hätte den Freunden das Süppchen denn nun besser geschmeckt, wenn sie all das Wissen, das der Gourmet-Koch vor ihnen ausbreitete, vorher gehabt hätten?

Oder hätte das Wissen gar den Geschmack vielleicht sogar einseitig beeinflußt? Bedurfte es, um in voller Weise schmecken zu können, nicht einer gewissen Naivität, einer Unvoreingenommenheit, die durch das Wissen zerstört werden konnte?

Der Gourmet-Koch, der seine ganze Existenz der Kochkunst verschrieben und bei Wissler und Müller im Bergischen Land und bei Lafer in der Pfalz assistiert hatte, schien die Bedenken seiner Freunde gespürt zu haben und so gab er ihnen zum Auftakt der Hauptspeise eine besondere Lektion, mit er seine Bemerkungen zum Essen zu rechtfertigen scheinen wollte. Er ließ mit einem leichten Schlag sein Glas erklingen, erhob sich, bat mit einem Blick in die Runde um Aufmerksamkeit und nahm dann einen großen Bissen von dem gerade aufgetragenen Hauptgang. Genüßlich kaute er ihn in seinem Mund, dergestalt, daß man gleichsam wahrnehmen konnte, wie sich das Essen mit den Säften seines Mundes vermischte, dann von den Geschmacksnerven abgetastet und irgendwohin in den Kopf weitergeleitet wurde. Wer aber nun ein Urteil über das gerade Verspeiste erwartet hatte, sah sich getäuscht. Der Gourmet-Koch schluckte mehrfach, nahm seine Serviette, tupfte sich den Mund ab, nahm sein Glas, ließ seine Nase darin gleichsam versinken, trank einen Schluck Wein, ließ ihn sich in seinem Mund runden, stellte das Glas wieder auf den Tisch, tupfte sich den Mund wieder ab, ließ seinen Blick wieder über die Runde kreisen und begann aus dem vollen Genuß des gerade Geschmeckten leise, verhalten, gleichsam im Nachgenuß des Geschmeckten, zu reden: »Wie große Bissen für einen großen Mund, sind erhabene Dinge für erhabene Geister, sagt, nein, nicht Euer Kant ist's oder der Schiller, auch nicht der göttliche von Rumohr, nein, es war der Erfinder des Geschmacksurteils, kein Deutscher war's, auch kein Franzose, wie zu erwarten wäre, nein, ein Spanier war's. Sein Name: Balthasar Gracian, im 17. Jahrhundert hat er gelebt, und er war ein begnadeter Esser, ein Philosoph, dem seine Einsichten sozusagen beim Essen gekommen sind. Und über den Geschmack sagt er in der 65. Abteilung seines

Handorakels, einem Kompendium für die Weltklugheit, ›der Geschmack‹, schreibt er, ›urteilt, er ist der Bildung fähig wie der Verstand. Je mehr Einsicht, also Wissen, desto größere Anforderungen und desto mehr Genuß.‹ Und dann sagt er noch«, und hier vergewisserte sich der Gourmet-Koch erst noch durch einen Blick in die Runde der Aufmerksamkeit seiner Freunde, »»durch fortgesetzten Umgang teilt sich der Geschmack allmälig mit, weshalb es ein besonderes Glück ist, mit Leuten von richtigem Geschmack umzugehen.‹ Dem ist nichts hinzuzufügen, meine ich«, und daraufhin nahm er abermals sein Glas, strich sich über seinen Bauch, als halte er Zwiesprache mit ihm, vielleicht um ihm mitzuteilen, daß er jetzt schon lange genug gedarbt habe, setzte sich ruhig hin und begann zu essen. Die anderen Freunde taten es ihm gleich.

Ein Hirschlein aus der Region um Hollerbach war einen Augenblick zu neugierig gewesen, und den nutzte ein Jäger aus. Der überließ es seinem Freund, dem Chef-Koch des Prinz Carl, und der wiederum hatte nichts Eiligeres zu tun, als die Menue-Karte entsprechend zu aktualisieren. Einen Braten von der Hirschkalbskeule gab's, eingelegt in Most, wobei auch der eine Besonderheit war, er stammte nämlich »vom Mostbauern meines Vertrauens«, wie sich der Chef-Koch ausdrückte, als weitere Rarität glacierte Apfelspalten, die Äpfel waren altdeutscher Art und auf Streuobstwiesen in der Gegend von Hettingen gewachsen. Für die Bubespitzle war das Haus berühmt, das Mehl und die Kartoffeln für deren Zubereitung stammten von einem Öko-Landwirt aus dem nahen Bödigheim. 24 Stunden hatte der Braten, mit zahlreichen Gewürzen und Kräutern versehen, in dem Most-Sud gelegen, dann stark angebraten und bei sanfter Hitze ausgebraten worden. Nun also lag das Hirschlein auf seinem letzten Gang auf dem Teller, die Bubespitzle umrahmten es, und die glacierten Apfelspalten hatten sich's auf dem Fleisch bequem gemacht. Das sah alles so hübsch aus, daß bereits das Auge allein beim Anschauen ein Wohlempfinden verspürte und auf das Verkosten gespannt machte.

Man aß, schweigend, gleichsam in der Speise versunken, alle aßen die Speisen in der nämlichen Reihenfolge, erst ein wenig Fleisch, dann von den Bubespitzle, schließlich eine Apfelspalte.War das gleichsam die Pflicht, dann kam nun die Kür, also eine freie Wahl der Speisenmischung, so daß man die verschiedenartigst Geschmacksvariationen miteinander kombinieren konnte. Man äugelte zum Gourmet-Koch. Würde er zuerst ….? Er sagte nichts. Aber man sah: Ihn bewegte etwas, er wurde blaß, kaum konnte er seine Gabel halten, er zitterte, man spürte, seine merkwürdige Ruhe, seine Sprachlosigkeit waren Ausdruck von etwas, das ihn in seinem Innersten getroffen haben mußte.

Der Chef-Koch des Hauses erschien, er wollte, auch darin einem Künstler nicht unähnlich, die Honneurs in Empfang nehmen, mit denen er nicht ohne Grund zu rechnen schien. »Isch elles recht so?«, fragte er leutselig in die Runde. Man nickte zustimmend, der Gourmet-Koch allerdings konnte nicht mehr an sich halten, und, noch schwankend zwischen einem diskreten Schweigen und der Kundgabe seiner Begeisterung, entschied er sich für letzteres, und so entfuhr's ihm, und es war wie eine Eruption: »Sensationell!«, rief er, »sensationell!« und immer wieder rief er dieses »Sensationell!« und er wollte sich nicht beruhigen. Ob er denn nachher noch etwas Zeit hätte, um so von Kenner zu Kenner etwas zu plaudern?, fragte der Gourmet-Koch, und man merkte in seinem Tonfall einen Hinterhalt. Der Chef-Koch schien dies herausgehört zu haben, und so wies er den Gourmet-Koch ab und deutete auf Rosl, die gerade die Vorspeisen-Teller, die noch auf einem Nebentisch gestanden hatten, abtrug. »Des Esse isch net auf mein'm Mischt g'wachse«, erklärte er, »do müessetse scho die frache. Die hät's g'macht. Des isch's Bürgermeister-Esse. Nur oinmol im Jahr macht die das. Heut' wär' 'ne Ausnahme, hät se g'sagt. Warum, woiß i net. Koi Ahnung«. Was den Gourmet-Koch derart aus der Fassung gebracht hatte, war eine besondere Geschmacksvariante, die von ihm und den Freunden noch nie wahrgenommen worden war, und so war der begeisterte Ausruf des Gourmet-Kochs eigentlich noch zu schwach für das, was sie da auf dem Teller hatten. »Drei Sterne für das Essen, da würden sich die Wisslers, Müllers, Lafers, und wie sie alle heißen, die Finger abschlecken. Und in den Kochhimmel würden sie aufsteigen! Es ist das Essen schlechthin! Wenn's sowas nur in der Musik gäbe oder in der Malerei! Das Bild schlechthin, das Musikstück schlechthin gibt's nicht, aber hier ist das Kochkunstwerk schlechthin! Sensationell, sensationell!«

Und das sollte diese ältliche Juffer bewirkt haben, dieses Weib mit dem Dutt auf dem Kopf, diese Frau, die schon eine Ewigkeit zum Prinz Carl gehörte und bereits als junges Mädchen ins Haus gekommen war? Wer war sie, woher war sie gekommen? Keiner wußte es, und sie schwieg und bereitete im Januar jeden Jahres das vielgerühmte Bürgermeister-Essen zu, an dem nur auserwählte Honoratioren des Landkreises teilnehmen durften. In dem Gourmet-Koch arbeitete es. Er wußte, daß er den Landeswettbewerb der Gourmet-Köche, für das er verzweifelt Ideen sammelte, gewinnen könnte, wenn, ja wenn er an Rosl rankäme. Aber wie? Sie war verschlossen und blieb es. Der Gourmet-Koch mußte sich etwas einfallen lassen.

In der Nacht dann dämmerte es, unabhängig voneinander, zwei Freunden. Waren sie nicht einmal, und nicht nur einmal, in ihrer frühen Jugend einem Mädchen hinterhergestiegen, das im Hotel angestellt war, waren sie nicht nächtelang um das Gebäude herumgeirrt, nur um einen Zipfel dieses bildschönen Mädchens zu ergattern? Und je länger sie darüber nachdachten, umso intensiver wurde die Erinnerung und endlich wurde es ihnen zur Gewißheit: Das Mädchen von damals war Rosl. Also hatte sie nur für die beiden Freunde gekocht, nur für sie hatte sie eine Ausnahme gemacht. Aber warum?

Die beiden Freunde verständigten sich nicht, behielten alles für sich, aber auch in ihnen arbeitete es. Rosl war nie verheiratet, ging täglich zur Kirche, betete und las mit Leidenschaft Märchen. Und traf sich gelegentlich mit Wanda. Mehr war nicht bekannt.

Nach den abschließenden Griesschnitten mit Sorbet von der geschmorten Quitte, ebenfalls als sensationell gepriesen, gelüstete es den Wescht-noch-Clublern nach draußen. Sie ließen einen Planwagen kommen, verfrachteten ein Fäßchen Bier darauf und begaben sich auf eine Fahrt zu den Schlössern im Umland.

Von Schloß zu Schloß

Zuerst ging's zum Schloß der Rüdten in Bödigheim, wo sie vom Chef der dort ansässigen Freiherren von Collenberg herzlich empfangen wurden. Der erinnerte in launigen Worten an die Saujagd und führte sie anschließend durch den Schloßgarten, zeigte ihnen das Haupthaus und erzählte im Ahnensaal etwas aus der Geschichte seiner Vorfahren. Da man noch viel vorhatte an diesem Vormittag, verabschiedete man sich alsbald herzlich, wollte auf dem nahegelegenen Jüdischen Friedhof noch bei dem Lord Mayer vorbeischauen, was aber nicht möglich war, weil der Gottesacker in der Regel verschlossen war, und fuhr gen Eberstadt, wo man von Baron Eberhard ebenso herzlich empfangen und herumgeführt wurde. »Darf ich den Herren noch einen Gruß mitgeben?«, fragte Chef des Hauses, eine Rüdt'schen Neben-Linie, als man aufbrechen wollte. »Sie wissen, hier lebte und schrieb Juliana von Stockhausen, und ihr verdankt die Nachwelt ein kleines Stückchen Prosa über die Gegend hier, das ich Ihnen mit dem Wunsch für eine glückliche Weiterfahrt mitgeben möchte.« Er stellte sich in Positur und rezitierte, natürlich auswendig:

»Der Wald ächzte, es krachte und knirschte, pfiff und winselte in die Tiefe, es heulte, fauchte und jammerte von den Höhen, gurgelnde Bäche schossen talwärts, große, bleiche Seen standen in den Wiesen. Die Brückenbogen ragten schwärzlich aus der Flut. Im Sturm, der die Mähnen der Pferde, die Hüte und Mäntel der Reiter peitschte, wehten die Weiden wie Haar. ›Wohin des Wegs, die Herren?‹ ›Zur Fastnacht nach Buchen, Hammerwirt, und die Kirschwasser her, gut gemessen, oder du mußt mit. ›Beim heil'gen Blut von Wallern, die Brück ist hin, der Bach hat sie fortgerissen. Ihr Herren, ihr kommt nicht durch.‹ ›Noch drei Kirschwasser, Hammerwirt. Die Furt anvisiert, Brüder, vorwärts! Feuer!‹«.

Der Baron machte eine kleine Pause, verneigte sich diskret gegen die Herren, brach zwei Rosen und überreichte sie mit einer galanten Verbeugung den Wescht-noch-Club-Damen. »Und nun gute Fahrt!«, rief er den Freunden zu.

Die stiegen auf den Wagen, der Kutscher schnalzte mit der Zunge, die Pferde zogen an und fielen in einen leichten Galopp. Der Baron winkte noch lange nach.

Über uralte Feldwege, die nur dem Kutscher bekannt zu sein schienen, umfuhr man das Bleckerstädtchen und erreichte das Schloß in Hainstadt, wo die wiederauferstandene Baronin, auch eine Rüdt, aber aus einer ganz anderen Nebenlinie, bereits wartete. »Guckt Euch nur um«, meinte sie, »ich hab‹ net lang Zeit, die Hühner warte und die Gäul‹ au!« Man mußte wissen, die Baronin, eine ausgemachte Pferdenärrin, von allen nur liebe- und respektvoll mit ihrem Vornamen Edith angesprochen, hatte alle Hände voll zu tun mit der Nachbereitung eines Springturniers, für das sie die organisatorische Verantwortung übernommen hatte. Da mußten Zäune und Sprungbarrieren abgetragen, das Zaumzeug mußte ordentlich aufgehängt und die Pferde mit Futter versorgt werden. Es wuselte nur so rund um das Schloß. Und überall Hühner, Hühner, große, kleine, dicke, dünne. »Die Hühner sind mein Standbein, ohne die läuft nichts«, sagte sie und lachte, »samstags bin ich in Buche auf dem Markt. Die Leut‹ reißet sich nur so um meine Eier. E guts G'schäft!« Sie trug Gummistiefel, und die Wescht-noch-Clubler hätten es besser auch mal getan, überall glitschige Hühnerhaufen und ein Gegacker, ein Gezerfe, dann die rivalisierenden Hähne, in ein paar Jahren würde Stille einkehren, ein mächtiger Manager wird das Schlößchen aufkaufen, sich eine Sommerresidenz einrichten und sie hermetisch vor aller Öffentlichkeit verriegeln. Das werden dann die neuen Adeligen sein. Nichts mehr mit Edith und so. Die sagte den Wescht-noch-Clublern ein herzliches Lebewohl, gab jedem ein Bussi, und als sie wieder in ihre himmlische Heimat aufstieg, blieb eine weiße, eine sehr weiße Wolke zurück, die sich erst mit der heraufsteigenden Abenddämmerung auflöste.

Der Planwagen zockelte mit seiner erlebnisgesättigten Fracht gemächlich gen Westen in die immer noch warmen Strahlen der Sonne. Noch ein Bier und noch eins, »Wescht noch, der Bauer, auf du junger Wandersmann häwwe ma g'sunge, wescht-noch?«, sinnerte der Antomfüßiger, »wescht noch?« Und ob sie es noch wußten. Und so intonierten sie das schöne Liedchen aus der Quinta-Zeit der fünfziger Jahre, erinnerten sich der gekonnten Soloeinlagen dieses Musiklehrergenies, dessen Frau lange Zeit als die schönste und begehrteste im ganzen Landkreis galt, was ihn bewogen haben mag, nach Karlsruhe auszuwandern, eine schlechte Entscheidung, wie er nachträglich feststellen mußte, denn seine liebe Frau hing sich einem anderen an den Hals, und erreichten unter heiterem Gesang all der schönen Lieder aus der schönen Jugendzeit schließlich das Städtchen.

Die Buchener Jedefrau

Aber wer erwartet hatte, die Stadt läge nun in der üblichen Sonntagsbratenverdauungsagonie, sah sich getäuscht. Überall pulsierendes Leben, fein herausgeputzte Menschen, alle im Sonntagsstaat, man flanierte durch die Straßen und fand sich im Museumshof ein. Der ›Jedermann‹ in der Fassung von 1957 unter der Regie des Studienrats Weisschedel wurde gegeben, Adi Schmidt aus Alleze wieder in der Titelrolle, Peter Assion aus Dürn wieder als Tod, alle kurzfristig von oben auf Stippvisite eingeflogen. Wie überrascht waren die Zuschauer aber, als sie einen Blick in das Programmheft warfen. »Wir haben die Story von Hoffmannsthal mal gegen den Strich gebürstet«, hieß es da, »aus dem reichen Mann machen wir eine geldgierige, geile Frau, aus dem Tod eine cool berechnende Tödin, entsprechend auch die anderen Figuren, also die Geizin, die Hochmütige, die Lasterhafte usw. Diese Neufassung des ›Jedermann‹ heißt bei uns hier ›Die Buchener Jedefrau‹, und wir sind überzeugt, mit dieser modernen Fassung das Zeitgefühl getroffen zu haben. Wir werden heute Abend Theatergeschichte schreiben.« Daß einer der ihren hinter allem steckte, daß er als Dramaturg, als Regisseur für die Umdeutung und als Verfasser der neuen Textvorlage verantwortlich zeichnete, wußten die Wescht-noch-Clubler noch nicht. Die saßen, angetan in großer Robe, in heiterster Stimmung in der heiteren Abendsonne unter den heiteren Zuschauern. Ein festlicher Duft hatte sich ausgebreitet, alle Gerüche Arabiens waren versammelt, Bratwurstrauch stieg nach oben, Bierdunst, alles erwartungsfroh, gleich mußte es losgehen. Plötzlich eine Durchsage: »Alle Wescht-noch-Clubler auf die Bühne! Bitte beeilen!«

Die folgten der Anweisung sogleich und trafen hinter der Bühne auf einen der Verzweiflung nahen Weisschedel. »So wie Ihr seid an die Fest-Tafel. Es fehlt an Zechkumpanen. Los, schnell, nicht gefackelt!« Ein Gong erklang, der Vorhang öffnete sich, und das abendliche Klassentreffen fand …auf der Bühne statt. Adi Schmidt, als Jedefrau verwandelt, erschien, geil, lasziv, gierig, betatschte die Zechkumpanen, machte eindeutige Anspielungen, tanzte auf dem Tisch, trieb's mit einem der Zechkumpanen zwischen den Bierkrügen und zog einen anderen an seinem Schlips hinter sich her, die Geizin, ganz in Gelb, raffte Gold, Geld und Männer zusammen, die Hochmütige bespuckte die Zechkumpanen, die Armut verkroch sich chancenlos und die Übermütige stieß die Zechkumpanen mit ihren spitzen Stöckelschuhen von ihren Stühlen, um sich selbst darauf auszubreiten. Die Zechkumpanen am Boden liegend, ächzend, zuckend, blutig. «Das ist die wahre Emanzipation, ha, ha, ha!«, schrie sie in höchstem Diskant ins Publikum, »und die Kinder verschwinden in der Kita und werden die wahren Sozialisten!«, woraufhin einige Bravlinge tatsächlich die Bühne durch eine schwarze Tür, über der ›Zur Kita‹ stand, verließen, um von diesem Kita-Orkus-Sozialismus aufgesaugt zu werden.

›Genial, dieser Einfall‹, dachte der Möchte-gern-Poet, dabei hatte er, der das Ganze ja geschrieben hatte, eigentlich nur sich selbst gelobt, aber das hatte der nun 72-jährige schon vergessen, denn er war, und das spürte er immer deutlicher, allmählich in jenen Zustand hinabgeglitten, wo bereits jeder Augenblick ein neuer wird. Schließlich die Reue der Jedefrau, aber zu spät, die Tödin, eine bleiche Knochenfrau, griff mit gierigen Händen nach ihr und riß sie in einem irrsinnigen Taumel an sich und mit sich in einen imaginären Höllenrachen. Dann: gellend, aus verschiedenen Richtungen: »J e d e f r a u , J e d e f r a u«, von den Kirchtürmen herunter, vom Stadtturm, aus allen Mauerritzen, »J e - d e f r a u , J e d e f r a u«, anschließend Glockenläuten aller Kirchen der Stadt.

Vorhang. Jubel, Jubel, frenetischer Beifall, Umarmungen, Küsse, Auf-die-Schultern-Klopfen, Tränen der Freude, plötzlich völlige Stille: ER betrat die Bühne, langes weißes Haar, langer weißer Mantel, rote Schuhe, Incognito-Brille. »Mein Faust ist gut. Die Buchener Jedefrau ist besser. Ja, das Beste, was ich bisher gesehen! Kompliment! Im Übrigen: Wenn da eine von einer Odenwaldhölle schreibt, wie ich heute in der FAS gelesen, so irrt sich die. Der Odenwald ist«, hier zögerte er einen Augenblick, »der Odenwald ist der wahre Himmel auf Erden! Deshalb sollt Ihr heute wissen: Ich bleibe in, wie sagt ihr doch, B u c h e. In Buche bleib ich!« Sagte es und trat ab.

Erneuter Jubel, 25 Vorhänge, Blumen, Champagner, Wiederentsschwinden der Protagonisten in den Himmel, lang anhaltendes Winken, und als die in gemächlichen Flug Verschwindenden am Mond vorbeischwebten, lächelte der ihnen zu, um sogleich wieder das Städtchen in ein mildes Licht zu tauchen. Es wurde noch eine lange Nacht. Und die Russinnen waren auch wieder gesichtet worden. Und das Schützenfest schloß mit einem gigantischen Höhenfeuerwerk seine Pforten.

Abiturprüfung

Daß die Nacht lang geworden war in der Stadt, hatten allerdings auch die Tiere bemerkt. Die Hähne krähten sich die Seelen aus dem Leib, die Kühe forderten gemolken zu werden, und die Schweine grunzten um die Wette. Und die Touristen standen vor verschlossenen Läden. Einzig die Wescht-noch-Clubler war schon auf Trab.

Nach einem hektisch hinuntergeschlungenen Frühstück begaben sie sich zum BGB. Aufsicht bei der schriftlichen Abiturprüfung stand auf ihrem Tageskalender. Dienstantritt Punkt ¼ vor Acht hieß es auf der Dienstanweisung. Dienstkleidung, locker, eher jugendlich, also Jeans, aber keine Krawatte. Als sie zum BGB kamen, wurde ihnen aufgetragen, sich sogleich in der Turnhalle einzufinden. In der Turnhalle? Was sollte denn das nun schon wieder?

In der Halle war munteres Treiben. Die Abiturienten tobten wie kleine Kinder. Dann erschien der Direktor mit dem Sportlehrer. Der Sportlehrer betätigte seine Pfeife, alles stand plötzlich still. Dann ergriff der Direktor das Wort: »Mens sana in corpore sano«, rezitierte er den Juvenal, zitierte den römischen Dichter verkürzt, was zu einer völlig falschen Auslegung führt, und fügte hinzu, »Damit Ihr durch das lange Sitzen bei den Klausuren nicht zu fett werdet, gibt's zuerst Sport. Herr Schaefer, übernehmen Sie das Kommando!« Das Wort ›Kommando‹ war zutreffend, denn der Sportlehrer war ein olympiasechsunddreißig-erfahrener Mensch, und weil er keine Korrekturfächer hatte und Erdkunde in Form des Ablesens und Unterstreichenlassens des Wichtigsten unterrichtete, verbrachte er seine Nachmittage auf dem Tennisplatz und war infolgedessen stets auch äußerlich braungebrannt, zudem genoß er einen ›heligen‹ Respekt wegen des Umstandes, daß er es zum deutschen Meister im Handgranaten-Weitwurf gebracht hatte.

Dieser allseits beliebte Sportlehrer ließ das Schülervolk erstmal drei Runden um das Schulgebäude rennen. »Und Ihr«, wandte er sich an die Wescht-noch-Clubler, »Ihr macht gefälligst mit! Auf! Zack-zack!« Ja, er hatte ›gefälligst‹

gesagt, so, als ob es das Selbstverständlichste von der Welt wäre, daß sie mitzumachen hätten. Was hatte das nun wieder zu bedeuten? Den Wescht-noch-Clublern schwante nichts Gutes, schließlich hatten sie ihre Erfahrungen mit dieser Anstalt gemacht. Als sie mit den Abiturienten in die Turnhalle zurückgekeucht kamen, mußte sich alles auf den Boden legen. auch die ältlichen Clubherren. »Zehn Liegestütze, zack, zack!«, hieß es plötzlich, ein Befehl, dem das darin geübte Schülervolk lässig nachkam, während die Wescht-noch-Clubler meist am Boden liegen blieben und den ›Heli‹ insgeheim verfluchten, Menschenschinder nannten sie ihn und Barras-Schleifer, und man wäre hier doch nicht auf dem Kasernenhof und dergleichen.

»Und nun in die Klausurräume, das geht nach Plan, Ihr wißt Bescheid!«, wies der Direktor die Schüler an, und die trollten sich, hochrot die Köpfe, aber gleichwohl entspannt und lächelnd. Seltsam war das, eigentlich müssten sie jetzt doch eher aufgeregt und hektisch sein, nein, das Schülervolk trottete gemächlich davon, gleichsam siegesgewiß.

Die Wescht-noch-Clubler waren stehengeblieben und erwarteten die Anweisungen des Direktors bezüglich ihrer Aufsichtstätigkeit bei den Klausuren. Weit gefehlt. Barsch ranzte der Direktor in dem bekannt bissig-süffisanten Gesichtsausdruck die Freunde an: »Und was steht Ihr noch rum? Fix in die Klausurräume. Heute wird Abitur gemacht!« »Zack, zack!«, ergänzte der braungebrannte Spottlehrer. Die Freunde waren bafferstaunt. »Wir dachten, wir wären hier ...«, kam es schüchtern aus der Freundesschar, die sich nun so unvermittelt einer schier unlösbaren Aufgabe gegenübergestellt sah. »Papperlapapp«, kam es vom Direktor höhnisch zurück, »Papperlapapp, gedacht, gedacht, was soll das? Überlaßt das Denken den Pferden der Edith, die haben größere Köpfe, Ihr wiederholt heute Euer Abitur von damals, und wer durchfällt«, orakelte er noch, »verliert jegliche Renten- und Pensionsansprüche!« Peng, das war der Hammer!

Mürrisch trollten sich nun auch die Wescht-noch-Clubler, schlurften in die Klausurräume und verfluchten insgeheim den Tag, an dem sie beschlossen hatten, nun in trauter Gemeinschaft im schönen Städtchen ihrer Jugendzeit ihr ferneres Leben zu verbringen. Sie verteilten sich auf die Räume, und der Möchte-gern-Poet hatte das Glück, im Deutsch-Klausurraum einen Platz zu finden, neben ihm zwei Abiturientinnen. »Sauber, sauber«, dachte er, »wenigstens etwas, die werden mich inspirieren.« »Das Klausurthema steht an der Tafel, Ihr habt zwei Stunden Zeit. Ich nehme jetzt die Zeit. Uhrenvergleich:

Jeeetzt geht's los! Wer abkupfert, fliegt. Ihr wißt Bescheid!«, drohte der aufsichtsführende Studienrat und Häftling.

Das Thema, nicht zu fassen, nicht fassen, das kannte er doch, der Möchte-gern-Poet, er kannte es, ein Gedicht von Mörike, ›Gesang zu zweien in der Nacht‹. »Was für ein Glück«, frohlockte der Möchte-gern-Poet, »was für ein Glück« und holte alles bereits vergessen Geglaubte aus der Versenkung und schrieb und schrieb und schrieb und vergaß seine Nebensitzerinnen, die auch schrieben, aber was sie schrieben, hatte nichts mit dem Thema zu tun, sie schrieben Liebesbriefe und Einkaufszettel für Amazon oder sie lösten Kreuzworträtsel. Der Möchte-gern-Poet verfiel, wie immer, in einen wahren Schreibrausch, alles von damals stand vor ihm, besinnungslos schrieb er und als er mal aus seinem Schreibrausch auftauchte, erkannte er seine Nebensitzerinnen, links saß Ariane, seine Erzrivalin im Schreiben, von allen in der Klasse nur liebevoll Muschi genannt, und rechts Ingeborg, eine eher spröde, seine geheime Liebe. Die Schreibwut des Möchte-gern-Poeten hatte sich allerdings derart gesteigert, daß er keine Zeit fand für Haß- oder Liebesgefühle, denn er wußte, daß er sich zu sputen hatte, mußte er doch jetzt in zwei Stunden schreiben, wozu er damals fünf Stunden Zeit gehabt hatte.

Hätte er mal aufgeblickt, hätte er Merkwürdiges beobachten können: Das Schülervolk döste vor sich hin, tat so, als schriebe es, in Wahrheit bekritzelte es das Papier, spielte Schiffeversenken und bastelte Papierflieger, auf die geheime Botschaften geschrieben waren und dann durch den Raum flogen. Auch hätte er bemerken können, daß der aufsichtsführende Studienrat eingenickt war und nur durch gelegentlich Schnarchrülpser in die Wirklichkeit zurückfand, was insofern nur verständlich war, denn bei den aufsichtsführenden Studienräten handelte es sich um die im Gefängnis einsitzenden Lehrer, die wegen Verweigerung der Essensaufnahme mit Schlafentzug bestraft worden waren. Nun holten sie ihren sauer verdienten Schlaf eben nach. Nach zwei Stunden schrilles Weckerklingeln: Die Klausurzeit war beendet. Der aufsichtsführende Studienrat erwachte, gähnte lauthals und sammelte die Klausuren ein.

Merkwürdig, plötzlich gab jeder Abiturient mindestens acht Seiten ab, sauber geschrieben, blumig ausformuliert und nach dem letzten Stand der germanistischen Forschung des Heidelberger Lehrstuhlinhabers verfaßt. »Na, hat er auch etwas zustandegebracht?«, wandte sich der aufsichtsführende Studienrat an den Möchte-gern-Poeten, als der, bis über die Ohren rot, seine Zettel dem aufsichtsführenden Studienrat übergab. Der, ein Germanist der neuen, also soziosemantischen Schule, überflog die Zettel, grinste, murmelte »kaum lesbar« und steckte einen rotfarbenen Seitenmerker an die Papierseiten. Und das hieß: Besonders beachten!

Nach zwei Stunden die nächste Klausur, diesmal Englisch. Hier konnte man unter zwei Themen wählen. Erörtern Sie, so lauteten die Aufgaben, die Kryptosemantik in der englischen Nationalhymne ›God shave the Queen‹ bzw. interpretieren Sie das ›Dinner four One‹ unter besonderer Berücksichtung der Tatsache, daß die beiden Protagonisten am Ende nach oben verschwinden. Beantworten Sie die Frage: Was machen die da oben und wie lange und wie intensiv machen sie das? Und so ging das weiter mit den Klausurfächern, besonders interessant das Thema der Lateinklausur, wo der Satz ›Quidquid agis, prudenter agas et respice finem‹ übersetzt und möglichst lebensnah ausgelegt werden sollte. Ein besonders Pfiffiger schrieb überhaupt nichts, forderte den aufsichtsführenden Studienrat lediglich auf, er möge ihn, den Schüler, bei seinen gleich folgenden Tätigkeiten nur einmal aufmerksam beobachten. Was der auch versprach. Daraufhin aß der Schüler sein Frühstücksbrot, sichtbar für alle, laut schmatzend auf, begab sich sogleich zur Toilette und kam nach zehn Minuten mit Bewegungen, als trockne er sich die Hände ab, zurück. Der aufsichtsführende Studienrat sah's und konnte sich garnicht einkriegen: »Genial!«, rief er, »genial! Mit besonderem Glanz bestanden! Sie können gehen, Herr Schüler, sehr gut bestanden«, rief er dem sich Trollenden noch nach, der sich in jeglicher Hinsicht sichtlich erleichtert fühlte.

Schwierig war auch die Mathe-Klausur. Hier war herauszufinden, mit welchem Verkehrsmittel man am schnellsten zum Oktoberfest nach München und zurück fahren könnte. Eine sehr schwierige Aufgabe für den schöngeisigen Möchte-gern-Poeten, der sich der Aufgabe dergestalt entledigte, daß er behauptete, er sei kein Biertrinker, was gelogen war, und wolle partout nicht auf's triviale Oktoberfest, falls es aber dennoch sein müsse, dann würde er die Rückfahrt gar nicht mitkriegen, weil er dann ja immer noch sturzbesoffen sei. Im Übrigen führe er gern fiktiv mit dem Finger auf der Landkarte und da brauche er maximal eine halbe Sekunde. Und um zu beweisen, daß er sich auch im mathematischen Bereich durchaus anzustrengen bereit war, faßte er das Ganze noch in ein kleines Gedichtlein:

›Mit dem Finger an der Wand
fahre ich durchs ganze Land,
fahre zum Oktoberfest,
wo es hat sehr viele Gäst,
esse Hendl, saufe Bier,
alles beide mundet mir.
Komm ich einstens wieder heim,
drischt die Alte auf mich ein.
Geb ihr dann zum guten Schluß
einen dicken, fetten Kuss‹.

Um vier Uhr nachmittags waren die Klausuren beendet. Während die Abiturienten fröhlich und beschwingt ins Schwimmbad turdelten, waren die Wescht-noch-Clubler geschafft, außerdem bedrückten sie Sorgen. Aus dem fröhlichen abendlichen Klassentreffen wurde eine veritable spätnachmittägliche Krisensitzung. »Was machen wir nun?«, fragten die Freunde besorgt und dachten an ihre schönen Pensionen, »was machen wir, wenn wir durchfallen?« »Da ist guter Rat teuer!«, meinte einer der Freunde, und ein anderer frohlockte plötzlich: »Genau, das ist die Lösung! Das ist die Lösung!«, jubelte er und klatschte seinem Nachbarn auf die Schulter, »es ist doch ganz einfach. Jede Schule ist gierig nach Geld, weil sie von der Regierung kein's kriegt. Also, was machen wir?« Er brauchte nicht weiterzureden. Natürlich, das war die Lösung.

Und so taten sie es auch am nächsten Morgen, als der Direktor die Klausurergebnisse vor den versammelten Abiturienten bekanntgab. Sichtlich stolz ergriff er das Wort: »Die schöne Nachricht zuerst«, und als er das sagte, wurde es den Wescht-noch-Clublern schummrig vor Augen, ihre Knie schlotterten, manche taumelten, »die schöne Nachricht heißt: Alle jungen Abiturienten haben mit Glanz bestanden, 1,0, gratuliere, mündliche Prüfungen sind nicht nötig, gratuliere! Und nun die traurige, nein, die beschämende: Alle Abitur-Aspiranten von damals sind«, er machte eine Kunstpause, schniefte, seufzte, aber künstlich, gespielt, »sind durchgefallen, auch mit Glanz, mit schwarzem Glanz. Besonders trübselig der Aufsatz dieses Möchte-gern-Poeten, macht der doch aus dem schönen Gedicht unseres Mörike einen widerlichen Seelenschleim und kriegt dafür auch noch den Scheffelpreis! Nicht zu fassen, nicht zu fassen, aberkennen, aberkennen!« ereiferte sich der Direktor und hatte dabei den Möchte-gern-Poeten fest im Visier, um schließlich unmißverständlich zu drohen: »Was Euer Abiturdisaster für Euch Deppen bedeutet, wird Euch klar sein. Rück ...« ...«kehr an die Schule«, schnitt in diesem Augenblick geistesgegenwärtig der kleine Große Weltvermesser, wild gestikulierend und die ganze Aufmerksamkeit auf sich ziehend, dem Direktor das Wort ab, »und nochmaliger Abiturversuch!« Diese blitzschnelle Reaktion in einer äußerst brisanten Situation mußte dem kleinen Großen Weltvermesser eine höhere Macht eingegeben haben, denn was wäre geschehen, wenn der Direktor seine Ansprache hätte weiterführen können? » ...zahlung von Geld«, hätte er gefordert und, »Ungültigkeitserklärung aller durch das Abitur erworbenen Examina, Titel und Karrieren, und das heißt, Rückzahlung aller erhaltenen Zahlungen und Konfiszierung des bestehenden Vermögens und der Pensionsansprüche, und zwar sofort!«

Das wollte der Direktor erklären, hier in aller Öffentlichkeit, vor allen Abiturienten und dem anwesenden Chefredakteur des Lokalen Rundfunks, dem die Wescht-noch-Clubler sowieso von Anfang an ein Dorn im Auge waren. Wie hätte der sich die Hände gerieben und jedes seiner diffamierenden Wörter genüßlich in seinem Mund hin- und hergewälzt, als wäre sein Mund ein Fallbeil-Maul geworden! Die Existenz der Wescht-noch-Clubler wäre erledigt gewesen, mehr noch, der erste Versuch der Menschheit, ein auf die reine Vernunft sich gründendes Gemeinwesen einzurichten, wäre kläglich gescheitert. Und das hatte der kleine Große Weltvermesser blitzartig erkannt und durch seine Reaktion verhindert! Sauber, sauber, dachten die Wescht-noch-Clubler. Wir haben ihn doch immer unterschätzt, unseren kleinen Großen vizepräsidentialen Weltvermesser.

Während des abendlichen Klassentreffens feierten sie ihren Freund und Retter, sie ließen den körperlich etwas klein Geratenen hochleben und schleuderten ihn in die Luft, was ihn so entzückte, daß er wünschte, dauerhaft aus so großer Höhe auf die kleine Menschheit hinunterblicken zu können, aber das war leider aus genetischen Gründen nicht mehr möglich, denn sein ewig Zigarre rauchender Vater war bereits sehr klein geraten und schaute auf sein Eheweib hinauf, aber, das mußte man wissen, der Mensch ist ja doch ein stets ausgleichendes Wesen, eine kleine Gestalt wird eben durch Blitzgescheitheit kompensiert, und so wird aus einem Kleinen im Laufe des Lebens dennoch ein ganzer Mensch. So war es unserem kleinen Großen Weltvermesser geschehen. Und auch Napoleon, der einst die ganze Welt zu sich herunter auf die Knie zwang.

Nach der Unterbrechung seiner Ansprache durch den kleinen Großen Weltvermesser schnaubte der Direktor nach Luft und storchte wutentbrannt ins Direktorenzimmer, gefolgt vom Haremswächter und Saudi-Freund, der kraft seiner Herkunft und seiner späteren Tätigkeit in den arabischen Staaten über ein ausgeprägtes Verhandlungsgeschick auch in den Fällen verfügte, die als unlösbar galten. Der Direktor schien alles geahnt zu haben, und nachträglich mußte man sich die Frage stellen, ob er nicht alles bewußt inszeniert hatte, denn er war allenthalben als ausgeprägter Fuchs bekannt.

»Wir kriegen kein Geld mehr aus Karlsruhe«, analysierte der kaltschnäuzig die prekäre Lage seiner Anstalt, »also müssen wir sehen, wie wir an welches rankommen. Mein Angebot an Euch ausgemachte Wescht-noch-Club-Deppen: 1.226 314,00, Cash auf die Kralle und zwar sofort oder Aberkennung des Abiturs und Rückzahlung aller lebenslang erworbenen Bezüge und Einzug der diversen Vermögen, Häuser, Jachten, Kunstwerke und überhaupt alles.«

Jetzt schnappte der Haremswächter und Saudi-Freund auch nach Luft. Blitzschnell taxierte er: Die Rückzahlungen müßten sich auf rund 24 Millionen Euro belaufen, wenn man 50 Erwerbsjahre bei durchschnittlich 2000 Euro Monatsverbrauch zugrundelege, und das mal Anzahl der Clubmitglieder. Da war ja das Angebot des Direktors richtiggehend human. Außerdem hatte der Direktor nur die Höhe der Rückforderung angegeben, nicht jedoch die Währungseinheit, und das hieß für den Haremswächter und Saudi-Freund, daß auch in Buchener Regionalwährung gezahlt werden konnte. Beim derzeitigen Stand des Umwechslungskurses Euro/Regionalwährung von 2 zu 1 wären das 613 157 kursunabhängige Regionalwährungseinheiten. Das müßte unsere Banker-Nachtigall eigentlich mit links schaffen, erfahren wie der ist, überlegte der Haremswächter und Saudi-Freund kurz und wandte sich schließlich an den Direktor: »Einverstanden, machen wir, morgen wird gezahlt, aber..«, er machte eine Kunstpause, in der er den Direktor durchdringend fixierte, »wer garantiert uns, daß Sie nicht übermorgen mit einer Nachforderung kommen?«

Der Direktor war verblüfft. ›Kluges Kerlchen, dieser Ritzisberger‹, dachte der Direktor, der dem Blick des Haremswächters und Saudi-Freund mit gewohnter Lässigkeit standhielt. »Kein Problem, Ihr kriegt Euere Abi-Unterlagen zurück. Bei der Geldübergabe natürlich.« Der Haremswächter und Saudi-Freund trat etwas näher an den Direktor heran, so, als wären sie nun gar befreundet, gleichsam Gauner unter sich, dann grinste er den Direktor an und meinte: »Wenn wir uns darauf einließen, müßten wir damit rechnen, daß Sie Kopien anfertigen, und dann wären wir weiterhin erpreßbar. Also, Unterlagen sofort herausgeben, und hier mein Ehrenwort, daß wir morgen zahlen!« Der Haremswächter und Saudi-Freund streckte dem Direktor seine Hand entgegen, und der überlegte nur kurz. »Gut, einverstanden, machen wir so«, und damit nahm er ein Bündel Papiere von seinem Schreibtisch und übergab es dem Haremswächter und Saudi-Freund, fügte aber noch süffisant hinzu, »Handverträge sind auch Verträge und, auch darin ein ausgemachter Altphilologe, »pacta sunt servanda. Versteht er das, Ritzisberger, versteht er das? Hat Euch das der ferngesteuerte Wirsching beigebracht, das Gerundivum, kennst du noch die Ableitung des Gerundivs, Ritzisberger?«

Der Direktor war in seinem Element, steigerte sich in einen wahren Ableitungsrausch von schwierigen Gerundivverbindungen und versicherte schließlich, daß man nach Abwicklung des Rückzahlungsdeals durchaus über ein Ehren-Abitur nachdenken könnte, was der Haremswächter und Saudi-Freund jedoch strikt ablehnte, denn dann käme die ganze Sache auf den Tisch des Chefredakteurs des Lokalfunks, und der wäre auf seine Freunde nicht gut zu sprechen. Das leuchtete dem Direktor ein, endlich wurde man handelseinig, und als der Haremswächter und Saudi-Freund papierbündelschwingend und im Stile eines erfolgreichen Stierkämpfers, der gerade seinen größten Stier niedergekämpft hatte, in die Schulaula zurückkam, tanzten die frischgebackenen Abiturienten nach den Klängen einer Rock-Band durch den Saal, feierten fröhlich ihr bestandenes Abitur, trösteten die durchgefallenen Wescht-noch-Clubler und verwöhnten sie mit allerlei körpernahen Tänzen.

›Hat das Gescheitertsein nun doch etwas Gutes gebracht‹, dachten sie, und als die Abiturientinnen sie später aufforderten, sie doch zu einer erfrischenden Abkühlung ins Schwimmbad zu begleiten, willigten sie mit Freuden ein, zumal sie von den Abiturientinnen aufgefordert worden waren, ihnen doch nun etwas von dem neuen Leben zu zeigen, in das sie nach den Worten des Direktors nun entlassen worden seien. »Wir gehen gern mit«, freuten sich die Wescht-noch-Clubler, »und wir werden Euch mit Lust in das neue Leben einführen. Wir stehen auf Einführungen!«

Zunächst aber hatte der Haremswächter und Saudi-Freund Wichtigeres zu tun, als sich in das Feiergetümmel zu schmeißen. Er winkte die Banker-Nachtigall heran und bedeutete ihr, sofort die Druckmaschinen seiner Bank anzuwerfen. »Bis morgen früh brauchen wir cirka 600.000 in Regionalwährung, beeil Dich!« Nur ungern konnte sich die Banker-Nachtigall der Heiterkeit und Ausgelassenheit des Augenblicks entziehen, schwang sich aber angesichts der Dringlichkeit der Sache gleichwohl sofort auf sein Fahrrad, radelte zur Bank, schmiß die Druckmaschinen an, programmierte die entsprechende Summe ein und ließ die auf Automatik gestellten Maschinen arbeiten. Dann radelte er zurück, fand sich im Schwimmbad wieder und führte die Abiturientinnen gemeinsam mit seinen Freunden in gewohnter Routine ins Leben ein.

Wie sie das denn angestellt hätten, alle mit 1,0 abzuschließen, wo sie doch in den Klausuren offensichtlich nur Fez gemacht hätten, Schiffchenversenken und so, fragte ein Wescht-noch-Clubler eine Abiturientin während einer besonderen Einführungslektion ins Leben. »Ach«, gestand die, »das war doch ganz einfach. Eine Freundin hat einen Vater, der verdient sein Geld als Profi-Hacker. Verstanden?«, säuselte sie und verriet dann auf Nachfrage weitere Details. Der Hacker-Vater habe den Klausurthemen-Code des Kultusministeriums geknackt, und dann hätten sie alles mit den jeweiligen fachkundigen Eltern vorbereitet und nach der Klausur die Zettel einfach ausgetauscht. Voilà, schon hast du alles geritzt!«, meinte sie kess und schaute dem Wescht-noch-Clubler treuherzig in die Augen. ›Sauber, sauber‹, dachte der Wescht-noch-Clubler und er hätte darauf schwören können, daß hinter diesem Coup der Direktor steckte, denn der wollte unbedingt seine Spitzenposition beim landesweiten Gymnasien-Ranking verteidigen. Hätte man das dem Direktor nachweisen können, auch daß er es wohl schon seit Jahren so getrieben haben mußte, dann hätte man ihm einen schönen Strick daraus ziehen können, und die Erpresser-Situation hätte sich schlagartig verändert und er, der Direktor, hätte nun zahlen müssen.

Dazu allerdings waren die Wescht-noch-Clubler nicht fähig, denn im Grunde ihres Herzens waren sie gut, vielleicht ein wenig einfältig, geradeheraus und durch und durch verläßlich und menschenfreundlich. Außerdem mußten sie in ihrem Denken und Handeln Vorbilder sein in einem auf reiner Vernunft sich gründenden Gemeinwesen. Also ließen sie den Direktor gewähren, sofern sich dieser an den durch Handschlag besiegelten Vertrag halten würde.

Was dieser mit dem Direktor ausgehandelte Coup mit den Erfordernissen eines auf reiner Vernunft sich gründenden Handelns zu tun haben konnte, das machten sich die Wescht-noch-Clubler nicht klar, und daß sie im Grunde ausgefuchste kaltschnäuzige Zeitgenossen waren, die erbarmungslos zuzuschlagen in der Lage waren, das hätte ihnen keiner im Städtchen ungestraft vorhalten dürfen. Ja, die Wescht-noch-Clubler liebten die Illusion und lebten leider, leider in der schnöden Wirklichkeit, Menschen zweier Welten waren sie, dem Himmel sowohl als auch der Erde gehörten sie an und nun wollten sie für einige wenige Tage, vielleicht Wochen den Himmel einmal auf die Erde bringen und sehen, wie's ausschauen würde, wenn der Herrgott einmal auf Du und Du zu ihnen kommen und unter ihnen wandeln würde.

Das Geld, das Geld

Das abendliche Klassentreffen fiel diesmals kurz aus, die ungewohnten Kraftanstrengungen im Schwimmbad hatten ihren Tribut gefordert. Man ging früh zu Bett, grüßte den lieben Mond und ließ sich von diesem eine Geschichte erzählen. Diese Geschichte war sehr seltsam und endete noch seltsamer. »Es kommt der Tag«, orakelte der ansonsten doch so stille Himmelsfreund, und jetzt wurde seine Stimme ganz verhalten, ja fast traurig, »und der Tag ist nahe, da wird ein Mann an der Tür stehen und Euch etwas fragen. Und dann werdet Ihr Euch entscheiden müssen!« Seltsam, dieses Orakel und es hätte die Freunde hellhörig machen müssen, doch am nächsten Morgen hatten sie vergessen, was der Mond ihnen zugeflüstert hatte, begrüßten mit Freuden die Banker-Nachtigall, die mit dem frisch-gedruckten Geld ins Frühstückzimmer geplatzt war, und überreichten es dem Direktor, der mit einem Handkarren erschienen war, um das Geld verabretungsgemäß in Empfang zu nehmen.

Das Verbrennen der Abi-Unterlagen unterhalb der Mariensäule Am Bild hätte zu einem Freudenfest werden können, wäre da nicht wieder die Banker-Nachtigall mit ihren Bedenken und Warnungen gewesen. Die hatte den Freunden unmißverständlich mitgeteilt:»Wir sind pleite! In Karlsruhe haben sie den Wechselkurs erhöht. Wir kriegen nichts mehr für unser Regionalgeld. Inflation, Inflation, schlimmer als 1923!« Und: »Herrgott, hilf, Herrgott, hilf!«, flehte der ehemalige Konviktler inbrünstig, und das zeigte, wie prekär die Lage im ersten Städtchen der reinen Vernunft geworden war. Man mußte etwas tun. Aber was?

Intermezzo II

Ach, das muß doch nun mal gesagt werden, ach, wie einfältig ist doch das Menschengeschlecht! Da standen sie nun, die Wescht-noch-Clubler, ein schöner Teil dieses merkwürdigen Geschlechts, und machten sich Sorgen um ihren schönen Traum von einem Gemeinwesen auf der Grundlage der Herrschaft der reinen Vernunft. Und sie bemerkten nicht, daß die Rettung so nahe bei ihnen, ja, daß sie bereits eine längst beschlossene Sache war.

Die Gestalt aus Stein über dem Stadttordurchgang hatte natürlich alles, was in den letzten Tagen so geschehen war, in seinem steinernen Kopf registriert, denn in der Stadt galt die Devise, wo zwei oder drei Buchener versammelt sind, da ist der Blecker mitten unter ihnen. Ach, hätten sich die um die Mariensäule versammelten Freunde doch nur einmal kurz umgedreht, dann, ja, dann wären sie dieser steinernen menschenartigen Gestalt ansichtig geworden, die unentwegt mit den Augen kniebte, als wollte sie sagen, gemach, gemach, wo Not ist, da gibt es auch einen Retter, vertraut mir, ich krieg das alles geritzt.

Aber die Wescht-noch-Clubler taten es nicht. Allzu sehr waren sie mit ihrer Vergangenheitsbewältigung beschäftigt, und die kräuselte sich als Ergebnis der Abi-Unterlagenverbrennung als Rauch an der Marienfigur vorbei in den blauen Himmel empor. Erleichtert stellten sie fest, daß alles Irdische zu Asche wird und emporsteigt als Rauch, nur auf sich selbst wollten sie diese Weisheit noch nicht angewandt wissen.

Ja, das Menschengeschlecht, einfältig ist es, oder sollte man es etwa nicht als einfältig bezeichnen, wenn im fernen China anfangs Januar 2014 der Kulturminister mit dem schönen Namen Cai Wu allen Ernstes behauptete, daß seine Partei, also die chinesische, nicht nur die Wünsche der Chinesen, sondern auch die besten Traditionen aller Völker der Gegenwart repräsentiere, wie zum Beispiel Demokratie, Gerechtigkeit und Zivilisiertheit? Die Partei sehe sich heute nicht mehr als eine partikulare Gruppe, sondern als Sachwalter des Allgemeinen, in dem im Grunde immer schon alles, ob national oder international, enthalten sei unter der Voraussetzung, daß es das Beste sei. Was den Austausch der Kulturen anlange, müsse man genau wissen, daß durch ein geöffnetes Fenster, das frische Luft hereinlasse, auch, wenn man nicht aufpasse, Fliegen und Mücken kämen. Diesen feindlichen Kräften gelte es zu widerstehen. Dies meinte der Kulturminister im fernen China, aber genau dies galt auch für das kleine Städtchen im hinteren Odenwald, das sich durch die moppsbacher Fliegen und Mücken in gleicher Weise bedroht fühlen mußte. Die Wescht-noch-Clubler, hätten sie nur die Zeitung mit dieser Meldung in den Händen gehabt, hätten dem chinesischen Kulturminister in jeglicher Hinsicht zugestimmt, gleichwohl hätten sie heftig bezüglich des Verallgemeinerungsanspruchs widersprochen. Denn diesen Anspruch, so war ihre feste Überzeugung, diesen Anspruch auf Tätigkeit und Leben unter dem Diktat der reinen Vernunft konnte nur einer erheben, und das waren sie, die Wescht-noch-Clubler. Wie gut, konnte man da nur sagen, wie gut, daß die freie Presse in ihrem kleinen Gemeinwesen nicht eingeschmuggelt werden konnte, denn, wäre der Zeitungsartikel gelesen worden, wären diplomatische, vielleicht auch militärische Verwicklungen zwischen dem kleinen Gemeinwesen im Odenwald mit China die logische Folge gewesen. Und man stelle sich nur einmal vor, die Bleckerstadt hätte … die Oberhand behalten! Nicht auszudenken, dann würde aus dem Bürgermeister der Stadt gar der Präsident von China! Nicht auszudenken! So aber lebte man im Städtchen nach dem Motto: Was ich nicht weiß, macht mich nicht heiß. Und nach diesem Motto lebte man glücklich und zufrieden in der Bleckerstadt, wußte man doch endlich nicht mehr, was draußen geschah.

Zum Beispiel in Moppsbach. Gab's das überhaupt noch?, fragte man sich im Laufe der Zeit, hatten die Mopsbacher etwa mal einen Bürgermeister gehabt, hatte der gar auch einen Namen? Gab's das Autokennzeichen MOS noch? Ohne MOS viel los!

Ach ja, die Einfalt der Menschheit: Da beklagte sich doch erst jüngst tatsächlich eine Buchener Bürgerinitiative gegen die Müllanlage darüber, der Landrat habe sie nicht empfangen, mehr noch, er schweige. Leute, Augen aufgesperrt: Die Müllanlage ist fest in den Händen der Walldürner Soldaten. Und der Landrat? Wie soll der Stellung nehmen können? Er wußte doch, daß das Problem Müllanlage erledigt war. Und außerdem hatte er viel zu tun in Karlsruhe wegen der ›Buchener Ereignisse‹, als welche die Umwälzungen in der Madonnenland-Metropole landesweit diffamiert wurden.

Die Oberbürgermeisterin

Der Direktor war nach Empfang des Geldes zur Metzerei Marschhäuser geeilt, und dort hatte der Bürgermeister seine Amtsgewalt dem Fräulein Stegmaier übergeben. Die verfügte als erste Amtshandlung die Wiedereinführung des angestammten Stadtnamens, also hieß die Bleckerstadt wieder Buchen. Der Ortsausrufer durchstreifte die Stadt und brachte an allen Ecken und Enden die Neuigkeit in der Form eines von ihm selbst verfaßten Gedichtchens unter's Volk:

»Buchen heißen wir nun wieder,
Bleckerstadt war uns zuwider,
Leute, lebt und liebt und lacht,
daß es eine Freude macht.«

Dazu hatte er eine gefällige Musik erfunden, war in das Gewand des Minnesängers Pilgrim von Buochheim geschlüpft, sang und zupfte derart an seiner Laute, daß es eine Lust war. So wollten es die Buchener, und so wollten es die Touristen, und lange noch hätten die schönen Tage angedauert, wäre da nicht wieder der Pleitegeier über dem Städtchen aufgetaucht, dessen Schwingen nun immer größer geworden waren, und der seine Kreise immer tiefer über den Straßen, Häusern und den lieblichen Fluren in der Umgebung zog.

Die Menschen im Städtchen, sofern sie verbeamtet bzw. sozialversicherungspflichtig oder freie Unternehmer waren, nahmen den merkwürdigen Vogel in aller Regel nicht wahr, allein die Landwirte und Rebbauern hätten an dem veränderten Verhalten der Tiere in den Ställen und auf den Wiesen bemerken können, daß da etwas nicht stimmen konnte, denn immer, wenn die schwarze Wolke den Himmel zu verdüstern drohte, stellten die Vögel ihr Zwitschern ein und suchten Schutz auf den Bäumen, die Schweine quiekten nicht mehr vor lauter Lebenslust und die Kühe muhten nicht mehr vor reiner Daseinsfreude.

Die Tierwelt war noch unverbildet, hatte noch diesen ›Riecher‹ für drohende Gefahren, allein die Menschen waren nun gebildet und hatten sich von ihrer Natur weit entfernt.

Dieser Vogel, Symbol einer anscheinend kommenden Apokalypse, war eine Bedrohung, gleichzeitg aber auch, und das konnte die Tierwelt nicht ahnen, auch der Garant für die Rettung des Städtchens aus einer verhängnisvollen Lage.

Krisensitzung der Strippenzieher

Einen Ausweg aus der drohenden verhängnisvollen Lage zu finden war Gegenstand der Erörterungen, zu denen sich der Blecker und Rosl bei Wanda am Nachmittag eingefunden hatten.

»So, Rosele, etzetle kummt's uff Di a, alloi auf Di. Kunnscht oi Stund lang stillhalte? Trauscht Du Dir das zu?«, eröffnete Wanda die Krisensitzung der drei Strippenzieher. »Ach, Wanda«, antwortete Rosl ruhig und schielte auf den Blecker, »guck Dir doch nur emol den Blecker an, der hockt und hockt, sei ganz Läbe hockt der nur rum. Was der kann, kann i scho längscht!«, und als der Blecker sie giftig anfunkelte, fügte sie einschränkend hinzu, » also, i moin, oi Stund‹ kann i's scho!« »Gut, Rosl, wir verlassen uns auf Dich, Du mächschst's!«, beruhigte Wanda den Blecker, der alleweil nur immer explodieren wollte. »Do isch no e Problem«, riß nun der Blecker das Wort an sich, »erschtens, wer holt die Madonna runter, und wenn dann das Rosl druufsteiht und mit sein‹m Auge kniebt, brauche ma Zeihe, also Leut, die das au g'sehn hännt. Des isch's annere Problem. Unn jetzt?« »Des isch doch ganz oifach«, meinte Wanda daraufhin und verscheuchte damit die Probleme des Bleckers, »ganz oifach. Laßt mich nur mache. Was glaubt Ihr denn, für was wir den Geier hännt? Der kreist doch net umsonst scho su lang über die Dächer, enn Landeplatz sucht der, enn Landeplatz, nix Anneres. Unn was die Zeiche ageht, für was häwwe ma die Wescht-noch-Spinner?«

Wanda sah triumphierend die beiden Mitverschworenen an, rieb sich die Hände und wollte schon die Sitzung aufheben, als der Blecker noch fragte: »Wu senn se eichentlich, die Wescht-noch-Clubler?« »Die hännt schnell g'frühstückt und dann war'n se schnell weg. Dann häww'sch a Feier g'macht unner di Seil unn hänt ebbes verbrannt und dann senn se ausg'flohe. Die hänt zur Wildeburch g'wellt, hänt se g'sagt. ›O we muoter‹ suche unn so. Die häwwesch's nötich, die Freggling. Wie die mit ihrerer Fraue umgange sent, ne, Freggling senn's, o we Eh‹frouwen sollt's besser heiße, die Freggling«, und indem das Rosl sich so ereiferte, erinnerte sie sich der beiden Jünglinge, die ihr damals nachgestiegen waren und im Nachhinein empfand sie eine große Genugtuung darüber, daß sie so standhaft geblieben war. Die drei verschworenen Strippenzieher machten Anstalten auseinanderzugehen, und als der Blecker und das Rosl auf der halben Treppenstiege waren, rief Wanda ihnen noch zu: »Und du, Rosl, sagsch dene Freggling, was se z‹ tun hännt heit Nacht.« »Konnsch Di druf verlosse, de hännt koi ruhig Nacht heit Nacht«, antwortete Rosl triumpfierend und verschwand.

Das Wunder

Nach dem obligaten Klassentreffen am Abend hatten die Wescht-noch-Clubler noch einen Kasten Bier, einige Flaschen ›Wartberger‹ trocken sowie zwei Kannen Moscht geordert. Sie wollten nicht auf dem Trockenen sitzen, wie sie dem Kellner gesagt hatten, man wisse ja nicht, wie lange man da, und damit zeigten sie auf die Fenster, ausharren müsse.

Der Kellner fand das Gebaren dieser Stammgäste zwar etwas merkwürdig, aber Stammgäste, dachte er, sind die Grundlage unserer Existenz. Auf Geheiß verwandelte er die zum ›Am Bild‹ liegenden Fenster des Prinz Carl in eine gemütliche Sitzlandschaft, und so hingen die Freunde in ihren Sesseln, vor ihnen die Säule mit der Madonna, und sahen mit Spannung den Dingen entgegen, die nun auf sie zukommen sollten. »Ihr müßet kumme und Zeiche sein!«, hatte das Rosl sie beschworen, und die Freunde gingen gern auf die Bitte ein, konnten sie dem in ihrer Wahrnehmung schrulligen Fräulein damit doch endlich mal Dank sagen für all ihre liebenswerte tägliche Fürsorge.

Der Mond war schon längst weitergezogen, gespenstisch ragten die Häuser in den nächtlichen Sternenhimmel, der Alte im Stadtturm oben hatte gerade das Licht ausgelöscht, vom Turm schlug es Mitternacht. Das Licht an der Mariensäule erlosch. Plötzlich ein Rauschen, ein Wehen, es drückte an den Fensterscheiben. Den Wescht-noch-Clublern fielen die Augen förmlich aus den Augäpfeln: Ein Vogel, ein riesengroßer Vogel, glitt, schwingenschlagend, seine Flugmanöver austarierend, bremsend und wieder beschleunigend, über die Mariensäule, nahm sie behutsam in seine mächtigen Krallen, flog auf und verschwand. Mit der Madonnengestalt.

Die Wescht-noch-Clubler trauten ihren Augen nicht, putzten ihre Sehgeräte und waren noch verblüffter, als der Vogel wiederum auftauchte, in eben demselben vorsichtig taxierenden Manöver, und die Madonna wieder aufsetzte. Kein Zweifel, die Madonna war wieder da. Wiederum flog der Vogel davon.

Stille, Entsetzen, Erleichterung. Kaum hatten sie sich etwas beruhigt, sahen sie, wie zwei Gestalten vor der nun wieder erleuchteten Säule auftauchten. Dazu, im Dunkel kaum sichtbar, eine andere Gestalt, an die Tür des schräg gegenüberliegenden Blumenladens geduckt, kauernd. Ohne Zweifel, bei der einen Gestalt handelte es sich um die stadtbekannte Wahrsagerin und die andere? Ja, natürlich, keine Frage, dieses Feixen, dieses Maulaufreißen und Spucken, das mußte der Blecker sein, mutmaßten die Freunde. Aber wer war die dritte Gestalt? »Laßt uns runtergehen!«, riefen sich die Freunde zu, »und nehmt eine Kamera mit. Das müssen wir für die Nachwelt festhalten!« Ganz geheuer war es ihnen allerdings nicht.

Vorsichtig stiegen sie die Treppe hinunter, und als sie an der Eingangspforte zum Hotel standen, sahen sie, wie sich die eine Gestalt lärmend und in einem fort feixend und fluchend schnell entfernte, so, als wollte sie nicht gesehen bzw. ertappt werden. »Das war der Blecker«, beruhigte Wanda die Freunde, »der will unsichtbar bleiben. Ihr kennt ja seine Grillen!« und deutete auf die nun hell erleuchtete Madonna.

»Seht ihr's?«, flüsterte sie, »seht ihr's? Die kniebt. Die kniebt mit dem linken Auge!« Der Theologie und Beinahe-Kardinal, im Nebenberuf ein begnadeter Fotograf, zückte geistesgegenwärtig seine Kamera und filmte die ganze Szene, zoomte das kniebende Auge der Madonna ganz nahe heran ... und hatte mit dieser blitzgescheiten Film-Aktion die Zukunft des Städtchens und des ganzen Madonnenländchens gerettet. Freilich wußte er das in diesem Augenblick noch nicht, gleichwohl hatte sich bei den Wecht-noch-Clublern das vage Gefühl ausgebreitet, einem historischen Ereignis beizuwohnen.

Die Madonna zeigte sich wie immer, lieblich blickte sie in die Nacht, über ihrem Haupt schwebte die Gloriole, und das Jesuskindlein ruhte wohlgeborgen in ihrem Arm. Nichts hatte sich verändert, allein, sie kniebte in bestimmten, immer länger werdenden Abständen mit dem linken Auge.

Ein Kind tauchte plötzlich auf, ein Kind, mitten in der Nacht, aus dem tiefen Dunkel war es aufgetaucht, als wäre es ein Engel, gleichsam aus dem Himmel gefallen. Es ging näher an die Säule heran, verharrte einen Augenblick davor, erhob seine Hand und deutete mit seinem Finger auf die Madonnenfigur, die gerade wieder kniebte. Aber gerade in dem Augenblick, als der Nebenberufsfotograf auch diese Szene filmen wollte, verschwand das engelgleiche Kind wieder. Starr vor Staunen und Erschrecken standen die Wescht-noch-Clubler vor dem rätselhaften Vorgang, es hatte ihnen gleichsam die Sprache verschlagen, als Wanda, erst kaum hörbar, am ganzen Körper zitternd und flüsternd, dann immer lauter werdend, rief: »Des isch e Wunder, des isch e Wunder, die kniebende Madonna vun Buche! Des isch e Wunder!«

Natürlich konnte dieses nächtliche Geschehen von Buchen nicht geheimgehalten werden, und so kam es, wie es die drei Strippenzieher ausgeheckt hatten. Erst verbreitete sich das Geschehen als Gespinst aus dem Hirn von phantasiebegabten Kindern in den Schulen und an den Mittagstischen der Familien, steigerte sich beim Kirchgang frommer Frauen als Gerücht und wurde schließlich auf Anordnung der Oberbürgermeisterin als Tatsachenbehauptung unters Volk gebracht. In gedrechseltem und teils mißverständlichem Amtshochdeutsch gab der Ortsausrufer am nächsten Morgen bekannt:

»Achtung, Achtung, wichtige Bekanntmachung! Unsere Oberbürgermeisterin, das Fräulein Stegmaier, gibt bekannt: In unserer Stadt ist auf Beschluß des Stadtrates ein Wunder geschehen. Die Madonna am Bild kniebt mit ihrem linken Auge. Die ehrenwerten Herren vom Wescht-Noch-Club haben das Wunder in einem Filmdokument festgehalten. Daraus geht hervor: Die Madonna hat gekniebt. Filmvorführung heute Abend im Prinz Carl. Achtung, Achtung, wichtige Bekanntmachung!«

An allen zwölf amtlichen Bekanntmachungsplätzen in der Stadt stellte sich der Ortsausrufer auf und verkündete die amtliche Bekanntmachung, einen Pulk an Kindern zog er hinter sich her, dazu viele Senioren, die immer wieder die Bekanntmachung hören wollten, so, als glaubten sie, daß sie umso glaubhafter würde, je öfter sie sie hörten. Damit war die Sache durch. Im Bewußtsein der Menschen hatte sich fest verankert: Buche hat ein Wunder.

Das Strippenzieher-Gericht

Während im brechend vollen Eiermann-Saal des Prinz Carl am Abend der Film vorgeführt, dem Bier und dem Most mächtig zugesprochen und lautstark disputiert wurde, waren die drei Strippenzieher zu einer, wie sie es nannten, ›magischen‹ Lagesbesprechung zusammengekommen.

Wanda hatte sich an den Hals von Rosl gelegt und rief in einem fort nur: »Rosele, Rosele, Du warscht spitze. Nee, wie De's ausg'halte häscht, stillstehen unn kniebe, dann noch ›s Püpple in dein›m Ärm, spitze! Als ob D'es g'lernt hätt'scht!« »Hab i au, aber i verrot's net, wo. Des isch e lang G'schicht unn e G'hoimnis isch's erscht recht. Aber sag nur emol, Wanda, wer war denn nur bloß des kloi Mädele, wie enn Engel hät's ausg'sehne? War des etwa …«, »natirlisch,«, fiel ihr Wanda ins Wort, »natirlisch, des isch mei Enkelkindche g'we, das Mariele. Hot sei Sach gut g'macht. Findscht's net a? Wie's Engelsche vom Nürnberger Chrischtkindlesmarkt hät's ausg'sehene. Sowas lernsch halt nimi in derrere Schul. Dort sitzetze nimi auf ihr›m Hinnerschte wie mir domols, die senn dort alleweil am Rutiere und mache Reiche. Unn mache sich ärm im Kopf, wenn'sch en Reichen mache unn schraibe ›fert‹, wann's Pferd schraibe solle, Zuständ senn das wie im wilde Weschte.« »Unn wer war dann der Ma an der Eck‹ vom Blummelode, der war dann so schnell weg?«, wollte der Blecker wissen, scheinheilig war seine Frage und ablenken wollte er zudem, denn er fürchtete, es käme heraus, daß hinter dem Reichen sich kein anderer verborgen hatte als er selbst. »Tja, i wes net, ob i das etzetle schon sache sollt«, sinnierte die Wanda, »wescht, den brauchet ma noch. Aber mir send ja unner uns, also«, jetzt überlegte sie noch kurz, sollte sie's sagen oder nicht, schließlich war's raus: »D›r Landrat wo's. Höchschtpersenlisch.«

»Der wer?«, vergewisserte sich der Blecker, der es nicht glauben, daß ausgerechnet der …, »unn wofür brauchet ma ausgerechnet den?«, geiferte er zurück und dabei spukte und grimassierte er so, als stünde der Landrat leibhaftig vor ihm. »Den Landrat brauchen wir noch«, sagte Wanda ganz ruhig in der Art einer amtlichen Ansage, »der isch schließlisch eine Amtschperson«, und hier sprach sie in hohem Diskant, »Amtschperson, Amtschperson, und wenn's dann an die amtliche Bestätigung geht mit dem Wunner vun Buche, brauchet ma e Amtschperson. Unn di isch halt d›r Landrat. Der hot en Siechel unn mit dem ko er elles besiechele. Dann brauchsch's net zu glaabe, weil's b'siechelt isch.« Aber das könne doch auch durch das Amtssiegel des OB von Buchen geschehen, beharrte der Blecker, dem es letztlich darum ging, den Landrat aus dem ›Geschäft‹ herauszuhalten. »Geiht net«, wehrte Wanda den Einwand des Bleckers ab, »geiht net, wescht, der OB isch e Buchener, also i män, a Frau, das Fräulein Stegmaier, wescht, die isch b›fange, weil's immer e G'schäft mache will fir d‹ Stadt. Aber der Landrat, der schwäbt«, Wanda breitete ihre Arme in der Art eines über allem schwebenden Vogels aus, „der isch gerecht, sieht elles vun obe, ha, er schwäbt halt. Woiß elles, sieht elles, mächt elles.« »Wanda, du mänscht, der Landrat tut fliche? Mänscht das?« »Ja, so u'g'fähr män i's«, bestätigte Wanda. »Wanda, ne, wescht, schwäbe unn fliche iss so schö, Du glaabschst's net! Wie i mit dem Vochel so durch d‹ Nacht g'floche bin, wescht, so ganz obbe, unne de Mensche, die grod schlofe, so ganz noh am Mond vorbei, ne, unn wie der g'lacht hot, wie der mi so schwäbe hot g'sehe, Rosele fliecht, hot der denkt, etzetle weeß i a, warum de Leut so gern nach Meelworca fliche. Wanda, derf i morche noch emol fliche mit dem Vochel über›m Städtle, mitte in de Nacht, bitte, derf i?« »Nee, Rosele, lieb's Rosele, des geiht net. E Wunner derfschst net nochemol mache. Sunst denke d›Leit, ma müeßet nerre mit dem Finger uffem Computa klicke unn scho hoscht e Wunner. Nee, e Wunner derf nur emol seine.« »Papperlapapp«, mischte sich der Blecker da in das Gespräch ein, »Papperlapapp, was soll das nur, schwäbe, fliche, ich frag mich: Wie geht's nun weiter? Wie machen wir groß Kasse? Was denkst du, Wanda?«

Diesmal sprach der Blecker Hochdeutsch und das tat er immer in Situationen, bei denen es um etwas Wichtiges ging. »Blecker, Erznarr Du, hoscht's noch net kapiert, worum ›s geiht? Ja, Du mit Dein›m Steehern, aber wie soll's denn au anderschta sein, Du denksch halt miet Dein›m Hinnerschten.« Der Blecker fühlte sich sichtlich geschmeichelt, fuhr durch sein Hinterteil und bot es den beiden zum Reverenzkuß an, was die beiden auch gern taten. Als sie den Blecker dergestalt zufriedengestellt hatten, erklärte Wanda, nun auch Hochdeutsch spechend, weil's ja sehr wichtig war: »Also, das Ganze ist sehr einfach: Die Wescht-noch-Clubler haben da so einen Rechtsverdreher unter sich, der formuliert zusammen mit Hochwürden einen Antrag auf Anerkennung des Wunders und Ausrufung von Buchen als Wallfahrtsstadt. Und dann ...«, »Was und dann?«, wollte der Blecker wissen. »Und dann«, fuhr Wanda fort und lachte, und in diesem Lachen klang so etwas wie Triumpf mit, »dann wird alles wieder gut. Die Leute haben was zum Glauben, die Wallfahrer aus ganz Deutschland fallen in die Stadt ein, beten, essen, trinken und bringen eine Masse Geld. Unsere Stadt, einst berühmt als Talerstädtchen, wird nun zum Euro-Städtchen, nein, was sag ich, sie wird zur Euro-Metropole.« »Vorausgesetzt«, wandte der Blecker ein, »vorausgesetzt, wir haben bis dahin die Wescht-noch-Clubler zum Teufel gejagt, die mit ihrer spinnigen Idee von der reinen Vernunft, Quatschköpfe sind das, ausgemachte Spinner, die's zu nichts gebracht haben in ihrem Leben. Und die meinen, sie müßten jetzt in unserer Stadt die Diktatur der reinen Vernunft errichten, vorwärts in die Vergangenheit heißt ihr Motto, ja, jetzt guckt Euch doch mal um, überall nur Faulsäcke, überall stinkt's, überall Dreck und baufällige Häuser, und das Alte Spittal wollen die zum Gesundheitszentrum machen, das nennen die Zukunft, Ollwell sind'sch, Deppe«, »Träumer«, unterbrach Wanda, »nein, weder das noch jenes, nein, sie sind halt Kinder geblieben«, versuchte das Rosl die Wogen zu glätten. Und hatte Erfolg damit.

Die Wescht-noch-Clubler waren Kinder geblieben und handelten wie Kinder. Oder wie Träumer. Oder wie Philosophen. Oder wie Narren. Den Kopf im Wolkendunst, die Füße im Erdensumpf, so war ihr Leben, so ist ihr Leben. Ein Leben im Abendland. Ein Leben zwischen Himmel und Erde. Beide miteinander zu versöhnen, das ist das abendländische Modell und das bedeutet zumeist: Krieg. Zwischen den seligen Buchenern im Zustand der reinen Vernunft und den erdsumpfigen Moppsbachern zum Beispiel. Also nur zum Beispiel, von Buche und Dürn soll erst gar nicht gesprochen werden. Schwamm drüber!

Das Wunder und der Vatikan

Zur gleichen Zeit, als das Strippenzieher-Trio zusammensaß, zeigten die Wescht-noch-Clubler im vollbesetzten Eiermann-Saal des Prinz Carl den Film von der kniebenden Madonna, die Leute saßen andächtig beieinander, die Hände gefaltet, durch manche glitten Rosenkränze. Nach der Vorführung stellte keiner eine Frage, man hörte kein Wort, keiner wollte etwas wissen, gar Genaueres, man glaubte einfach. Man hatte etwas gespürt. Einen Hauch. In manchem sang's, ›es war, als hätt‹ der Himmel, die Erde leis‹ geküßt ...›

Die Sehnsucht war gestillt worden. Man war angekommen. Wie in einer feierlichen Prozession verließ man gemeinsam den Eiermann-Saal und reihte sich ein in die Menge, die andächtig vor der Mariensäule versammelt war. Wie gebannt starrten die Menschen auf das linke Auge der Madonnengestalt. Würde die Madonna noch einmal knieben?

Ein Kind, offenbar müde geworden vom langen Warten, maulte lauthals: »Die Madonna isch doch aus Stee unn net aus Fleesch. Wie soll die denn ner kniebe kenne?« Die Menge murrte, sollte das Kind etwa ...?, keiner wagte den Gedanken weiterzudenken, und so stand man weiterhin, schaute auf die Madonna, harrte und harrte, aber es tat sich nichts. Das Wunder ereignete sich nicht noch einmal. Nicht in dieser Nacht, auch nicht in der Nacht der nächsten Tage, Wochen, Monate und Jahre. Aber es war als geheimnisvolles Wunder fest verankert in den Herzen der Menschen. Und blieb es.

Die Anerkennung der kniebenden Madonna als Wunder von Buchen war eine schwierige Prozedur, eine echte Herausforderung für den Rechtsverdreher und Schlotfan unter den Wescht-noch-Clublern. Er hatte zusammen mit Hochwürden einen entsprechenden Antrag formuliert und per Fax an den Vatikan gesandt. Bereits das Versenden des Faxes war allerdings äußerst schwierig, gab es doch im ganzen Städtchen keine entsprechenden Kommunikationsmöglichkeiten mehr. Fax- und Telefongeräte jeglicher Art sowie Computer waren ja vernichtet worden.

Also blieb dem Rechtsvedreher und Schlotfan nichts anderes übrig, als in ein Dörfchen gen Moppsbach zu reiten, einem freundlichen Nebenerwerbsbauern sein Anliegen vorzutragen und zu bitten, dessen Faxgerät benutzen zu dürfen. Das tat der Nebenerwerbsbauer angesichts des ›Falles‹ sehr gern, durfte er sich doch durch seine Bereitschaft auch einen Gewinn für sein Seelenheil erhoffen.

Als der Rechtsverdreher und Schlotfan nach drei Stunden wieder ins Städtchen einritt, wurde er wie ein Held empfangen. Er sei der Retter der Stadt, betonte die neue Ob-in, das Fräulein Stegmaier, und überreichte ihm die Urkunde, mit der er zum Ehrenbürger erhoben wurde, eine Auszeichnung in einem demokratischen Gemeinwesen, die ungefähr der Adelserhebung in einer feudalen Gesellschaftsordnung entspricht. Das städtisches Symphonie-Orchester verzierte den Empfang musikalisch, und die Menschen feierten. Wallfahrtsstadt Buchen, das wär's doch, das würde die Stadtsäckel füllen, glaubten sie.

Nach drei Tagen kam der Nebenerwerbsbauer mit seinem Trecker angerattert. »Desch isch grad vum Vatikan kumme, kumme, kumme«, erklärte er mit sich überschlagender Stimme, »'s isch grad kumme, aber lese kann ich's net.« Die Wescht-noch-Clubler nahmen das Schreiben in Empfang, und als der Rechtsverdreher und Schlotfan den Inhalt näher inspizieren wollte, mußte er feststellen, daß die Antwort des Vatikans in der Weltsprache Latein abgefaßt war. Kein Problem für den Rechtsverdreher und Schlotfan, denn er galt als Lieblingsschüler des Lateinlehrers Wirsching. Er überflog das Schreiben und las schließlich den entscheidenden Passus für alle vernehmbar laut vor:

›MISEREMUR, RES BUCHENSES SANCIRE NON POSSE, QUIA MONSTRATIO MIRACULI ABEST. MIRACULUM IN PUBLICO AGERE DEBET. SINE MIRACULO IN ACTIONE, NULLA SANCTIO‹.

Also, da steht ›posse‹, nein, ›non posse‹ heißt's da, das heißt also, nicht Posse mache, und dann steht da noch ›Miraculi‹. Miraculi ist eine Nudelsoße. Und dann noch ›asbest‹. Schwer, muß ich schon sagen, klassisches Latein, ach, da steht ja auch noch ›miseremur‹, das hat etwas mit ›mies‹ zu tun, und ›agere‹, damit meinen die zackern, schwer, schwer, sehr schwer«, seufzte der Rechtsverdrehen und Schlotfan hörbar und fuhr fort, »also, ich versuch's mal auf Deutsch: Es ist mies, wenn die Buchener keine heiligen Possen machen, weil die Nudelsoße ein Asbest-Monster ist, und diese Nudelsoße muß man beakkern.«

Man bewunderte die Übersetzungskünste des Rechtsverdrehers und Schlotfans, blieb aber gleichwohl ratlos, denn keiner der Wescht-noch-Clubler konnte dem Schreiben einen Sinn abgewinnen. Sollte es sich gar um eine Geheimbotschaft des Vatikans handeln? Zufälligerweise saß der Direktor des Gymnasiums beim Information-Frühschoppen der Stadt-Honoratioren in der Schankstube des Prinz Carl. Man rief nach ihm, weil man bei ihm profunde Kenntnisse über vatikanische Gepflogenheiten vermutete.

Man gab ihm den Vatikan-Text, er überflog ihn kurz und las ihn dann, als wäre er seine Muttersprache, in Deutsch vor: »Wir bedauern«, rezitierte er, »die Buchener Vorgänge nicht bestätigen zu können, weil ein Beweis für ein Wunder fehlt. Ein Wunder muß öffentlich und aktuell wirken und für jeden als solches einsichtig sein. Ohne ein solches Wunder gibt es keine Anerkennung. Soweit die Übersetzung. Es dürfte doch wohl klar sein, was das bedeutet?«, fragte er noch, aber das war mehr eine rhetorische Frage, denn er schob die Interpretation gleich nach: »Das Buchener Wunder muß selbst ein Wunder bewirken, erst dann erfolgt die Anerkennung seitens des Vatikans.« »Diese Übersetzung kann nicht stimmen«, widersprach der Rechtsverdreher und Schlotfan heftig, fest davon überzeugt, dem regionalen Latein-Rechthaber in aller Öffentlichkeit mal kräftig eins auszuwischen, »denn Miraculum heißt Nudelsoße und die kommt bei ihrer Übersetzung überhaupt nicht vor!«

Die Wescht-noch-Clubler grinsten siegesgewiß, denn längst war der wortgeschichtliche Disput zu einem regelrechten Kampf ausgeartet, der Direktor hob triumphierend sein schlohweißes Haupt, schnaufte und sah sich schließlich genötigt, aus dem Stand heraus einen Exkurs zur Herleitung des Begriffes ›Miraculum‹ zu halten, der sich endlich als Bezeichnung eines besonders delikaten Geschmack-Wunders im allgemeinen Bewußtsein fest verankert habe. »Wenn das stimmt, dann kaufen wir beim Aldi-Süd Wunder und essen sie, ohne zu ahnen, was wir da an Wundersamen essen!« »So ist es«, pflichtete der Direktor bei und wiederholte bekräftigend, »so ist es, Aldi-Süd ist ein Wunder, allerdings könnt ihr dieses Aldi-Süd-Wunder nicht als ein von der kniebenden Madonna bewirktes angeben, der Vatikan fordert ein echtes Wunder von Euch.«

Man überlegte, wägte das eine und das andere ab und einigte sich schließlich darauf, die Erscheinung des engelsgleichen Kindes während der historischen Nacht als ein von der Madonna bewirktes Wunder anzugeben. Der Rechtsverdreher und Schlotfan verfaßte das entsprechende Schreiben und ließ es von dem aus der Honoratioren-Frühstücksrunde herausgerufenen Landrat, der sich hinter einer dicken Sonnenbrille verborgen inkognito in der Stadt aufhielt, mit amtlichem Siegel amtlich beglaubigen. Das Schreiben wurde dem Trekkerfahrer übergeben, der ratterte auf seinen Nebenerwerbsbauernhof, warf sein Faxgerät an und forderte in einem Beischreiben für seine hochherzigen Dienst für die verhaßte Nachbarschaft Buchen eine absolute Absolution von all seinen Sünden, auch für seine Steuersünden, besonders wollte er sich von der Tatsache reinigen, daß er seinen Trecker mit dem billigeren Heizöl fuhr.

Nach einigen Tagen ratterte der Trecker wieder gen Buchen. Auf dem Bock ein freudestrahlender Nebenerwerbsbauer, der, als er sich sich der Stadt näherte, in einem fort »Ich bin schuldenfrei, ich bin schuldenfrei und außerdem darf ich mit Heizöl fahren, ich müßte halt nur Weihrauch beimischen« jubelte, dazu schwenkte er die vatikanischen Zettel, als wären es Fähnchen. »Bringo euchi vielos zettulos!«, rief er freudig in einem inzwischen überall wuchernden Vulgär-Latein der Menge zu, die aus der Enge des Städtchen auf das freie Feld hinausgekommen und dem Freudenbringer entgegengeströmt war.

Im Prinz Carl riß der Rechtsverdreher und Schlotfan dem Nebenerwerbsbauern die vatikanische Botschaft förmlich aus den Händen. »Merkwürdig, wirklich merkwürdig, da steht nur ›Consentio‹ und dann alles auf deutsch.« Er überflog das Schreiben und stieß am Ende des Schreibens auf einen wohlbekannten Namen. ›Für die Übersetzung verantwortlich: Dr. plag. Anneliese Schuván, deutsche Botschafterin beim Heiligen Stuhl im Vatikan‹.

Man beratschlagte, erwog alle möglichen Bedenken bezüglich der Glaubwürdigkeit der Übersetzung und entschied schließlich, angesichts der Bedeutsamkeit des Gegenstandes für die Zukunft der Stadt sich zur Sicherheit lieber auf das auf Latein abgefaßte vatikanische Originalschreiben zu verlassen und erbat sich vom Direktor wiederum seine Dienste. »Also«, faßte der den Inhalt des Schreibens nach kurzem Durchlesen zusammen, »also, der Vatikan ist einverstanden, und damit wird Buchen Wallfahrtsstadt, die Wallfahrtstätte soll den Namen ›Zur Knieenden Madonna‹ heißen. Au, was ist das?«, der Direktor hielt inne, stutzte einen Augenblick, fuhr sich mit der linken Hand über seine Augen, wiegte seinen mächtigen Schädel hin und her, um gleich darauf sichtlich entspannt zu verkünden: Es wird als Wunder abgelehnt das Erscheinen eines engelgleichen Kindes, weil es allzusehr an den Auftritt eines

Kindes auf dem Nürnberger Christkindlesmarkt erinnere. Dagegen wird das Wiedererscheinen des Landrates in Buchen als wahres Wunder anerkannt.«

Der Landrat war, als er sich erwähnt hörte, vom Honoratioren-Frühstücks-Tisch aufgesprungen und wollte fliehen, jetzt geht's um's pure Überleben, dachte er, aber geistesgegenwärtig hielt ihn der Direktor am Schlafittchen fest, führte ihn auf die Terrasse des Prinz Carl und präsentierte ihn der auf dem Platz vor der Madonna versammelten Menge.

Unbeschreiblich der Jubel, der jetzt ausbrach, man ließ ihn nicht nur dreifach hochleben, und allein die Tatsache, daß in der städtischen Verfassung der republikanische Gedanke fest verankert war, verhinderte, daß er in diesem Augenblick zum König über den hinteren Odenwald ausgerufen worden wäre. Im Glanze seiner Machtfülle als wieder anerkannter Landrat ordnete er von der Terrasse des Prinz Carl sofort an: »Alles soll wieder sein wie in späterer Zeit. Alles, was der dubiose Wescht-noch-Club eingeleitet hat, wird hiermit aufgehoben. Buchen hat als Wallfahrtstadt eine gänzende Zukunft!«, und dann rief er noch, gleichsam um sich in die Herzen der Bürgerinnen und Bürger einzuschmeicheln, in Buchener Dialektfärbung: »Ferre, Buche!«

Jetzt gab's kein Halten mehr, man jubelte, man tanzte, sang die Nationalhymne von Buchen und schunkelte mit ›Kerl wach uff‹, die Madonna immer im Auge, in diese verheißungsvolle, glänzende Zukunft des Städtchens hinein.

Der Ex-OB und ehemalige Sauhirt vom Edi witterte die Gunst der Stunde, hing sich, nachdem der Bauer samt Hof und Viechern aus dem Städtchen gen Bödigheim geflüchtet war, seine Amtskette als Bürgermeister wieder um den Hals und machte Propaganda für die Bürgerbefragung. Ein Frauchen nahm den Bürgermeister sogleich beim Wort und regte an, im Eiermann-Zimmer des Stadtturms einen ›Stadt-Poeten‹ anzusiedeln, der imstande sei, die schöne Zukunft des Städtchens auch in schönen Worten auszumalen. Bezahlen könne man den ja mit dem Geld, das sich in der Schweiz angesammelt habe. Im Überschwang seines Glückes willigte der Bürgermeister sofort ein, und was das Geld in der Schweiz beträfe, so wäre das, das wäre seine Idee gewesen, gedacht für alle Buchener, die an den schönsten Stränden der Welt dieses Geld verprassen sollten, nachdem sie sich alle hätten klonen lassen. Nun könne man es ja für die Buchener Stadt-Poetenstelle verwenden.

Ja, er war glücklich, der Bürgermeister, und er hatte da noch einen Grund, restlos glücklich zu sein, denn hatte er nicht mal …? Schwamm drüber!

In den Kneipen und Wirthäusern der Stadt indes saß man zusammen und malte sich aus, wie die Frommen aus ganz Deutschland jetzt in die Stadt strömen würden, Geld würden sie hierlassen, das Stadtsäckel würde immer praller, der Prinz Carl erhielte 12 Dependancen, Pilgerzüge würden Scharen von Menschen ausspucken, junge Dynamische, gebrechliche Alte, man würde in den Archiven nach den alten Eiermann-Plänen suchen und treppenfreie Eiermann-Häuser für Senioren bauen, die im Umkreis der Madonna ihr Leben verbringen wollten, die Ärzte würden rund um die Uhr operieren, die Geschäftswelt und die Devotionalien-Betriebe würden ein wahres Wirtschaftswunder erleben, und Walldürn und Buchen würden wallfahrtsmäßig kooperieren nach dem Motto: Wenns's bei dem einen Wunder nicht klappt, könnte es vielleicht bei dem anderen klappen.

Und dann die Homepage-Auftritte im Internet, natürlich auch das Video von der kniebenden Madonna, in der ganzen Welt abrufbar, so daß anzunehmen ist, daß irgendwann auch einmal Eskimos auftauchen werden.

Dann müßten in riesigen Eishallen Iglus gebaut und Eisbären ausgesetzt werden, und für die Südamerikaner müßten große Tropenhäuser erstellt werden, damit sich die Gäste aus Brasilien wohlfühlen. Und da sie zur Faschingszeit anreisen, feiern sie mit und verhelfen dem Buchener Faschingszug zu einem ungewöhnlichen Glanz, ja Samba, Samba, Buchen ein Traum. Und eines Tages käme der Papst und er würde mild und mit einem spitzbübischen Lächeln zu den Buchenern sagen: ›So hab ich's mir vorgestellt‹.

Und so ging das die ganze Nacht hindurch, überall malte man sich die rosigsten Bilder aus und wachte am nächsten Tag auf, rieb sich die Augen nach einem langen Schlaf und fand alles vor …wie immer.

Aus der Traum

Einer hat geträumt. Lag im Schoß vom Blecker. Und der hat ihm die Geschichte erzählt. Aber auch das stimmt nicht. Vielmehr lag er im Prinz Carl und konnte nicht schlafen, wieder mal nicht schlafen, weil die Erinnerungen in ihm aufgestiegen waren. Und um diese Erinnerungen zu verscheuchen, hat er sich diese Geschichte erzählt.

Morgens tritt er aus dem Hotel und sieht: Nichts hat sich verändert. Den Fritz Zimmermann gibt es längst nicht mehr, den Mostav auch nicht, im Stadtinneren gähnende Leere, ein Geschäft nach dem anderen macht dicht, die alten Gemäuer der Historischen Altstadt werden erneuert, das Herz steht vor einem Infarkt, die Knochen werden saniert und an ihrem Rande setzt sie Hüftspeck an, hier residieren die Supermärkte, anonym kaufen die Leute ein, um anschließend die Stadt zu umfahren, das gemütliche Häuschen zu erreichen, sich in ihm einzuigeln und im Internet zu bestellen, was man vielleicht auch auf der Marktstraße hätte erhalten können, ein neues Kleid, eine neue Hose, ein Buch, die Kinder gehen in die Schulen, der Kaninchenzüchterverband tagt, der Jahrgang 1942/43 trifft sich, die Morre fließt wie seit eh und je, der Odenwaldclub wandert nach Hettigenbeuern, auf der B27 fahren die Autos am Städtchen wieder vorbei, Windräder erzeugen Strom, man liest die Zeitungen, verfolgt die Weltereignisse im Fernsehen, macht Wutbürger-Protest gegen den Windpark, gegen Z.E.U.S, ist digital vernetzt, pflegt Kommunikation weltweit, besucht die Vorstellungen des Badischen Landestheaters, ist stolz auf die neue Stadthalle, pflegt die Rivalität mit Walldürn, feiert Fasching im Frühling, geht im Sommer ins Schwimmbad, trinkt im Herbst frisch zubereiteten Most und schippt im Winter Schnee.

Man lacht, man weint, man liebt, man haßt, es wird gestorben, es wird geboren. Man lebt. Und man sieht die frommen alten Frauen, wie sie in die Kirche gehen und beten. Gott erhalte uns unseren täglichen Trott, beten sie. Man lebt, ist glücklich und hat dennoch eine unstillbare Sehnsucht. Und hofft. Irdisch, erdig, menschlich: Buchenerisch.

Freundschaft – Wolfschaft

Wie immer nach ihren Klassentreffen standen die Klassenfreunde noch einige Zeit im Frühstücksraum des Prinz Carl zusammen. Nach dem Frühstück hatten sie ihre Sachen gepackt, nun gab's das gewohnte Abschiedsritual, es wurde auf die Schultern geklopft, man umarmte sich, versicherte, im nächsten Jahr wieder dabeizusein, man hörte noch einmal das ›Wescht-Noch?‹ und erinnerte an den Spruch: Der Letzte macht das Licht aus. Und jedesmal denkt jeder: Das bin ich. »Sag mal, du Möchte-gern-Poet, wo hast du dich heute Nacht rumgetrieben?«, wollte die quirlige Dandyin wissen. »Oh«, wehrte der ab, »das ist eine lange Geschichte. Bei mir hat's gebleckert.«

Mehr sagte er nicht, mehr war auch nicht nötig, denn keiner hätte seiner Geschichte, die er in der Nacht im Traum erlebt hatte, Glauben geschenkt. Schließlich ein letztes Händeschütteln und dann …: »Einen Augenblick, die Herren«, hörten sie eine Stimme. Die gehörte zu einem Mann, der in der Tür stand. Der Mann zeigte eine Plakette, »gestatten, Meier mein Name, Kriminalpolizei Mosbach«, sagte der Mann ruhig und bestimmend. Gelassen lehnte er in der Tür. Er taxierte die Freunde, dann sagte er: »Rosl ist tot. Wahrscheinlich Mord. Ich muß Sie bitten, sich für unsere Ermittlungen noch einen Moment zur Verfügung zu stellen. Es kann nicht ganz ausgeschlossen werden, daß einer von ihnen …«, hier brach der Mann ab.

Die Freunde erstarrten. Schauten sich an. Unfähig zu denken, unfähig zu sprechen. Vor wenigen Augenblicken waren sie noch Freunde, unzertrennbar. Und nun? Der Wolf in ihnen war erwacht.

Weltlauf – Zeiten

Wohlig ausgebreitet liegt das Städtchen in seinem Bett, ein Weib, eine Frau, ein Mädchen, uralt und immer wieder sich verjüngend. Ihr Haar, manchmal seidenweich, manchmal borstig und struppig, schmiegt sich an Wiesen, Wälder und Hügel. Aus ihren Augen fließen Tränen, Tränen der Freude, Tränen der Trauer, die sammeln sich zu einem Rinnsal, schwelgen an zu einem Bach, schließlich zu einem Flüßchen, Morre hat sie das Flüßchen genannt und mit ihm gräbt sie sich immer tiefer ein in ihr Bett aus Fels, Stein und Geröll, aus Lachen, Lieben und Leben. Eine Gestalt sitzt ihr im Ohr, eine Gestalt aus Stein, sie flüstert ihr Geschichten zu. Kinder sitzen der alten Jungen, der jungen Alten zu Füßen, spielen, kitzeln sie. Dann lächelt sie, sie niest, ein Wind kommt auf, verscheucht die Wolken und die Sonne scheint.

Vor undenklichen Zeiten ist sie gekommen, woher?, keiner weiß es, und in undenklichen Zeiten wird sie sich aus ihrem Bett erheben und gehen, wohin?, keiner weiß es. Dann wird ein anderes Gespräch wieder sein, das Gespräch zwischen Wolken und Steinen, Lurchen und Farnen, und Erinnerung wird nicht mehr sein. Nur der Mond wird manchmal dorthin schauen, wo einst die Frau in ihrem Bett lag, das kleine Städtchen im Odenwald, Buchen, Perle des Madonnenländchens.

Zum Schluß noch …

Etwas über das Erzählen. »Das Erzählen«, schrieb Graham Swift am 5.März 1999 in einer überregional erscheinenden Zeitung, »hält sich nicht an Fakten und ist doch kein Betrug. Die Phantasie hat die Kraft zu einer reinen fiktiven Erfindung. Sie hat aber auch die Kraft, uns zur Wahrheit zu führen, uns zu einer Einsicht gelangen zu lassen, die wir vorher nicht besaßen und von der wir sogar glaubten, wir könnten sie legitimer Weise gar nicht haben. Ich muß einräumen, daß ich diese Kraft nicht begreife und sie nicht erklären kann, aber absolutes Vertrauen in ihre Existenz habe. Sie macht für mich den Zauber des Schreibens aus – und, so hoffe ich immer, den Zauber des Lesens.«

Im Gegensatz zu Swift behaupte ich, diese Kraft zu kennen. Sie hat einen Namen und hockt …, aber das glaubt mir ja doch keiner.

Mitglieder des Wescht-noch-Clubs sind alle Schülerinnen und Schüler, die 1953 in die Sexta a des BGB Buchen eingetreten sind sowie alle Quereinsteiger, Abgänger und die Verwandten der Mitglieder, auch deren Freunde und Bekannte.

Bislang sind namentlich bekannt:
Saudebisse und Elite-Schmied
Der Soldat mit dem Fürchteblick
Der Tänzelnde Arzt
Der Geschichtsprofessor und Gartenliebhaber
Der kleine Große Weltvermesser
Der Eddi Constantine vom Katzenbuckel
Der Gourmet-Koch
Die Banker-Nachtigall
Der Rechtsverdreher und Schlotfan
Der Beinahe-Kardinal und Theologe
Die quirlige Dandyin

Das Kettenmühlen-Girl
Der Haremswächter und Saudi-Freund
Der Antomfüßiger und Frauenheld
Der Marathonman
Der Gauloise-Jeansman
Die Sanfte Herzensdame
Der Möchte-gern-Poet

Über den Verfasser

Kindheit an der Werra in Thüringen, Jugend am Marsbach und an der Morre im Odenwald, jetzt am Flehbach im Rheinland lebend, einige Vorfahren stammen aus Schlierstadt, Hügel hießen sie.